单身久了就会变成狗

残小雪
作品

CNS 湖南文艺出版社 HUNAN LITERATURE AND ART PUBLISHING HOUSE 博集天卷 CS-BOOKY

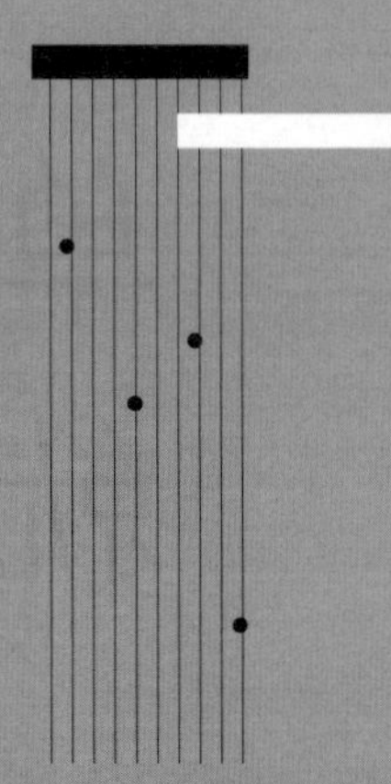

单身久了就会变成狗

我们不是童话故事里的男女主角，

少了哪一个就变成了悲剧；

不是麻将牌局里的对对胡，

少了哪一个就满盘皆输；

不是凑成一对的高脚杯，

少了哪一个就成了一生寂寥的独酌。

但是你知道吗，如果我明天就离开的话，

会因为曾经认识过你，觉得做人真好。

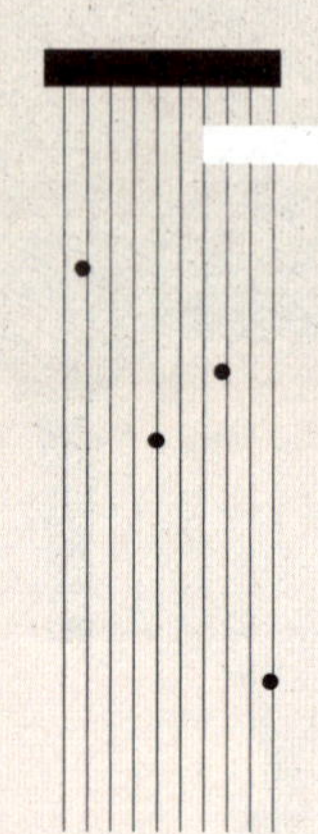

男朋友自动贩卖机

我们永远不会明白自己是怎么样地被爱着，

直到那个人再也不会回来。

我不信什么一生一世，也不信什么真爱永恒，

但我终于知道，我曾恨得打翻了杯子的人，

怨得皱紧了眉的往事，

最后不过化成时间里的尘，

在当下的某个片刻揉进眼睛，

赚几滴泪，终将消逝不在。

1500
1000

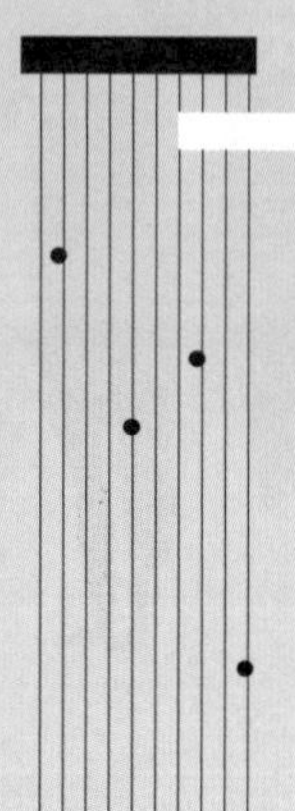

朋友圈里的男朋友

我想扮演成你喜欢的样子，

和你一起去过你喜欢的人生。

我想说出你喜欢听的句子，

和你一起聊遍你爱听的话题。

我想露出你喜欢看的笑容，

和你一起去找回丢失的快乐。

可我知道，

伪装是一场看似多彩却注定要落幕的剧，

待繁华褪尽之后，你是否愿意，

一同去经历心灵的未知，找寻相遇的意义。

13 2月

就想和她窝在家里看电影。

11 2月

成功的人不谈失败！

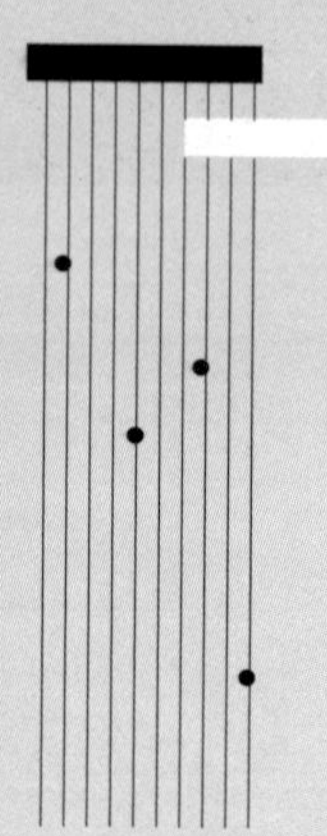

钱包里的剁手妖精

也许我们永远都找不到一个答案，

为什么心里会有个呼呼刮着风的黑洞，

好似永远都填不满。

然后女人却要做许多愚蠢的事，

男人不懂的事。

只为了在其中，

找一个更美好的自己。

CHANEL

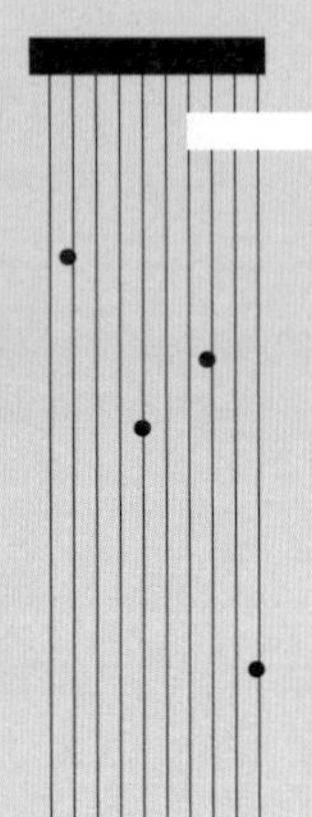

世界上的最后一个胖子

一个人总要独自承受些别人

无法理解的苦难，

在突如其来的变故里修整自己。

最后长成一个独一无二的你，

带着独一无二的灵魂。

目
录

CONTENTS

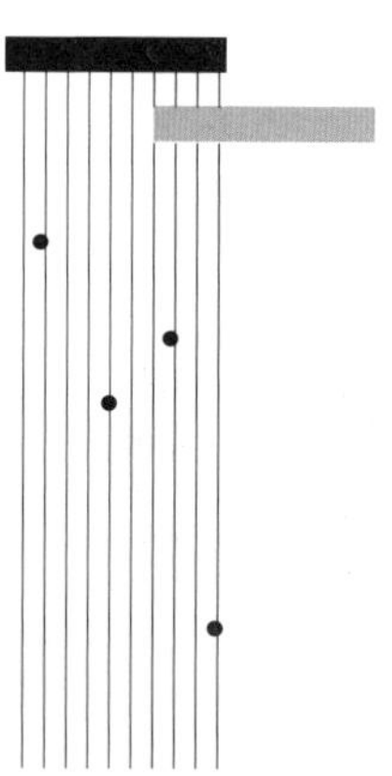

1

天堂小卖部

这是我们再次相遇的地方，这是生活荒诞不经的力量，
这里的恩怨情仇不知去向，这里难以遇见城市的灯光，
这里只是一个安宁的天堂，可以实现你在人间的愿望。

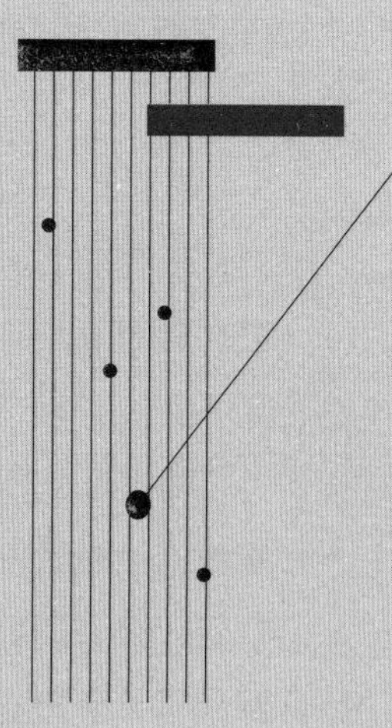

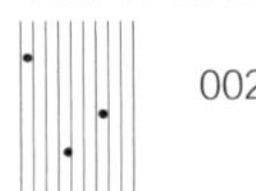

我是一个人来到天堂的。

在人间的最后一天，原本想杀了我的老公大马。

大马和我结婚两年，起初我们无话不谈，像所有的新婚夫妻一样过着甜蜜的生活，然而好景不长，渐渐地我们由最初的新鲜变成了日常的冷淡，接着他常常借口不回家，我就知道，有些东西是要变质了。

然后有一天，他意外地一直待在家，我预感我一直回避且害怕的时刻终于要来了。我们先是各自无言，沉默地做着自己的事情。我把自己关在房间里，抱着枕头看《绝望主妇》，而他则在客厅里来回踱步，焦躁不安。

晚饭时，我在厨房里慢悠悠地做着晚餐，他站在餐桌旁默默地注视着我，他的眉头紧紧皱着，神情异常严肃，嘴巴一张一合，无声地在嘀咕着什么。我知道他想要跟我说些什么，但我选择无视，切着菜，神思飘到了《绝望主妇》的剧情上，暗讽自己大约比里面的每一个角色都要

绝望。

然后我默默地做了一个决定，如果他开口跟我提出离婚，我就跟他同归于尽。

晚饭在诡异的沉默中迅速结束，我快速地收拾完碗筷，顺带从厨房拎了一把小刀回到卧室，躺在了床上。

我侧躺在床上，用被子紧紧地裹住身体，把刀子握在右手中，然后把右手连同刀子悄悄地藏到枕头下，头微微抬起，小心地避开枕头下面的刀。

我的手心里渐渐出了好多的汗，握着刀子的手也有些发麻了。

我知道不能再这么无声地等着对方的审判，于是假装着用生病的弱弱口吻叫着客厅里的大马："老公，我突然感觉头晕，很不舒服，我想你来陪我睡觉。"

大马在外面待了很久，久到我都快要睡着了才慢慢地来到我身边躺下。

我提醒自己，只要等他睡着，就立刻下手。

哪知道头越来越沉，而我的手还死死压在枕头下，握着那把刀。

这是我在人间的最后一晚。

后来我用马尾绑成的发髻里就插着这把刀，陪我一直走过漫长的路途，来到了天堂。

人间有人间的规矩，天堂有天堂的规矩。在天堂入口的电梯边有道安检门，初来此地的人要把随身携带的尖锐物品留在外面的世界。

我来到天堂的时候，也过了安检门。插在我发髻里的那把刀子被安全部长扣下了，可我离开那刀子十分钟以上，就头晕眼花痛苦不堪，它像是成了我身体的一部分，丢不得。

于是上帝给我开了刀具携带特别批准证书，让我成了天堂里唯一携带尖锐物品的人。因为头插一把刀子，天堂里的人都喊我一声刀子姐。

上帝把我安排到天堂小卖部工作，小卖部听起来像个杂货铺，但只卖西瓜。原因只有一个，就是上帝他老人家爱吃西瓜，而整个天堂里只有我一个人可以切。所以我这小卖部说白了也就是为他老人家服务的。上帝要求我的工作业绩必须达到300%的增长率，不然就把我驱逐出天堂，成为在外游荡的灵魂。

我每天的工作就是把西瓜切块装盒，卖给来买西瓜的吃瓜群众。但只依靠着日常的西瓜销售，根本无法完成上帝对我的业绩要求。凭着过去耳濡目染的一丁点经济学知识，我知道得自己去开源。

商品的品类无法上新款，就只能开拓更多的销售渠道。天堂广场每天都有广场舞队聚集在一起跳舞，他们跳久了，自然就会口干舌燥，如果能固定为他们提供西瓜套餐，想必会是一大笔固定的销售额。

但唯一的障碍是，广场舞队的队长安妮阿姨，对我充满了敌意。

她对我说："你是天堂里头号的'恐怖分子'，那天我看见你插在头上的刀子掉出来了，万一砸到什么人，多危险啊。我们才不要你来送货。"

从那以后，不仅这个客源没开拓成功，连广场舞队的人见了我都躲得远远的，说这么危险的怪人，千万不要靠近。

天堂里新来了一位快乐的老人，吃瓜群众称他一声波叔。波叔来天

上帝他老人家终于忍无可忍，把我叫到了办公室里问话。

“刀子姐，你最近的业绩不太好看啊。”

“对不起，上帝，都是我的错，请再给我一次机会吧！”

“嗯……这个倒不是什么大事，我愿意再给你点时间，但是，安妮阿姨的事情就有点严重了。这个你有什么需要向我解释的吗？”

“真是对不起。我只是想和她尬舞来获取广场舞队的西瓜汁订单。我真不是故意弄伤她的！”

“嗯，但安妮阿姨不能再跳舞了，她在天堂还有很长的时间要待，总要给她找些事来做。你是要负责的。”

“哦哦，我一定会负责的，但是我这里还能有别的活给她做吗？”

“每个人来到天堂都有固定的工作岗位，都是命中注定的。安妮阿姨这件事，确实是在意料之外，我也很难办。”

“所以……到底要怎么办？”

“在人间，怎么办要问你自己，在天堂，也是一样。”

从那天起，安妮阿姨就和我一起在天堂小卖部工作。我试着教她做西瓜汁，毕竟那么多库存，总要想办法处理掉。结果她每天溅到自己脸上的汁水比可以拿出来售卖的还要多。

她埋怨我说：“都怪你，害得我只能来做这种烂工作。以前在人间的时候，在家里都有小保姆来给我做果汁，从不自己动手。”

我很无奈，只能道歉：“真是对不起，我的刀子很难控制，如果小卖部能经营下去，以后一定把最好的岗位给你。”

她说：“我不稀罕你的好岗位，我放着天堂的好日子不过，不能跳舞了就来这里给别人打下手，这是何必。”

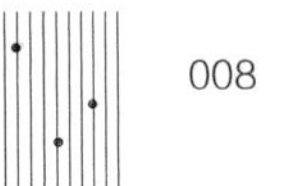

安妮阿姨看到一颗坏掉的西瓜，叹口气，继续说："你看看你这里，什么工作福利都没有，工作条件那么差，看起来都快要倒闭了。"

听到"倒闭"这个词的吃瓜群众，又一次躁动起来了。他们谈论的话题有了新的方向：

天堂小卖部倒闭后，上帝的见面礼选哪些才合适？

天堂"恐怖分子"刀子姐失业后的就业出路是什么？

天堂版破产姐妹，刀子姐和安妮阿姨的苦难求职记。

现在的我，听到吃瓜群众的言论，内心平静了不少，可能这就是成熟吧。

但安妮阿姨却更加焦虑起来，她对我说："这样下去，咱们都只能被赶出天堂，去做游荡的灵魂了。"

我感慨地说："当初我结了婚辞了职，在家里做个游荡的家庭主妇，没承想，来了天堂还是这样的下场，然后永生永世这么游荡下去。"

安妮阿姨也陷入了感慨中："我老伴去世早，只留下了遗产，没留下儿女，我就天天出去跳舞，日子过得也还不错，起码有个精神寄托，哪怕出了车祸来到天堂，也有个事可做，我到底是欠了你什么要沦落到这个地步。在人间跳舞的时候还跟个老头谈得挺好的，没跟他表白就……"

"嘿，您就是安妮阿姨吧？刚才听你说的那老头，是不是波叔？"

我抬头一看，说话的人竟然是大马，我在人间时没有杀死的丈夫。这是我第一次在天堂看到他，虽然很震惊，但脸上却保持着很平静的样

子。看他无辜的样子，我想他也是吧。

他似乎早早就站在我们空荡荡的摊位前了，并且听了好大一会儿我和安妮阿姨的对话。这个无情的负心汉，我依旧很恨他。

大马说："刀子姐，安妮阿姨，我跟上帝申请了一笔天使投资，可以调整天堂小卖部的运营结构，重新运作，盈利可不只是300%。波叔，将来可以做天堂小卖部的商业顾问。"

我问："什么商业顾问？"

大马说："波叔年轻的时候可是个鼎鼎大名的企业家，我一来天堂就看出他的智慧跟别人不一样。刚才和他聊了会儿天，才听说你们的故事。"

我拉住安妮阿姨，说："别信他的，要不是因为他，我还来不了天堂呢。"

大马连忙解释："我现在也是为你们好，何必骗你们。"

我对大马说："无论你是不是来骗我们，我都不想再看见你，恨死你了。"

大马看着我，有些难过，他犹豫着说："刀子姐，其实我……"

大马的话还没有说完，我就不耐烦地打断了他："没有其实，既然你也来了天堂，过去的事情我就不跟你计较，但是请不要装作认识我。我不想跟你再有任何的瓜葛了！"

天堂小卖部依旧无人光顾，生意非常惨淡。我严词拒绝了大马的建议后，他就再也没有来过，当然我也并不关心。我和安妮阿姨继续尝试着把西瓜做成不同的种类推销给吃瓜群众，可惜效果不是很显著，也就是西瓜汁能稍微售出一点点。

过了没几天，波叔就来光顾了我们的小卖部。这个新上任的广场舞队队长可比安妮阿姨大方许多，他一下子买了10杯西瓜汁，说是要犒赏广场舞队的优秀成员。

我双眼一亮，立刻看到了商机，于是开始怂恿波叔办个会员卡，还能给个团购打折的优惠价格。

波叔显然对我这个优惠政策一点都不感兴趣，他淡定地说："这有什么，都要是一家人了，还说什么办卡不办卡。"

"一家人？"我很惊讶，什么时候我们变成一家人了。

波叔继续说："你们不是要改运营模式？大马说好了请我来加入的，安妮阿姨把日常运营方案都给我了。"

站在旁边的安妮阿姨使劲跟他眨眼睛，这都被我看在了眼里。

我生气地问安妮阿姨："你这算什么意思？"

她说："咱们俩都在天堂小卖部，有事情起码得民主决定吧？我同意，大马说能赚钱，我还不用干苦力活，有什么不好的。都来了天堂了，大家低头不见抬头见的，你就不要计较什么旧事了。"

我生气地把装进袋子里的西瓜汁拿出来，往没人的空地上扔了下去，现在只想发泄情绪，可不想又上吃瓜群众的话题榜，但这并不能缓解我的怒气。

我又把天堂小卖部的大门钥匙摔在桌子上，愤怒地说："我不干了，凭什么我就要完成这么多业绩，就因为我有刀子？凭什么别的地方好好的，就偏要在我这里弄天使投资。你们玩去吧，我走了！"

发了一通脾气后，我就离开了天堂小卖部，在天堂里漫无目的地到处晃荡。我才发现天堂那么大，我竟然从来都没有好好地逛过。

走着走着，我就碰到了天堂交通部负责疏导道路的阿晓，他穿着制服，显得威风凛凛。“刀子姐，今天休假？”

“我不做天堂小卖部了。”

“那做什么去？”

“完不成业绩，横竖都要被赶出去，所以我决定趁着现在好好看看天堂什么样。”

“我这几十年已经把天堂看了许多遍，可还没看到想看的。”

“你想看什么？”

“在人间想看到的人。我来天堂的时候才17岁，正在读高中，喜欢隔壁班的一个女同学，那时候经常跟在她后面上学，终于决定跟她表白的时候，我家里就失火了……不过，她没来也好，起码还能多享受人间的日子，来这里遇到了也没有结果，你听说过波叔和安妮阿姨的事吗？”

“什么事？”原本听到这里我想找理由走开，他这一问又提起了我的兴趣。

“安妮阿姨和波叔以前在人间就谈了段夕阳恋，后来陆续到了天堂，好像这感情也就不了了之了。”

“没结果，也许比有结果好多了吧。起码还有个期待。”

说完又是一阵惆怅，告别了阿晓，我继续在天堂里晃荡。不知不觉就到了傍晚，我又回到了天堂广场。这时的天堂广场已经围满了吃瓜群众。那不是平日里跳舞的人群，反而聚集了很多的吃瓜群众。

我连忙抬头看向天空。空气中一排排弹幕飞了过去，原来波叔出事了。

广场舞新任队长飞出天堂，下落不明。

天堂非法跳舞毯惹出两次大祸，安检部门是否要引咎辞职。

天堂广场危险频出，上帝即将出台禁止聚众法令。

离那不远的天堂小卖部此刻已经被吃瓜群众围成了一个圈，我挤过人群，走到摊位旁边，看到安妮阿姨瘫坐在地上，失魂落魄。

她嘴里不停地碎碎念："他都没喝一口我做的西瓜汁，就这么掉出天堂了，呜呜呜……"

我走过去把安妮阿姨扶起来，找了几张纸巾给她擦眼泪。

她哽咽着说："刀子姐，你知道我为什么来天堂吗？"

我说："你之前跟我说，是出了车祸？"

她说："是因为我去给波叔送包子。我俩是在人间的时候跳舞认识的，后来啊，想着搭伴一起这么过日子，他说想吃我做的猪肉大葱包子，然后我就做了一大锅，打车给他送去，结果在36号高速路上车子抛锚了，后面的车来不及刹车，直接被撞飞……来了天堂，也没来得及给他做点什么，又这么不见了……"

安妮阿姨一直沉浸在再一次失去波叔的悲伤中，我帮不了她什么，只能默默地陪在她一旁。

后来，我特意找了安全部的大哥问了一下，波叔掉出天堂有什么后果。

他跟我说："回不来了，掉出天堂就注定永远在外面游荡。"

安妮阿姨这几天做西瓜汁格外卖力，我劝她不要把自己整得这么累。

她说："不搞什么运营调整了，榨完这些西瓜，我们就出天堂，没准我还能找到波叔和他一起飘荡呢。我们还可以一起唱着歌，让我们荡起双桨……"

我说："不行，我们得搞运营，得好好搞，得好好地在这里做下去，以后，永远都不要留下什么遗憾。"

安妮阿姨嘲笑我说："之前是谁说不做的，还甩手不干了？"

我感慨地说："我们在人间都留了那么多没完成的事情，来了天堂还要这样下去吗？听了你和波叔的故事后，我想了很多。大马以前是做了对不起我的事，但确实都已经过去了，来到了天堂就要忘掉过去，有一个新的开始。要是这坎都迈不过去，在天堂这些年也没机会迈过去。"

"你们在聊我吗？"说来也巧，我刚刚松口，大马就又神奇地出现在摊位前面听我们说话。想通了后，我也就不纠结了，趁着他在，就赶紧问他："正找你呢，上次说的天使投资怎么样了？"

大马说："你不是不同意吗？这事黄了，我跟上帝他老人家说，不做了，他把预算收回去了。"

我听完后，咔咔咔咔又切了几块西瓜，分给安妮阿姨和大马，自己先吃了一块，西瓜汁水溅得我满脸都是。

我沮丧地说："好，好，不干了，什么都不干了，我们这天堂小卖部就这样吧。"我把刀子啪地拍到桌子上。"我可能注定做不成什么事，在人间没做成好妻子，到天堂也开不好一个小卖部。"

"谁说你不好？你多好。"

大马的话又激起了我的愤怒。

"我好？我好你还出去搞那么些拈花惹草的事！"

“真没有，都是吃瓜群众瞎说的呀。没想到你还真信了！”

“那我怎么会煤气中毒，难道不是你谋杀吗？”

“那天也是我最后一次在我们的家。你说感冒不舒服，我去厨房煮了姜汤，在你身边躺了一会儿，接了电话就去了店里，那是给你的结婚礼物。怕你醒来看不到我，急匆匆地往回赶。结果回家在36号高速路出了事，前面的车子突然抛锚，我来不及停车就撞了上去……成了植物人，躺了两年才来到天堂。那时候还在想，你这么久没人照顾，不知道过得好不好，哪知道那天给你煮的姜汤害你煤气中毒……都是我不好。”

“你去准备结婚礼物？”

“结婚这些年亏欠你太多，我在商业街上盘下一个杂货铺，一直忙着进货和装修，想着以后我就提前退休，咱们俩一起过以前想过的日子。好几次都忙得来不及回家，就去咱们以前恋爱时去的酒店对付一夜……”

我一下子说不出话了，我曾经想过各种自己死的过程，但万万也没想到是这种。我相信大马的话，事到如今，他也没有必要再去编织谎言欺骗我。

我的内心顿时充满了愧疚，于是我默默地挑了块更大的西瓜递给大马，感慨地对他说：“现在知道了就好，总比永远不知道要好。”

大马看到我真的释怀之后，忽然从身后拿出一沓文件来，高兴地说：“其实上帝他老人家并没有收回预算，之前我是害怕你再次拒绝我，所以才骗你说预算已经收回了。这是天堂小卖部的商业计划书，上帝他老人家可是大力支持。既然我们现在的目标一致，那么我们来商量一下天堂小卖部的改进方向吧。我建议开成一个O2O的商城，可以往人

间售卖货品。”

对于大马的反复无常我已经习惯了，于是把重点放在了商城的规划上。

我好奇地问他：“那我们要向人类卖什么东西呢？”

大马兴奋地说：“让人们能感觉幸福的东西。”

我继续询问：“那什么东西能让人感觉到幸福呢？”

“天堂这么大，人才到处都是，我们还会缺少创意吗？”

说完这句话后，大马的身后就陆续地走来了一批人，他们有的是在人间报刊任职过的知名记者，有的是每天四处宣讲的演讲大师，还有整天在媒体上露脸的公关、整日敲打键盘的程序员、不分昼夜的科学家，等等。

这些曾经在人间神通广大的吃瓜群众，纷纷加入了天堂小卖部的研发团队。

为了不再发生像安妮阿姨那样的意外，我也把与我形影不离的那把刀子从头上取了下来，存到了上帝他老人家那里。取下来的那个瞬间，我竟然都没有感觉到不适。我想大概是我的心结解开了，它在天堂的任务也算是完成了吧。

没过多久，上帝他老人家就在天堂的广场上举办了盛大的活动，宣布“天堂小卖部”网络商城项目正式启动。

身怀绝技的吃瓜群众，研发了许多可以销售到人间的商品。种类奇多，品种奇特，功效显著，专为人间的朋友解决烦恼事。

作为商城的营销总监，大马还为商城专门创作了广告语，放在了商城商品页面最显眼的位置：

我们从来都知道，人间并不完美。

生活总是可笑，爱情里的痴缠太狼狈，梦想的轮廓多暧昧。

等过春秋冬夏，走遍东南西北。

这是我们再次相遇的地方，

这是生活荒诞不经的力量，

这里的恩怨情仇不知去向，

这里难以遇见城市的灯光，

这里只是一个安宁的天堂，

可以实现你在人间的愿望。

一切都已准备就绪，货品、客服、快递都已就位，新版的天堂小卖部正式开张。

好戏终于要开场。

现在，有顾客已经上门了。

【天堂小卖部新品介绍】

遗忘昨日药丸：

服用者会丢失24小时内的记忆，每人仅能食用一次。

天堂定制手机：

使用该手机的用户，可通过开关按钮走进自己在朋友圈里搭建的世界。

梦想奶糖：

吃下它，那些问你“你有什么梦想”的人，从此不会听到失望的答案。

无爱城直达轿车：

驾驶该车的驾驶员，将抵达一座不能恋爱的城市。

未来婚姻体验机：

使用者可走进自己和任意人选的未来婚姻世界，感受真实的命运曲折。

硅胶左手：

专治女人“买买买”剁手后遗症，随买随剁，安全过瘾。

有答案的榴梿：

吃下榴梿，榴梿核上能看到你想知道的答案。

职场赢家大礼包：

你的老板让你加班吗？有了它，从此不再加班，轻松赢遍职场。

时光花瓶：

打碎花瓶，时间可以退回前一天，遗憾还来得及修补。

美丽宝宝APP：

一款可以让你在现实里拥有美丽容颜和傲人身材的手机应用。

男朋友自动贩卖机：

单身女青年的福音，买个男朋友，总有一款你会喜欢。

瘦身饭团：

胖子们吃了会瘦的奇妙饭团，减肥无须再挨饿受苦。

运气优化贴纸：

为什么有的人永远活得顺风顺水，用这张贴纸把别人的好运气传输到自己的身上。

茧居胶囊：

谁的过去没有解不开的一个谜？重新回到人生游戏的存档位置，做个观光客，从另一个角度观察生活。

味道解码师芯片：

使用者能品尝到食物制作者的故事，尝遍天下味，完成任务，解除自己的万千忧愁。

天堂外卖海螺：

海螺世界与人类世界的沟通媒介，海螺先生和海螺小姐，世世代代与人为伴。

单身久了就会变成狗

我们不是童话故事里的男女主角，少了哪一个就变成了悲剧；
不是麻将牌局里的对对胡，少了哪一个就满盘皆输；
不是凑成一对的高脚杯，少了哪一个就成了一生寂寥的独酌。
但是你知道吗，如果我明天就离开的话，会因为曾经认识过你，觉得做人真好。

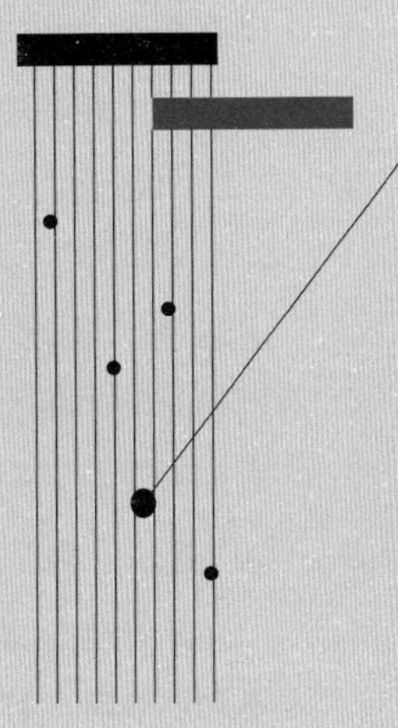

地球上四处弥漫着惊恐的气息。就在不久前，地球上突然爆发了一种叫作“单身狗”的病毒。病毒的起因据说是单身男女们找不到心仪的对象纷纷去网络上诉说单身的寂寞和痛苦，也不知道怎么回事，怎么开始的，说的人多了，电脑也就跟着中了病毒。接着，一台台的电脑通过网络相继被感染，而接触电脑的人也未能幸免。没多久，这种病毒就扩散到了世界各地，全球的人都感染了。

而感染了这种病毒的人，最终的结局是真的变成单身狗。

全世界的医学实验室都在努力研究怎么治愈单身狗病毒，但它扩散之迅速，生长之顽强，还真不是什么物理性的解药能预防和治愈的。经过长时间的研究和调查，医学专家们终于找到了一种预防的办法——只有拥有了真正的爱情，彼此恋爱中的两个人才能避免感染。而那些已经感染的人，则只能靠成功恋爱，才能避免最终变成单身狗。

单身狗病毒蔓延全球，这个世界上渐渐地就只剩下了两种生物：人类和单身狗。社会上每天都会突然涌现出大批的单身狗。剩下的人类则

开始肆意疯狂地恋爱，一旦动心就立刻结婚，因为只有那样才可以获得终身的免疫，作为人类安全地存活到终老。

要说当下什么店铺最火爆，非婚姻介绍所莫属。大批的婚姻介绍所相继开业，开满了大街小巷，数量比便利店还要多。要说当下什么工作最热门，便是兽医了。连医学院的学生都意识到在不久的将来，单身狗的数量会比人类还要多，因此纷纷选择了兽医专业。兽医诊所一个个地融资上市，很多老板借此成了亿万富翁。

当然除了兽医店，为了安置流浪在外的单身狗，国家还特别建设了单身狗福利院，收养流浪在外的单身狗们，把它们供养起来，以免引发社会暴乱。当然也有善良的夫妻会到福利院来领养单身狗，作为家里的宠物，给它们家庭的温暖。

在病毒大肆爆发的时候，我身边许多人都变成了单身狗。

比如我的闺密牛小姐，她在失恋之后就一直哭，哭了整整一年，边哭还边跟我诉苦说她没办法从失恋的阴影中走出去，也爱不上别的人。

牛小姐和她前男友的爱情，当年也是我们朋友圈里的一段佳话。她前男友叫杨过，两个人17岁的时候就坠入了爱河。那时牛小姐为了能和他在同一个地方读书，生生浪费了自己原本能去清华的分数，填志愿时选了和杨过相同的工科专业和学校。毕业之后两人又异常顺利地被同一家500强企业招收。但企业内部不允许员工恋爱，于是牛小姐又义无反顾地辞了职，在公司附近开了家花店，从此以后每天杨过的同事们桌上都摆着新鲜的花朵。

然后有一天，牛小姐突然拉着我跑到了机场，迅速地给我俩买了两张机票，一路杀到了普吉岛，还装成服务员敲响了普吉岛独家酒店的房门。然后我就看见杨过用浴巾捂住屁股的样子，和电影里看过的捉奸镜头一个样。

他们分手的时候，杨过说读书时见识短浅，现在遇到了真爱，难道有错吗？

牛小姐大方地原谅了他，可她却始终放不过自己。半年前在杨过和小三的婚礼上，她还特意为他们准备了足够轰动城市婚庆圈的巨型鲜花拱门设计。

牛小姐对我说："我以为心里那个迈不过去的坎能把他锁在回忆里，哪知最后锁住的人是自己。"说话的时候她虽然在笑，但我总觉得她的心在滴着血。

牛小姐在变成单身狗的前一周，把她鲜花店日常运营的资料都给了我。

她对我说："花店送你了，我把我自己也送给你。以后就让我留在这里吧，不要让我孤独地待在单身狗福利院里。"

牛小姐知道福利院很恐怖，我们俩以前周末去那里做过义工。福利院的墙壁上挂满了大大小小的狗笼，那些单身狗凑在一起，汪汪汪地乱叫。义工分批次地牵着它们到拥挤的草坪上散步，在固定的地方大小便，吃社会人士大批量捐助的廉价狗粮。

我们俩那时候带着单身狗散步的时候，我问她："我们的将来，会不会也是这个样子？"

牛小姐看着我的眼睛，坚定地对我说："单身已经很悲凉了，我们不能连最后的尊严都没有。"

牛小姐做人类的最后一天，先和我一起去宠物用品店购买了粉嫩嫩的狗窝、饭盆、毛刷，甚至各式各样的给狗狗穿的小衣服。然后我们就坐在她的花店里静静地发着呆。

突然她像想起来什么似的，站起身来走到角落里鼓捣了半天，拿出来一个花瓶给我，献宝似的对我说：“这个花瓶还是我老早从‘天堂小卖部’购物网站上买的，把它打碎，就可以让时间回到前一天，如果有机会去修复感情，你会用得上它。”

然后我就眼睁睁地看着她变成了一只棕色的泰迪狗。我给她换上新的小衣服，系上粉色的小领结。它高兴地围着我的腿转圈圈，嘚瑟地摇摆着小尾巴。

电视台仍在不停地滚动播出各个国家对于研究单身狗病毒所做出的努力和对单身狗的援助措施，然而全世界变成单身狗的人数仍然只增不减。

而我，已经单身11个月了，如果再没有遇到动心的爱人，也要变成单身狗了。

我和大家拯救自己的方式一样，先是在社交网站上到处上传自己的美照，并附上自我简介，焦急地等待着能有一个完美的恋人突然从天而降，拯救我这个中毒太深的姑娘。

自我简介上是这样写的：小雪，女，单身11个月，替朋友经营一家鲜花店，期待与爱生活的你相遇相恋。

简介毫无新意，在网络上随处可见。人人都放低了身段和自尊，卑微地在网络上求爱。

甚至在马路边，也能轻易见到爱情的乞讨者。他们在路边坐着，遇

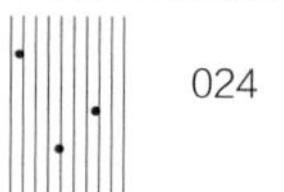

到独自行走的异性就上去搭讪，把牌子上的简介给人们看，嘴里还不停念叨着：“我不要变成狗，我们可以试试吗？求解救！”

爱情变得越来越迅速，大家都是饥不择食地去找爱情。

他们大声说着：“既然爱情从来都不是理智的，那我还要什么理智。”

可表面的爱情欺骗不了体内的荷尔蒙，如果没有真心的恋爱，那么病毒依旧会准时生效。

除了在网络上传照片和简介外，我还另外联系了一家知名的婚姻介绍所，据说成功率99%。于是我毫不犹豫地买了一张千元包月的会员卡，可以介绍给我10个匹配度高的优质男性。

婚姻介绍所介绍给我的第一个男人叫阿龙，和照片里的样子完全不一样。照片里的他看上去斯文成熟稳重，而现实里见到的他是个留着杀马特发型的小男孩，比我小了五六岁。

我一边在心里默默地咒骂婚姻介绍所的不靠谱，一边友善地对这个坐在我对面的毛孩子说：“弟弟你看起来年纪太小了，我们是不是不合适？既然都来了，姐姐请你喝咖啡吧。”

他拿起菜单，丝毫不客气地点了三种不同口味的咖啡，还要求加了双倍的奶油。

他主动对我说的唯一一句话是：“咖啡是不是有点太苦了？”

我往他的杯子里又加了两块方糖，不耐烦地给婚姻介绍所的客服发消息：“不是说给我介绍匹配的人吗？年纪差这么多为什么还要介绍给我？你觉得我们哪里合适了？”

客服淡定地回复我：“你不是喜欢爱生活的男人吗？阿龙很爱生

活，爱吃也爱喝。”

我的内心真是一群乌鸦飞过，心想这小毛孩喝了三杯加了双份奶油的咖啡，还觉得苦，真的爱生活吗?

客服继续淡定地敲着字：“大家的命都这么苦了，怎么苦得过咖啡？”

天哪，别跟我说哲学问题了，赶快找匹配的人介绍给我吧。

介绍来的第二个男人看上去还不错，侧面跟吴彦祖还蛮像的，品味也尚可。我们约在这座城市里最贵的旋转餐厅吃自助餐。据说这家旋转餐厅用的都是镀了金子的餐具。

他资料里写的是自己经营几十家连锁餐厅，前女友为了减肥所以和他分手，目前已经单身10个月，状况确实和我比较接近。

服务员倒了两杯酒的时间，他已经端了三个满满的餐盘回来，餐盘上塞满了烤肋排和牛柳。正当我以为他要把这三盘丰富的美食递给我的时候，他已经默默地递给了我两个空盘子并淡定地对我说：“快点去拿，刚出来还是热的。”

我取餐回来的时候，他已经把三盘肉吃得干干净净，并准备起身去拿新的了。

好不容易等我们都坐下吃饭，我刚想和他聊一聊，他就催促我快吃快吃，并劝我不要浪费这么好的美食。

当然最不可原谅的是，那天他的钱包里居然拿不出可以支付餐费的现金，最后还是由我来买单。

后来我去了婚介所投诉，想要当面质问他们为什么介绍的都是这么不靠谱的人。但刚进婚姻介绍所，就看到窄窄的走廊内，挤满了和我一样的人，他们都在愤怒地对着客服大声质问着。

原来这些人都被介绍的人给骗了。有的人被骗走了手机、钻戒，还有不少人被骗得倾家荡产。

站在身边的一个烫了鬈发的大姐，有点无奈地对我说："妹子我去过好多家婚姻介绍所，现在不少人就靠着这个混吃混喝，反正知道自己最后还是要变成狗，不如及时行乐。因为这个世界上总有我们这样的傻瓜，会为了一丁点渺小的希望给他们买单。"

要是遇不到真的爱，不如就在屈指可数的余生里，好好爱自己。

网络求爱和婚姻介绍所求爱都失败后，我索性就把自己闷在家里玩CS（反恐精英游戏）。

记得读书的时候，都是晚上写卷子背书，直到父母睡着了以后，才悄悄打开电脑玩一会儿。那时耳机里传来的震耳欲聋的声音听着特别过瘾。然而现在可以一直随心所欲地玩到人生结束，反而让我觉得这样的结尾，显得有些乏味。

电脑右下角有弹框提示"收到了1封邮件"。打开是一个落款叫C先生的人。

邮件是这样写的：你好，小雪。看到你的资料，冒昧地打个招呼，不知道有没有兴趣了解一下？我已经单身11个月了，刚好我们剩下的时间差不多，如果你时间允许的话，不如我们一起出去旅行？我刚好有航空公司里程积分兑换的双人票，我希望变成单身狗之前能去热带看看远处的风景，但一个人又觉得很孤单，所以想找你搭个伴，希望你能答应。期待你的回信。

如果是在和平年代，谁会愿意和一个陌生人外出度假，更何况，这个陌生人还想“和你谈恋爱”。

我想起自己过去和牛小姐说过的话。

我们不欠谁一个家，更不欠谁一段掏心掏肺的关怀，不幻想出了门做某位先生的好太太，也不期待十月怀胎帮他的家族传宗接代。

我们不是童话故事的男女主角，少了一个就变成了悲剧；也不是麻将牌局里的对对胡，少了一个就满盘皆输。

何必一定硬要跟什么人配个对，才觉得人生得到了大圆满结局?

可当我的人生开始倒计时，竟然也妥协了。

或许所谓的爱情，就是我们漫长乏味的一生里，勉强还能拿出来玩味咀嚼一番的片段，让现在的人对将来还有期待，让未来的自己对过去能够释怀。

我主动给C先生打了电话，收拾了行李就奔着机场而去。

出发前牛小姐围着我的行李转圈。我摸摸她的头，对她说：“我和C先生要一起去旅行了，请祝我们的寻爱之旅一路顺风吧。”

我们约好在机场的安检旁见面。C先生看起来像是那种长期出差的人，穿衣的风格是特别流行的性冷淡风。他对我介绍说他是做外贸生意的，工作中经常飞美国和加拿大，因此航空积分非常多，但他一直没有空闲的时间度假，这下子要变成单身狗了，才愿意给自己放个假。

他对我说：“如果我们在路上相爱了，不如就在海岛举办婚礼吧?那是我一直以来的梦想。”

我盯着他没回应，浑身冒着冷汗。

他担心地询问我是不是生病了。

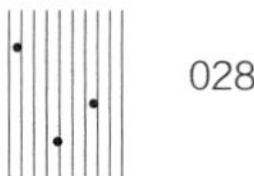

我伸出手颤巍巍地拉下遮光板，小声地对他说：“我恐高。要不是因为来见你，我是绝对不会选择坐飞机的，上一次坐飞机，还是和闺密一起出去捉奸……啊，不提了。”

C先生之后就没再说什么，只是在飞机飞行的过程中，不断地让我看窗外的云，云下的大海，当然时不时地还要拽着我偷听一下旁边人的聊天对话。

我想着，C先生看来是多年没有谈过恋爱了，这么不在意身边女孩的感受。不过从他的言谈来看，也可能是身边愿意迎合他的女人太多，自己从不觉得珍惜。

我不小心把咖啡洒在了身上，他喊来空姐帮我处理污渍。

空姐递纸巾过来的时候，C先生心跳的声音比飞机的噪音都大，他爱上了空姐。

我去了趟洗手间，回来时空姐就已经春意盎然地站在一边与C先生深情对望了。

这一趟旅行的末尾，是我围观了C先生和空姐在热带海岛的幸福婚礼，我品尝了许多种口味的热带甜品，站在人群里热热闹闹地羡慕着那对新人。

临走前我多吃了一块榴梿蛋糕，心想还计较什么身材和卡路里，我都是要变狗的人了。

被C先生这么一耽搁，我距离变成单身狗的日子还剩下14天。

时间这么短，遇到真爱的可能性就越来越低。我每天缩在家里对着舔我脚的牛小姐发呆，忽然就认了命。

我又玩起了CS，但我永远都不知道敌人躲在哪里，也不主动进攻，

很快血槽就被打光了。死了之后我也不点重新开始，灵魂还可以继续在地图里面转，敌人一拨拨地跑出来，耳机里听见嗒嗒嗒的脚步声，觉得还挺好听。

游戏里，站在我身后的一个人说话，是小树，他说：“你会玩CS吗？不是这么打的，你都死了还乱转什么？”

“死了就不怕死了。”我说。

小树是我以前公司的一个男同事，自从单身狗病毒爆发以后，我们的公司就解散了。因为之前的工作太忙，大家都是单身，后来没有人好好工作了，我们就都成了失业的“单身狗”，接着不少人变成了真的贫穷的单身狗。

自己在家窝得实在憋闷，于是我回父母家，结果我爸妈饭都吃不下，一直在哭。

他们一把鼻涕一把泪地对我说：“好女儿啊，你没有多长时间了，快找个人去恋爱吧！找个差不多的凑合一下也好啊，我们都是为你好啊，实在不行，我们身边的朋友都再多介绍几个男人给你见见？”

然后我也哭，我把银行卡、股票账户都写在纸上给我妈，对她说：“这是最后的遗产，以后给我多买点进口的狗粮吃吧。记得狂犬疫苗按时给我打，万一被我咬到了也记得去医院……”

告别了父母回到家后，牛小姐就蹭了过来围着我转，她撒娇地哼哼着，我知道她在说，要快点找个人恋爱啊。

现在网上热门的文章主题都雷同，比如十分钟教你恋爱必胜之法。还有学费昂贵的恋爱大师的课程，指导马上要变成单身狗的人如何迅速

在恋爱中走心，逃过最后的劫难。听说那些讲师赚得盆满钵满。

我在“天堂小卖部”网络商城找到一个无敌恋爱大师培训班的报名卡，上了三天的培训课，一天12个小时的课程，记了一大堆笔记，还现场和一起上课的男学员互动交流，实践学习经验：比如说要先对他撒娇，让男人产生一种被需要感，要以柔克刚，要欲擒故纵。我们彼此在对方的身上演练好几遍，却都没有动心的意思。

封闭的课程结束，回来我看到新闻说，有的恋爱老师也变成了狗，昂贵的课程中止了，学员们闹着要退款。

我也明白，恋爱的套路，注定是缘分之外走不通的死胡同。

我抱着上课记录的笔记本站在路边发呆，潜意识里，也许还想遇到什么人，能让我练习一下学习的内容。

然后我就看到小树开了一辆很眼熟的保时捷停在路边，招呼我上车。

“车子哪里来的？”我边上车边问，环视了一下车里的装饰，那些熟悉的细枝末节，变成了一把火，烧着了我记忆里封存的一段往事。它们变成了浓烟，熏得我无法直视，眼泪瞬间哗哗地往外流。

他看我哭，立刻紧张了起来，忙安慰我：“你别哭呀，我上周给人做代驾，车主在副驾驶上忽然就变成了单身狗。我把他送去了福利院，自己就把车开走了。我想着等哪一天我变成狗的时候，就再把车子送给别人。”

他说完了，我还在哭。眼泪混着鼻涕弄得满脸都是。

这部车子原来的主人是我上一个男朋友，我们曾经爱了那么那么久。

我觉得我把余生所有的爱情都给他了。有了他之后我才愿意学习怎

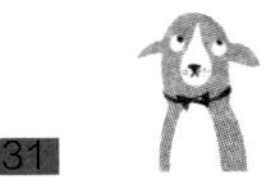

么爱别人，怎么爱自己。他优秀得让我仰望着，为了配得上他我去练习厨艺，在每个纪念日给他烹饪大餐，每天花费两个小时去上瑜伽课来保持柔软的身材，活得火光四射的。我曾痴心妄想地以为我们能有个好结局。

那天我也坐在这个副驾驶上，我们说好要去结婚的。

但去的路上他对我说："小雪啊，以后好好生活，不要随便哭。"

我说："有你在，不会有事情让我哭的。"

他说："万一不在了呢？"

我觉得他那天的态度很反常，结果他在民政局门口变成了狗。

那一刻我才知道，我们在恋爱的时候，他竟然从来没有爱过我。

婚没结成，我开车把变成了单身狗的男朋友送到了他父母的家，他们看着变成了狗的儿子，痛心疾首地责怪我说是我害了他们的儿子。

车子停在他们家门口我就走了，听说，后来给卖到了二手车市里去。

现在，又到了小树的手里。

我只剩下10天就要变成单身狗了。

连续好几天，我都和小树在一起打CS，每一局的设定都是我拿着刀子，匪拿枪。很快就死了，我的灵魂飘着，就在地图里面乱逛。

游戏刚开始的时候我总是很紧张，被枪打中的时候我也很紧张，倒是死了之后，灵魂乱飘的时候才觉得放松。

小树说："你只有这样才会变得勇敢，真是没出息。"

可能我就是这样吧，在一无所有的地步假装勇敢，在怦然心动的时候假装淡然。

其实我和小树也试图恋爱过。我们很多次的聊天结尾都在说，不如我们彼此拯救吧，咱们来爱一下试试吧。

我把我上课学到的方法全都用在了小树身上，我对着笔记，一句一句地说固定的台词，但我们就是止不住地一直在笑场。

小树指着一个新闻跟我说："听说现在医院里有治疗单身狗的门诊，能告诉我们是哪里出了问题无法动心。如果找到问题，我们是不是就能一起拯救自己了？"

我觉得去问诊这个事情还算靠谱，于是我们天不亮就一起去了医院，并在人山人海之中挂上了单身狗预防中心门诊的号。

医生看完了各项检查报告后，对我们说："其实人一生的爱情是有限的，你们俩的余量都用光了，已经没有了恋爱的能力。"

这种病叫作爱无能，几乎是濒临变成单身狗的绝症。

在我作为人类生存的最后一个周末，小树开着他的保时捷带我去参加一场朋友的婚礼，我们坐在最后一排说着悄悄话。

我问他："你是什么时候耗光了爱的？"

他说："最后一个女人啊，是个幼儿园老师，我们计划婚后要生两个孩子，退休后到热带的郊外农场去生活。"

我继续问："后来呢？"

小树说："恋爱了十年，然后我们忽然就彼此厌烦了。可能我们相爱的时候，每个人的心上都有一个缺口，对方正好填补了它，可后来我们忘记了缺失的痛苦，为了鸡毛蒜皮的事情争吵时，病毒就爆发了，之后她就先变成了狗。"

爱情真是参不透，会不会单身狗的生活能快乐一些呢？我看牛小姐

每天吃狗粮，一个球可以玩一个下午，不用上班赚钱，不用想上班穿什么衣服，不用研究最新的口红颜色。

婚礼结束的时候，我冲到台下抢到了新娘的捧花，沉甸甸的，是希望的重量。

小树对我说："我们要不要也去试一下结婚的感觉？"

于是等到宾客们都散了席，我和他站在舞台中央祷告。

我的心突突跳着，甚至幻想着一场神迹的到来，我们俩万一真的动了心呢？是不是真的就能逃出变单身狗的命运？

后来小树说了些什么不记得了，我完全沉浸在我们已经相爱的想象中，轻盈得好像要飘起来。

直到听见他说："我愿意。"

我也迅速地说："我也愿意。"

空荡荡大厅，满桌的残羹冷炙，在别人散落的花瓣之前，我们完成了一场不走心的婚礼。

但我们绝望地发现，即使在诚心的祷告下，我们依旧没有对彼此动心，也许这个病真的没有救了。

出来之后我对小树说："谢谢你，至少许多单身狗都没有体验过婚礼的感觉。"

他说："我也想变狗之前体验一次结婚是什么样子，这下子，圆满了。"

我想起毛姆说过的话：在一场瘟疫中，因为恐惧而死的人不比因为疾病死去的人少。在单身狗病毒这场灾难中，我切身体会到，爱无能比得不到爱更让人无助无望的凄凉。

我晚上带着牛小姐出去散步，它拉着我在公园里跑了很久，遇到单身的男士就围着他转圈，它想我认识一下他们。

我对它摇摇头说：“我得了爱无能，已经没有机会了。”

其实我也悄悄上网查过爱无能被真爱治愈的几个案例。我甚至也闭上眼睛想象过自己被治愈的样子，可以逃出变单身狗的结局，和爱人结婚生子，一起慢慢老去，继续做人。但好像，也仅仅只是幻想。

牛小姐跑着跑着突然咬住了一个男人的裤脚，我拉它好久都没有拉开。那个男人戴着个黑边框的眼镜，头发整齐地梳起来，看着挺让人舒服，他是路路。

他看着我笑笑说：“哎，好像见过你，你是不是去过咖啡店打CS？还能玩很久的样子。我也住在这附近，原来是邻居。”

我说：“我玩CS喜欢在地图里乱逛，逛公园也是乱逛。”

路路说：“当初CS很流行的时候，我记得我都是一枪爆掉别人的头，只有在虚拟社会里可以这么残暴地对待别人。”

他摸了摸牛小姐，问我：“它是单身狗，那你结婚了？”

我回答他：“没有，马上我也要变狗了。”

他说：“如果我们在一起谈了恋爱，可以天天一起玩CS，联机玩，互相不开枪，在地图里面散步。”

我说：“来不及了，我得了爱无能，爱的余量用完了，没有机会了。”

牛小姐还一直扑在他腿上转来转去，他摸摸牛小姐的头，问我：“这是你朋友？”

我说：“对，是我的闺密。”

牛小姐用它圆圆的大眼睛渴望地盯着我，那意思是这个男人可以交往的啊。

路路问我："你还剩多少时间？"

我说："三天。"

他扶了一下眼镜说："我还剩下两天，我们要不要试试？听说爱无能也有治愈的。不然，我们就一起变成单身狗好了。"

坦白说，他的气质确实是我一直都很喜欢的那种男人。反正，也没有几天了，好像什么稻草，都愿意抓上一把。

我点点头对他郑重地伸出了手："咱们试试吧。"

这时候有一件让我信心倍增的事，小树告诉我，他的爱无能被治愈了。

他说："我真正地爱上了一个姑娘。"

我问他："爱的余量不是没有了吗？"

"那天，我车子停在路边，起先，那个女孩是爱上了我的车，她看着车子笑，笑得我的心都要融化了，她脸上绽放出来的光芒让我觉得她就是能拯救世界的女神。再然后，女孩就把爱转移到了我的身上，接着，我们俩就都有了爱情。"小树开始喋喋不休地讲述他们认识的过程。

这么简单？爱情转移？

是的，就是通过一个媒介，把别人多余的爱转移到你的身上来，这样两个人就都能得到爱了，因为这种爱情是从一个母体诞生出来的，所以双方就一定会动心。

小树的故事在24个小时内迅速被媒体曝光，照片在报纸杂志和网络上传播得到处都是，配的标题是《爱情转移已成真，爱无能可被治愈》。

那辆保时捷终于成了他自己的婚车，他们迅速地结了婚，获得了终

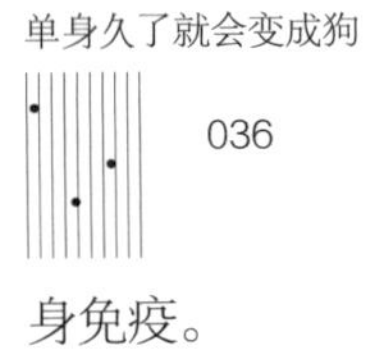

身免疫。

我对路路说，我的一个好朋友被治愈了，我们最后也许还有机会。

我拉着他一路奔跑，去做一些能让我喜欢、怦然心动的事情。相互依偎在书店的角落里看书，坐在咖啡店里相互喂着纸杯蛋糕，蹲在鲜花店的小院子里插花，甚至把我在恋爱课堂和网络上学习过的所有的撩汉技巧都在他身上尝试了一遍。

路路看着我着急窘迫的样子，忍不住笑，他安慰我说："谢谢你这么努力地救我，可是我这个'试验品'似乎没有什么结果。"

我感慨地说："没关系，我这么努力，不也是为了救自己。"

他沉默着思考了一小会儿，尝试着询问我："要不然，也带你看看我喜欢的东西？"

路路带我去了他的家。他家里陈列了许多空的酒瓶，洋酒、啤酒、葡萄酒、白酒等，世界各地的牌子应有尽有。

他对我说："以前在家里无聊的时候，失恋的时候，开心的时候，都和酒精在一起。我是真心爱它们的，能不能把这份爱分一点给你？"

然后他开了家里最后的一瓶黑方，我们兑着冰箱里的苏打水喝起来。柜子里还有很多昂贵的雪茄，他点了一支给我，要我试试看。

很快我们就喝醉了。他开始讲自己的故事：小时候逃课，胳膊在铁门上划了长长的一道疤。大学的时候在宿舍里卖黄盘，差点被学校开除。工作了之后，和自己的女领导谈恋爱，最后被她给算计了，到现在，除了一屋子烟酒，一无所有。不，还认识了你这么可爱的姑娘，只是，我们没办法爱上。

他还从他的裤兜里掏出小区门禁卡、房间钥匙、储蓄卡，还有打火

机，放到我的面前。

他忧伤地对我说："我父母都不在了，卡里的钱也花得差不多了，都给你，明天把我送去单身狗福利院吧。谢谢你！"

说完他就开始号啕大哭起来。那声音抓心挠肺的，把我自以为已经麻木绝望的心勾得七零八落。我从没有见过一个男人哭成那个样子，像是个被摔疼的小男孩一样，把所有的力气都释放出来了。他说我不想变成狗啊，我不想啊！

他哭着哭着就拉着我的手，哀求地对我说："求求你了，咱们相爱吧！我们一定可以相爱的！"

我看着他的眼泪像洪水一样流个不停，很快就打湿了衣服的前襟，再也忍不住地和他一起大哭了起来。

就因为得不到爱，难道我们就错了吗？就应该接受那么残酷的惩罚吗？

我们都醉得一塌糊涂，直到第二天，我被一只咸湿的舌头舔醒了，睁眼一看，一只牛头梗不停地在舔我的脸，我知道那是路路。

我把路路牵回家，他和牛小姐在一起玩得很开心。看着他们我很欣慰，至少变成单身狗的他们还是可以互相陪伴，就不知道单身狗之间会不会也有爱情。

再过一天我也要变成单身狗了。

现在网上已经流行起相约和同一天变成狗的人聚到一起。大家在一个浪漫的地方，做过去想做又不敢做的事情，享受人生最后的快乐时光。也许那样对于结束人生就不会那么恐慌了。

我也约到一个人，他的网名叫波仔。我们变单身狗的日子是同

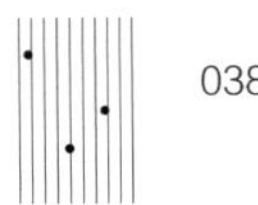

一天。

他问我：“你还有什么没做过的事情？咱们最后一天，一起去冒险吧。至少我觉得，爱情也是一次最大的冒险。”

我说：“我想玩跳伞，一直都恐高，不过一想到在天上看到下面的好风景，这辈子也值了。”

出发的路上，我们短暂地交流了感染病毒后的个人经历，我跟他说我得了爱无能，也没机会了。他跟我说，他人生结束前唯一的遗憾，就是还没有真爱过，却也要变成狗了。

我们到跳伞体验中心，外面排了长长的队，都是来做最后一次冒险的。等了大半天，排到我们，在册子上写了名字。工作人员却说今天的名额约满了，让我先预定，明天再来。

“可是，明天我们就变狗了，来不及了。”我非常渴望。

“那对不起，你看现在飞的那一对，凌晨就来了。”工作人员却异常淡定。

跳伞不成功，我和波仔只好悻悻然地在路上闲逛，我忽然想到我还想要做的事。

“我想要再玩一次CS！”

“你也爱玩CS？”

“我喜欢被打死之后，灵魂在地图里面乱晃。”

“我也喜欢这样子，那种时刻才会忽然有勇气，无惧生死，大概做人，活着难免会懦弱，没有得到过，就不会害怕失去。”

终于找到了我们两个都最想做的事情，我连忙拉着波仔朝着花店的方向奔去。花店已经很久没有打理了。里面的花朵有的已经干枯，花瓣

掉在地上，枯黄肮脏。但此刻我显然没有心情去管这些。

我拉着波仔一路杀到电脑前。我们一起玩了局CS，我做警，他当匪。我们的武器是刀子，谁都没有进攻，在断壁残垣里一圈圈地转，把场景的地图都看够了，他扔出来一个闪光弹。

我俩的电脑屏幕白晃晃的一片，跟世界末日一样，跟我们无法种植爱的精神世界一样。这时候我才察觉，天都黑了。

屏幕上的白光照在我俩脸上，苍白阴冷。

难道在这样的地方，我们就要变成狗了吗？

突然看到电脑后面摆放着的牛小姐送我的那个花瓶，牛小姐说可以让时间倒转一天。

我突然好想要再试一次，我对波仔说："波仔，咱们一起回到前一天，再试一次吧。"

没等他回答，我就摔碎了花瓶。

第二天如期而至，时间又回到了我摔碎花瓶的那一天早晨。我和波仔真的没有变成单身狗，牛小姐的花瓶起了作用。

我们兴奋地一起看了日出，然后又跑去跳伞体验中心门口排队，前面只有三个人。我想这一次，我们一定能赶上，在变成单身狗之前做一次勇敢的事。

还有一组人，就轮到我们起飞了，想想还真是有些小激动呢。

但最终还是没能如愿。就因为我们前面这一组，有个男人在空中忽然解开了安全绳，自己纵身跳了下去。听别人讲，他害怕变成单身狗，宁肯死也不要。

他才是真的勇敢。爱自己才成了一生的追逐。

我们又一次站在路边无所适从。真的，那时候我想，不如我俩也跳海一起殉情算了。

想着想着，突然手上被某个人塞了个小卡片。拿起一看，上面写着：滑翔伞大冒险。

我和波仔商量说：“这个也不错，咱们一定要冒险！不能白忙一场！”

他立刻表示同意：“去吧去吧，今天之后，我们将一无所有了。”

我们选择了教练推荐的双人款滑翔伞，可以一起起飞。临启程前，我紧张得脸都白了。波仔一把抓起我的手，紧握住，忙安慰我：“不要害怕，你不会掉下去的，即使掉下去也没关系，我在呢，不管什么结果，我都会陪着你的！”

我以前以为，所谓的安全感，是别人给的坚定与安心。如今才知道，安全感，是再没有什么可失去的底牌。

“快睁开眼！”波仔大喊着。

听到波仔的呼唤，我试着睁开了眼睛，透过防风镜片，看着眼前的美景，简直不敢相信。原来小平房聚集在一起，是这么美的村落，河流从山上流淌下来，是和丝绸一样的优美弧线。因为恐高，我曾经错过了这么多美好的风景，这一次看个够，以后变成单身狗就没有机会了。

但是我转头去看旁边的波仔时，却发现他紧紧闭着眼，脸色异常地惨白，嘴里仍然一直喊着：“睁眼睁眼！”

我突然感觉好好笑，却又好感动：“原来你也恐高啊？”

波仔强撑着睁开眼，我终于忍不住大笑了起来。

滑翔伞降落的基地附近，有个好看的瀑布，教练推荐可以过去看

一看。

我对波仔说："咱们就去瀑布边上等着变狗吧？"

他有些犹豫："是个好主意，可是我不会游泳。"

我安慰他："我也不会，等我们变了狗应该就可以了，狗不是天生就会游泳吗？"

我们买了好多零食带过去，然后就坐在瀑布旁边的草地上打牌，吃薯片，嗑瓜子，聊天。我跟他讲我爱过的男人们，他跟我说他暗恋过的姑娘们。

其实我不会嗑瓜子，每次都要把整颗瓜子放到嘴里面，费劲地咬开之后再把皮吐出来。

他看着我费劲的样子，索性开始帮我剥起瓜子皮来。我看着他娴熟地咬开瓜子皮，再用手剥开，一会儿就剥了一小把，递给我。

我大口大口地嚼着，想起小时候爸爸给我剥瓜子的样子。那时候的太阳也和现在一样暖融融的。

波仔不会吃橘子，他说他讨厌橘子外面那层难撕的白色的纤维。我跟他说那个可以吃，但他却说不要。

我心想他都替我剥瓜子了，反正最后一天了，那我为什么不能替他剥个橘子？于是我细细地剥了个橘子给他，把橘子瓣外面的白色纤维撕得干干净净。他同样地剥了很多的瓜子来和我交换。

我一下子鼻子就酸了，不知道是因为橘子的汁水，还是对于未知的惶惑。

波仔问我："变成单身狗害怕吗？"

"害怕。"

"我也怕。"

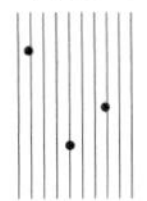

“那你抱抱我吧。”

然后他就伸出手来抱着我，他的手好冷，轻轻压在我肩膀上。我知道，他真的在怕。

我们仰头躺在草地上，望着天空。

“你看波仔，这里可以看见星星，比城里的空气干净多了。”

“听说恋爱的人都喜欢一起看星星，而我竟然没有谈过一次动心的。”

“那今晚我陪你看吧，不知道以后还会不会看得到。”

我轻轻地拉起他的手，十指相扣在一起，轻声地对他说：“你看，谈恋爱看星星就应该是这个样子的。”

然后我们就迷迷糊糊睡着了。

再醒来时，太阳已经出来了，新的一天拉开了帷幕。

我仍然闭着眼睛，感觉自己的头靠在波仔的肩膀上，我想大概我们变成依偎在一起的狗了吧。

又迷糊了一会儿，他推醒了我，兴奋地对我说：“天哪！我们居然没有变成单身狗！你快看！我们是不是相爱了?！”

原来真的还可以爱啊，哪怕最后一刻都来得及。

生而为人，再给我一次机会，让我不再错过你。

男朋友自动贩卖机

我们永远不会明白自己是怎么样地被爱着，直到那个人再也不会回来。

我不信什么一生一世，也不信什么真爱永恒，但我终于知道，我曾恨得打翻了杯子的人，怨得皱紧了眉的往事，最后不过化成时间里的尘，在当下的某个片刻揉进眼睛，赚几滴泪，终将消逝不在。

在那晚上之前，我怎么也想不到买男朋友这件事会成为姑娘们心照不宣的秘密。

我第一次从自动售货机里买男朋友，是刚刚搬到新居的第一个晚上。那一天算是个有纪念意义的日子，因为那天代表着我从一个热心的朝阳群众，变成了一个独居的热心的朝阳群众。

在此之前，我和一个奇葩室友合租两居室，那个奇葩的女室友每天晚上都会带不同肤色的男人回家，而且，我新买的沐浴露总会莫名其妙地倒出洗洁精来，以至于我每次洗澡的时候都觉得自己像个嗷嗷待切的红苹果。终于有一天，我发现自己的浴盐罐里被换了鸡精之后，毅然决定离开了这个浴室和厨房傻傻分不清楚的是非之地。

稿费发下来的那一天，我就迅速找房子，迅速敲定了朝阳区某个地理位置偏僻但价格实惠的一居室，远离了那个奇葩的室友。我打包了十八个最大号的纸箱子，在搬家师傅满目仇恨的表情当中，顺利地迁入了新居。

在这个城市孤军奋战了这么多年，终于有了一个不用跟别人共享的生活空间。一想到夏天，可以随意地解了胸罩在客厅晃悠喝冰可乐，睡不着时痛快地开着音乐通宵喝酒，不开心了就深夜叫比萨，等着快递员叔叔大声地敲门，我的好心情就异常膨胀。我一边美滋滋地幻想，一边麻利地收拾屋子，终于在凌晨时分完成搬家的最后一道工序，把那个滚蛋了的旧情人送的冰箱贴仔仔细细地摆在冰箱上。

这时我已经饿得差点啃纸箱了，于是果断出门寻食。在楼下转了一圈发现，这个小区过于偏僻，几乎没有什么供应夜宵的小餐馆和便利店。脑子里快速运转回忆起初来看房子时，中介带我在某个自动售货机买过饮料，貌似还有泡面可以买。于是循着记忆的痕迹，一个路灯一个路灯地找下去。

终于，那个自动售货机像个亲人一样，站在橙色的路灯下等待着我这一个空荡荡的胃。

但当我准备投币时才发现，这个售货机里面不仅没有老坛酸菜泡面，也没有任何可以入口的东西，里面卖的竟然是男朋友。

售货机外壳上有个小小的红色通知贴纸，写着：本售货机经朝阳区热心群众捐助，为帮助城市中独居女青年解救情感生活，经“天堂小卖部”授权在此设立。现有男朋友正常售卖，欢迎选购。

多款男朋友摆在售货机的小货架里，贴着一张正面照片，带着姓名年龄等介绍，很像那种风月场所的花名册。说明上用明显的字标注着：男朋友的使用有效期是购买后的24小时。

男朋友分为三种类型。

第一种是通用版，200元/人，是大家比较熟悉且热门的男人，比如吴烟祖、鹿汗、王撕葱。

第二种是原单版，400元/人，是国外比较受欢迎的男人，比如宋仲机、孔又等。

第三种复杂一点，是私人定制版本，价格在600~2000元不等，根据所选择的不同特性叠加费用。

我对此充满了好奇，有一种跃跃欲试的冲动。于是我果断打开钱包翻了翻，却发现因为今天搬完家之后，搬家师傅赖着不走，说我的东西太多了一定要小费，所以现在钱包里剩的现金只有200块了。不过没关系，我当机立断，选了个可以带我吃饱饭的男朋友——王撕葱，标价200元。

把纸币从投币口塞进去，金额显示达到200元，通用版男朋友那一排的灯光亮了起来，吴亦饭名字前亮的是红灯，代表着暂时缺货，其他的都是绿灯，表示都在正常售卖。我用手指按了下王撕葱底下的按钮，听见售货机里面有机器旋转的机械声音，接着就漂出来一个人。坦白说，虽然他的照片时常活跃在我的社交网络当中，但我还是第一次距离他这么近，有点神奇，又有点不知所措。

王撕葱热情地揽住我的肩膀，开口的第一句话便是："亲爱的，饿了吧，带你去吃烤串好不好？"

尽管我此时已经饥肠辘辘，但是面对突如其来的这么一个热情似火的男朋友，还是本能地捏着嗓子，轻轻地回了一句："还好，一点点啦。"

王撕葱变戏法似的叫来一个司机，风风火火地开着车子来接上我们，一路奔到了朝阳区繁华地段24小时营业的烤串店。曾经我的人生理想，就是努力赚稿费，期待有一天可以搬到一个繁华的小区里，方便晚

上随时溜达出来吃个夜宵。没想到这个理想，在今天，用200块，就这么轻易地实现了。我的内心现在有点小傲娇。

烤串店里热热闹闹的，老板和伙计很熟地跟王撕葱打招呼。他得意扬扬地跟我说：“亲爱的，你喜欢吃什么，他们家的菜单我可是倒背如流。”

面前的桌子油腻腻的，桌角还有几个上一桌留下的没来得及弄干净的毛豆皮。我听着王撕葱报着这里的菜名：羊肉串肉筋烤大腰烤小腰鸡翅鸡心鸡爪鸡脆骨，烤馕烤茄子烤馒头烤韭菜烤青椒烤红薯，可乐雪碧老酸奶王老吉北冰洋燕京啤酒八块五。

我突然胃口大开，豪气地跟他说：“每种来俩，多放孜然和辣椒。”

当我吃饱喝足，用纸巾擦干净变成花猫一样的嘴角，王撕葱满目柔情地问我：“亲爱的，你见过凌晨四点的北京吗？”

我看了眼手表，现在居然已经凌晨四点了。我跟他说：“上一次在这个时刻保持清醒，还是我刚刚开完一个长长的工作会议，混混沌沌地从写字楼走出来，被一阵凶猛的大风吹醒的时候。今天竟然能和你一起吃饭，还能清醒到现在，一点都不觉得累，真是一个奇迹。”

听了我的话，王撕葱的脸上有一丁点的消沉，他说：“我常常失眠，在凌晨四点的北京经历过许多故事。比如说遇到过夜店外被带走的露着黑丝大腿的姑娘，酒驾撞毁在路边的豪车，三里屯卖气球的老爷爷，看起来吃不饱的女朋友，或许，还有我已经起床锻炼的爸爸。”

我一口疙瘩汤呛到了鼻子里，问道：“那个吃不饱的女朋友或许是我？”

他继续说：“很少能看见食欲这么好的姑娘，我会永远记得你的，这个爱吃辣椒和孜然的女朋友。和我一起吃饭的其他姑娘，都是吃一口毛豆就说自己饱了的人。”

我把大碗的疙瘩汤喝到了见底，还是没想明白他上一句话的意思是褒义还是贬义。我给他盛在碗里的疙瘩汤他一点都没喝，我还挺不高兴的。

之后他自然地跟老板买了单，账单接近400块。我算了算，买这样的男朋友，好像还是个赚钱的买卖。

离开烤串店之前，他又返回去跟老板说了些什么。出门后我意犹未尽地回头看了一眼，那家店门口挂了个小牌子，写着“男朋友自动贩卖机合作商家”。

之后我们就一起回了家。进门后连妆都没来得及卸，我就仰面躺在了床上，感觉他帮我把凉鞋脱了下来，轻轻地帮我按了按小腿，又给我捏了捏胳膊，最后躺在我的旁边，还把胳膊塞到我肩膀底下。

我都不记得距离上一次有多久，睡着的时候身边能听到另一个人的呼吸。而上一次抱着我的那个人，此时又做着怎样的梦？

我跟自己说，不要睡着啊，要多享受一下这迷人的荷尔蒙的味道。可是太累太累，感觉这一次搬家耗尽了所有的力气。

睡着之前我轻轻地对王撕葱说：“自己生活好累，可是不敢跟朋友们讲，不然他们就会训斥我说，干吗不再找个男朋友。可我知道有了男朋友，不代表生活就事事顺心了。”

王撕葱轻轻地拍着我的肩膀：“没关系，现在有我在了。”

听完这句话，我就沉入梦乡。在梦里，我睡在一个小河边，清凉的水哗哗地流着，真是个美好的郊外的夏天。梦里王撕葱也和我一起躺在那里，我转个身，伸出手来想搭在他的胸口上，却猛地扑了个空。

突然睁开眼睛，梦醒了，王撕葱不在。屋顶正往下滴着水，地板上的积水把拖鞋都给泡湿了。

房间里还是我早就习惯了的安静和冷清。身边的王撕葱已经变成了一个一米多长的彩色纸条，轻盈得几乎没有重量。上面一行小字写着：请将男朋友丢入垃圾桶，本产品为降解材料，不会污染环境。他身后还有一个水洗标，标注着本产品需注意防水，遇水失效。

难怪一起吃夜宵却不肯陪我喝疙瘩汤，原来是因为这个。

就这样吧，不属于自己的，一切都留不住。

当我踩着满地板的水往外走的时候，转脸看到自己在角落里还有最后一个没来得及整理的箱子。里面装了满满的书，因为太多，想着以后空闲了再往书架上搬。箱子里被水泡坏的，都是我自己出版后没有卖出去的样书，现在封面被水浸得皱皱巴巴的，和我的过去一个样。

一个滞销书作者和这些书，都是在角落里无人问津的那一个，不值得惋惜。

我穿上湿答答的拖鞋，蹚着水上楼去。在天刚亮的清晨，我的敲门声几乎传遍了整栋楼。

“有人在吗？你家漏水了，把我家全给泡了！”我隔着门大声喊。

等了几分钟没回音，我像是泄愤似的，用拳头更用力地敲着门，甚至还带着鼓点。嘭嘭嗒嘭嗒嘭嗒嘭嘭嗒。

一个穿着白色睡裙的美女慌里慌张地打开了门，嘴里一直说着对不起，她说自己晚上睡着了不知道漏水的事情，刚刚才发现厨房的水龙头坏掉了。

她是焦焦，一个刚刚搬来那套房子一周的姑娘。她跟我解释，房东不在国内，物业的电话又接不通，实在不知道怎么处理这件事。

我只好一边安慰她，一边说我会帮忙处理。面对这么一个娇弱的美女，我实在是发不起脾气来。

那是我们第一次见面，那会儿我并不知道，焦焦和那台自动贩卖机到底有怎样的关系。

从提款机里取了些现金，我又站在男朋友自动贩卖机前面。

这次我买了一个原单款男朋友——宋仲机。身边的朋友们总爱数落我说，日子不如意是因为没有男朋友。有了男朋友自动贩卖机，我还怕缺男朋友？需要的时候买一个回来就好，什么问题他都能解决。

走到我家所在楼层的时候，我对男朋友宋仲机说："跟我回家一趟。"

他的两颊忽然透出了小粉红，害羞地跟我说："咱们这才刚见面，就回家……虽然我是你男朋友啦，但是……"

"你中文倒是说得蛮好的！"我一边说着一边果断地把他推进了门。

"既然在国内售卖，我出产的芯片默认语言肯定是中文了。"他仍羞涩地站在玄关不敢往里面走。

我从厨房拿出一大卷保鲜膜，缠在他的腿和胳膊上。

"这是要干什么？"他惊慌地问。

"去楼上给我邻居修水龙头。你是我男朋友呀，这是不是分内的事？"我开始有点不耐烦了。

他拍拍胸脯，自信地回答我："没问题，包在我身上，可是你哪里

来的这么多保鲜膜？”总是一个人在家吃东西，做菜或者切水果自己吃不完，保鲜膜可不是派上用场了。

我像是搬了救兵一样的气势，带着点得意的心情，风风火火地拉着宋仲机上楼，又敲开了焦焦家的门。

此时，她已经换上了一身休闲的卫衣，头发湿漉漉的像是刚洗过澡。

她对我说：“不好意思，麻烦你跑一趟，但水龙头已经修好了。”

“咦？我还带了男朋友宋仲机来说帮你修一下呢。”对于这个现状，我表示很失望。

她倒是没有很介意，盯着宋仲机看了好久，跟我说：“我喊我男朋友来修好了。你男朋友真帅，和电视剧里一个样。”

下楼回家的时候我没拉着宋仲机，有些低落，男朋友果然都是万能的，可那都是别人的，我的男朋友高颜值和好身材有什么用，关键的时候还不防水。

进了家门，宋仲机小心地问我：“怎么了？忽然不高兴了。不用修水龙头更好呀，我还有二十多个小时可以陪在你身边呢。”

是啊，只有二十几个小时而已。

宋仲机帮我整理纸箱里被水泡过的书，他说：“上面写着你的名字，小雪，这是你写的吗？”

“对。”

“我要收藏一本。真可惜，都被水泡坏了。”

“没什么的，反正也没有人关注，和废纸没什么区别。”

“别说这种话，我眼里的你都是最好的。”

这句话真是熟悉，我抬头看了看冰箱门上各种花样的冰箱贴，那是来自世界各地的纪念品。当初那个人也喜欢说这种话，可最终还是离开了我。

宋仲机顺着我的目光看过去，问道："送你冰箱贴的人，你会想他吗？"

"我不知道，原以为想念一个人到底是为了忘记他，可忘到最后，那记忆就越发在脑子里深刻，舍不得跑开似的。他欠我一同看风景的承诺，一想起就难过。"

"那我代替他，陪你看风景。"宋仲机说着，拆干净身上的保鲜膜。

"真的可以吗？"

"真的！"他忽然从背后拿出一套世界主题的大富翁游戏棋。

"啊！这是我十岁时最喜欢玩的游戏了。"

"我就知道。" 宋仲机满脸的自信和宠溺。

他用我的电脑下载了游戏里所有标志性旅游景点的照片，金字塔、泰姬陵、自由女神像……他扔完骰子，用棋子占据一个新的国家，就抱着我站在电脑显示器前，和那个国家的风景合影。在富士山前我们用鼻尖碰着鼻尖，在沙滩前他拽着我的头发，在亚马孙丛林前我们一起吐着舌头……

"哎呀，屏幕太小，我们拍的照片好假。"我拍拍他说。

"就想留下个好记忆给你，快来。"

于是我对着镜头做了数不清的鬼脸，不过那些鬼脸，都是笑着的。

玩了这么多年的大富翁游戏，还是输了。下载的风景照还没有拍完，宋仲机就赢光了我在游戏里所有的筹码。

“我渴了，去倒杯水。不玩了不玩了。”失败的我从沙发上站起来悻悻地说。

我走开几步听到他在后面小声说：“小雪你就是这样的人，做什么都要一无所有了才肯死心。”

“我就是那样的人，你说得对！”他的话瞬间激怒了我，我一把抓起冰箱门上贴着的一个埃菲尔铁塔形状的冰箱贴扔到地上，瞧这上一个人，全世界到处去拍照片，我的耐心都耗光了才知道，爱和旅行一样，我们是一边在享受一边在告别。那些关于未来的承诺有什么用，还不是一个讲在当下的玩笑。

他看了看我，走过去把那个冰箱贴捡起来拿在手里，对我说：“对不起。”

我叹了口气，觉得自己不应该对着他撒气，于是口气缓和了许多：“好了好了，我谢谢你才对，要花24个小时的时间来服务我。”

宋仲机耸耸肩表示理解，提议道：“换好衣服出门吧，全世界的风景不能陪你去看，北京的风景还是可以一起分享的。”

我边换着鞋子边打开手机里的地图，查看我们出门后的目的地。宋仲机刚打开门准备往外走，就遇上了焦焦。

她举着一罐冰可乐往楼下跑，不留神都洒在我的男朋友身上。

我一脚踩着人字拖鞋一脚穿着高跟凉鞋，“啊”地叫了一声，把宋仲机拽回了房间里。他无助地看了我一眼，然后就变成了小纸条，挂在我的手腕上。

焦焦还在门外说：“对不起啊，我走得太急了。”

房间里刚才还有欢乐的笑声，可现在又恢复了寂静。所有的生活都是如此，好的坏的涟漪，总会离去。

我把另外一只鞋子穿好，决定一个人去完成和宋仲机原定的约会。

走到二楼的时候，就看到焦焦举着可乐罐子坐在楼梯台阶上，我问她：“出什么事了？”

她问我：“宋仲机呢？”

我一下子有些尴尬，随便找了个理由回答她：“他忽然有个工作邮件要回，我自己先出来转转。”

“可以一起吗？我也刚搬过来不久，还没怎么出过门。”她发出了这么诚恳的邀请，我一时无法拒绝。

其实和焦焦待在一起蛮舒服的。我们一起坐长长的地铁线，来来回回只听报站都觉得有趣，一起去西单的商场买新衣服，还去台球厅里打球。一局台球我们打了一个小时都没有结束，她打得累了，就干脆坐在台球桌边喝可乐，笑眯眯地看着我说：“反正你也打不进，多让你几个球。”

我们错过了末班的地铁，她眼睛一转，轻松提议：“不如咱们走回去吧。”

我听了有些咋舌：“你又不是第一天在北京了，我们可要从西三环走到东五环外面，大概要走到明天天亮吧。”

突然下雨了，我们俩只好先跑到附近的一个公交站厅去躲雨。在理发店吹好的头发也给淋坏了。

“小雪，今天早晨来我家里的不是我男朋友。”焦焦看着大雨说。

“怎么了？”

“没什么。”

看着她的表情，我想起了自己，我也曾经这样地看着雨天，觉得生

活无望又艰难。

一个星期之后，焦焦说周末要在家里开生日派对，邀请我来参加，她神神秘秘地跟我说交了新男友，所以来参加的朋友也都要带男朋友来。

我随口回应她说："新男友啊，没问题，我也会带新男友来。"

生日派对的那天下午，我带着钱来到男朋友自动贩卖机，为了自己的面子，我想要选一款最有魅力的定制款男朋友。不同的特性要加收的费用不同，买之前，我犹豫了挺长时间。虽然钱包里只剩下一千块的现金，但我一咬牙，还是下单了，就当是给自己一场梦幻的约会，有个好回忆也不错，我这样安慰自己。

最后男朋友的属性，我选择了相貌英俊、活泼开朗情商高。

机器旋转声消失后，这个我最满意也最喜欢的男朋友——穆帆，从贩卖机后面的小门里走了出来。他的名字印在脖子上挂的条形码上，上面还印刷着出产机器编号、日期、价格等信息。长相确实是我喜欢的那种瘦削轮廓，脸上挂着亲和力满分的笑容，一口整齐划一的白牙齿都可以去做口香糖广告了，身高得有一米八，大长腿。我非常满意。

我们一起去给焦焦选了蛋糕，连蛋糕店的甜品师都觉得他好帅，架不住帅男的诱惑还多给我们的蛋糕铺了一层水果。结账的时候，那女孩抓了一大把优惠券塞给他，试图用优惠券吸引他有空再来光顾。

从蛋糕店走到小区的短短的一条路，我甚至感觉我们俩脚下走的是红地毯，不然为什么那些迎面走来的人都要站住笑着看我们走远。那感觉真是熟悉又让我迷恋。

穆帆在那些火光四射的眼神里，把我的手牵得紧紧的，拉着我快速地往前走。他穿着黑衬衫的侧影，让我觉得安全得像一张只属于我的保护网。

焦焦的家里挂满了气球，她还在客厅的茶几上支了一个手机做直播。她对那些围观她生日的人说："今天我18岁了，要和远处的粉丝们一起分享这个幸福的时刻。"

她的朋友们都很漂亮，有卖面膜月入百万的大微商，还有靠着分享服装搭配就财务自由的时尚博主，也有能歌善舞会撩骚的当红女主播，她们个个都漂亮得自带聚光灯，我都觉得晃眼睛。

这样的场合我总是不自在的，和她们比起来，我自以为的一切优势都算不上什么，既没颜值也没才华。她们此刻愿意关注我的原因只有一个，我有一个秒杀她们同伴的男朋友。

美女们的男朋友，大都是沉默寡言的富二代或者理工男，只喜欢对着手机玩游戏看球赛，连开的玩笑都一再冷场。

而焦焦的新男友肩膀非常壮实，她介绍说他是她的健身教练。

还没到晚饭的时间，焦焦转着她灵动的大眼睛对我们说："我的粉丝们可都正在看着咱们，玩点有意思的吧？"

她提议玩一个心灵感应的游戏，就是主持人提出一个问题，女士在纸片上写下答案，然后让她的男朋友来猜，猜错的男朋友要被罚喝下整瓶冰啤酒。

前面的几个女孩抽到的问题是，最喜欢用的口红色号，常用的香水品牌，爱吃的冰激凌口味等。无一例外，那些木讷的男朋友，回答的都和正确答案相距千万里。

轮到我的时候还在想，如果穆帆回答错了要喝酒，我来替他喝，会不会让他很没面子，可是喝了他就要变成纸片了。

第一个问题：明年最想去的旅行目的地是哪里？

我想了想写了一个答案，还在焦虑地想，这个问题似乎从没有和别人聊过。

穆帆的回答是：南极。

焦焦翻开我写的卡片，完全一致。

第二个问题：从来不吃的水果是什么？

“天啊，穆帆这个怎么会知道？！”我犹豫了一下，卡片上是空白的。

穆帆得意地说：“她没有不吃的水果。”众人在看到我的空白卡片时一片哗然。

焦焦有些不服气，开始挑衅穆帆：“瞧，我的粉丝们都说这个金牌男朋友一模一样的也要来一打，不过我相信人无完人，下一个问题，穆帆你可要准备好喝酒了。”

我担心地看看他，穆帆还是一副自信沉稳的样子。他把尖下巴翘起来，跟我吐吐舌头。

问题是：小雪交往过的那些人里，最喜欢的男朋友是谁？

我的心一沉，想着这种问题到底要怎么回答，多尴尬。

那些女孩站在我的身边，叽叽喳喳地催我快写快写。

我无奈地抬头说：“我不知道啦，不知道！”

“不可以！必须要写一个答案出来。”那些喝了满满一肚子冰啤酒的男朋友也围了上来凑热闹。

被逼无奈，我只好在纸片上写了穆帆的名字。

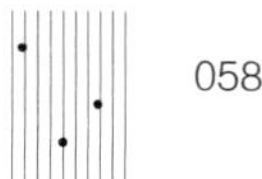

他们抬头看着穆帆说："小雪已经写了答案了，你的回答呢？"

他笑了笑，自信地说："穆帆。就是我啦。"

他回答完的那一刻，我忽然痴心妄想，要是他不是定制款男朋友该有多好。什么话都不说，却什么都了解。遇见什么都不稀罕，可遇见了解真是太难。

焦焦尖叫了起来："天啊，我的直播围观人数已经超过50万了。你们这一对模范情侣今晚就该成为大家的头条新闻了。"

"生日快乐！"焦焦健壮的男朋友已经插好玫红色的数字蜡烛，点燃了"18"的两个数字。

焦焦闭着眼睛许完愿，刚切好蛋糕分在盘子里，大家就把它当作甜蜜的炸弹互相扔来扔去。

毫无疑问，我和穆帆成了主要被攻击的对象，我们俩的脸上头发上都给糊上了奶油，他的头顶上还被人插了两颗红樱桃。

焦焦一边清理着头发上的蛋糕渣，一边大声对着手机直播说现在进入狂欢环节，远方的你们也一起来。她打开一首动感的音乐，那些闷闷的男朋友也和女伴从沙发上跳到地毯上，屋子里一片狼藉。

焦焦的男朋友站在窗户边抽烟，似乎不屑于玩这种幼稚的游戏。

穆帆喊我去给焦焦煮面条。

我们在厨房一起煮面，我跟他说："你离水池远一点呀，不然就要消失了。"

"怎么那些答案你都知道？"我又继续问他。

"因为你给我的设定就是这样。"他诚恳地回答我。

我点点头，继续用筷子搅着面条。

他接着说："你看上去不高兴了？"

“是啊，感觉得不到真正的男朋友了。”这种甜蜜的感觉太不真实，我有点心慌。

“我不就是。” 穆帆理所当然地回答了我。

“我发现我真的蛮喜欢你的，穆帆。”

我忽然感激这次的相遇，纸片男朋友又怎样。我们从不同的地方出发，在某个路口相会，彼此相伴走一程，真切感受着身边的欢声和笑语，哪怕前路终有一别，过程美好了，结局如何真的不重要了。

洗手间里挤满了人，大家都去把脸上和衣服上的食物清洗干净，有人举着花洒把水喷得到处都是。

几个男人在客厅里随意甩着头发，我把一锅面条摆在地板上，像个兔子似的冲过去推开穆帆，拽起一个干洗店送还衣服时带的防尘罩盖在了他身上。

这一幕刚好在直播里全程播放了出来，引得围观粉丝一阵阵疯狂地留言：这是什么？美女救英雄？男朋友是泥巴做的吗？居然还要防水？

焦焦的男朋友抱起焦焦来，对着摄像头转圈。焦焦不小心踢翻了锅，面条洒了一地。

“喂，你的长寿面……”我抬眼看到她男朋友生满腿毛的小腿沾了面条汤，然后他就变成了一张纸条落在地上。

摔倒在地上的焦焦奋力站起来，在直播的手机上点了关闭。

一切都安静了。

男人女人们都像是按了暂停键，连呼吸都小心翼翼的。只有音乐声还在不知好歹地响着。

她嘴唇颤抖着，委屈得要哭了似的，蹲下去把那个纸条拾起来，丢

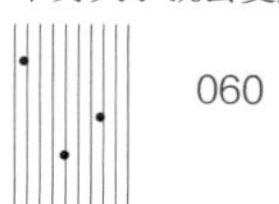

在了旁边装了空酒瓶和蛋糕盘子的垃圾桶里。

“来啊，喝酒啊。香槟刚好冰好了。”说着她从茶几的冰桶里抱起瓶子来摇晃着。“噗”地一下，带着水果香的香槟喷得满屋子都是。当然，也喷到了穆帆的身上。

我还没来得及拉开他，他摆摆手说，再见了，也变成纸条落在了地上。

我看看焦焦，环视了一圈周围的人，他们的眼里有错愕有同情也有幸灾乐祸。我自嘲地笑了笑，低声说着：“可不是吗，一边在享受一边在告别，谁都留不下。”

焦焦一杯酒递过来，说：“男朋友就是快消品，喝杯酒，往后还能遇到大把的人。”

我们把没有被拍碎的蛋糕切开分着吃了，有些甜蜜，也有些苦楚，可能注定是无法与人分享的。

朝夕轮转，苦乐自知。

送走了朋友们，焦焦喊来保洁阿姨清理卫生，阿姨把垃圾袋堆好说，最近的小姑娘怎么都流行在聚会时买这个？她指着男朋友变成的小纸条说，好几次清理聚会现场，垃圾桶里都塞满了。

焦焦说：“大姐，那都是男朋友。”

“男朋友？你们这些年轻人在玩什么真是不理解，一个破纸条还当男朋友来玩，男朋友是到处乱扔的？”

焦焦跟我说：“小雪，那天的水龙头是我自己修好的，不知道怎么回事就想跟你撒个谎。”

“猜到了，男朋友怕水的吧。”

“还把你的男朋友搞没了。比买口红还贵，用不到一整天就报废了。以后再补偿你一个更好的。”

那天深夜，焦焦忙了一天生日派对还没好好吃饭，于是我带她一起去和王撕葱约过会的那家烤串店。

座位上还是热闹的人群，可旧人再也回不来。

点完单，老板对我说：“你的那份，多放孜然和辣椒对吧。”

焦焦大笑，老板连忙解释：“王撕葱上次走之前特意跟我嘱咐过，以后他不能陪小雪来了，往后她点的单按照最喜欢的口味做。”

那顿饭吃的，都是往事的味道。但没想到那些人走了，记忆却还在，余热也可以留存那么久。

我最近经济又紧张了，稿费拖了又拖，一直没有到账，很长时间没有再去买新的男朋友。

我打开宋仲机留在家里的那套大富翁，自己玩起来，一个人把整个地球的名胜都买了下来。想起上次他在电脑里存了做背景的照片，还有几张没有来得及合影，想着不如自己拍完。当我打开照片，我和他没来得及拍的长城、马尔代夫的海滩，上面也有我们俩的人头。是宋仲机从其他照片上选了我们俩都好看的笑脸，再PS上去的。

文件夹里还有个文档，我打开看，是他的留言：小雪，合影没来得及拍完，世界也没有陪你都看透，我把剩下的图都PS好了，也算履行了我的承诺。没有我的将来，祝你幸福。

三伏天最是难熬，吹够了空调，我天天都去附近的一家泳池去游泳。泡在冷的水里游到筋疲力尽，但觉得非常畅快。

这一天我刚吃饱了午饭去游泳，哪知道游到深水区的时候腿抽了筋，还没来得及喊出声就往下沉。那时我想着，天啊，就要这样淹死在游泳馆了，在微博里一定要被人笑死了，还是个曾经上过直播热门榜的人。突然从下面有个男人把我给推了上来，我趴在泳池边大口地喘着气，把水咳出来。

那人一边笑一边对我说：“笨蛋，不会游就不要往深水区跑。”

“那你躲在下面做什么？”我喘息着问他。

“我正在练潜水，差点被你吓得也要呛水了。”

刚才还在躺椅上休息的焦焦走了过来，她好像又在跟网友做直播，把摄像头转向我，对着网友们说：“小雪似乎又偶遇了新的缘分，我们来看看那男人是谁。”

我一只手往她的脚上泼水，刚才差一点淹死了你还在这里幸灾乐祸。

那男人把深蓝色的泳镜摘下来：“什么，我的英雄事迹被曝光了吗？”

焦焦尖叫着说：“居然是穆帆救了你！”

我看看那男人的脸，忽然尴尬得说不出话。

“谁是穆帆？”他问。

我对焦焦说：“穆帆怕水的，已经不见了，这个人长得比较像罢了。”

他迅速接话说：“旧情人吗？”

我没好气地说：“就你什么都知道。”

他用手撑着跳出了泳池，腿部有力又细长，真的和穆帆一模一样。

后来听说那男人是游泳池的兼职救生员，他是一名英语口译。除了工作的时间，也喜欢全世界到处去旅行和拍照片。这其实是我们第一次

约会时他给我的自我介绍。

那天我和焦焦换了衣服出来，她去喊那个救生员一起吃饭。

我赶紧拉住她说不要了。

“人家救你一命，总得表达一下感谢，而且他那么帅，为什么不趁机认识一下呢？”焦焦对我的抗拒表示极其不满意。

“那是他职责之内的事，领了薪水就要保障人们的安全。”说着我就拉着焦焦走了，她还转身跟人家挥挥手。

救生员喊着：“小雪有空常来，我教你游泳。”

焦焦突然要离开了，我又失去了一个朋友，很难过。

焦焦离开的那一天，她跟我说：“在人间的任务完成了，要走了。”

“任务？什么任务？”我一头雾水。

焦焦说：“我是那台男朋友自动贩卖机的管理员，专门帮助人间孤独的人们找到属于自己的真正的爱情，你总不能和一个纸条人过日子吧。”

我拉着她的手，央求她：“你别走啊，我的爱情还没来呢。”

“他来了。在你用贩卖机尝试和体验之后，发现了爱里的美好；试过了分别的痛苦后，你的世界里就会出现一个你最中意的人。”

我知道那是他，叫穆凡，不是那个纸条人穆帆。

分开不一定是永别，或许会以另一种方式重逢。

尽管一边在享受一边在告别，也一边在失去一边在找寻，可最后，总能找到关于你的最好的结局。

我的海螺先生

成长是一件孤独且疼痛的事，让我看见许多张脸，虚假的，谄媚的，丑陋的。

可唯独你放在我脸上的，是一个难得的笑容。

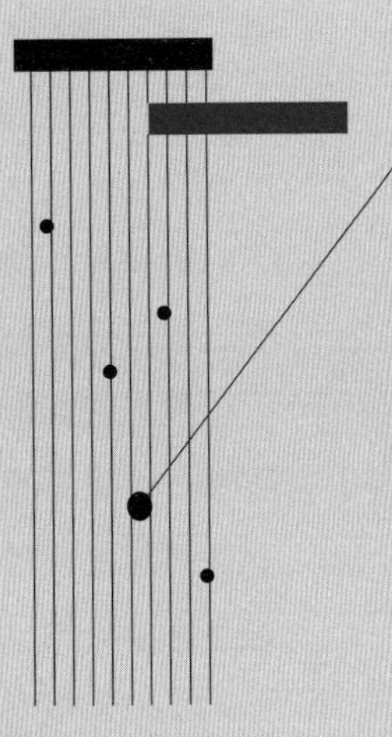

在那个狼狈的凌晨四点半，我喝醉了酒，头发上散发着伏特加掺着红茶的黏腻味道，左脚的高跟鞋踩断了鞋跟，不知道是刚才一路上哪一个跟头之后摔坏的。

回到家打开卧室的门，眼前的一幕让我失控地尖叫了起来。地上洒满了水，摆在地上的鞋子早已被水泡得半湿，那盒陆蕴送给我的留了半年都没舍得吃的酒心巧克力也不幸遭殃，空盒子漂在水上，像一场海难的牺牲品。

隔壁杜大婶听到尖叫声来敲门，边敲着边着急地询问我："小雪啊，出了啥事？要不要报警？"

我光着脚走到门口开门，看到杜大婶穿着一身粉红色的樱花睡衣，顶着一头乱蓬蓬的鬈发，两只被黑眼圈覆盖的眼睛正努力地睁大盯着我。可能是我喝太多的酒，总觉得此刻的杜大婶不像是来安慰我，反而像是来索命的。这个气氛有点诡异。

我甩了甩发昏的头，故作镇定地对杜大婶说："没事啊杜大婶，我

做噩梦了。”

她狐疑地抻长了脖子往我房间里看，边看边说：“你一个姑娘自己在外面住，你父母放心我不放心。俗话说，远亲不如近邻，以后有什么困难啊，来找我，一定帮你解决。我是咱们居委会主任，我解决不了的，还可以发动大家伙来帮你处理嘛。”

为了阻止她打开教育的模式说个不停，我赶紧对她说：“杜大婶您费心了，这么晚了还是回去休息吧。”

我一边说着一边作势要关门。

见我没什么大事，她也就返回了自己家中，关门时我听到她仍咕哝着：“现在的女孩子真是，大半夜的一身酒气……”

我心里没什么不舒服的，这一晚上酒局上哄客户开心，我戴着的那个不会生气的面具还没来得及摘下来呢。

我不敢摘，这个客户如果在下一次创意提案的时候没有签约，我的升职申请可能会被第十次搁置，我的老板王总是这么告诉我的。

迷迷糊糊地开始收拾屋子里的残局，等到收拾干净时，钟表的指针已经指向了深夜两点。快速地洗了个澡，换上夏天最舒服的圆领米奇睡衣，我的脑子才清醒过来，也感到非常疲惫。快速地掀开被子打算睡觉时，我的床上赫然躺了一个陌生的男人。这一次，我紧紧地捂住嘴巴，愣是把一声尖叫憋了回去。

我震惊地盯着床上的男人看，仿佛已经灵魂出窍了，一句话都说不出来。此刻的他安静地睡在我的床上，身上穿着T恤和花短裤，像是热带度假的打扮，他貌似也喝醉了，脸上泛着红晕。只是，喝醉的他是怎么凭空出现在我的床上的，门锁明明都锁得好好的。

我从震惊中醒来，迅速跑到厨房拿了把菜刀回到卧室，一脚把他踢醒，质问他："喂，你是谁？你为什么会在我家？又为什么睡到我的床上?！"

他揉了揉眼睛，醒过来看见我的时候特别高兴，笑起来牙齿好白。他对我说："小雪，你回来了。"

我当时以为自己进错家门了，又仔细想了想，这确实是我的家。于是我又质问他："你谁呀？到底怎么进来的？还有，你为什么知道我的名字?！"

他说："我叫有相，是你把我带回来的。"

接下来的两个小时里，我要求有相重复了三遍自己怎么来的，一直到天亮。

他解释说自己是从冰箱里爬出来的，之前住在冰箱里放着的海螺壳里。那海螺，是我前两天半夜去王总家改PPT，老板随意让我拎回来的补偿礼物。塑料袋上还印着"天堂小卖部"的logo。我以为那玩意一定过期了，仔细看了看上面写的保质期：很长。

记得老板貌似对我说过，保质期很长，工作忙没时间吃的话可以先存到冰箱里，留着以后不忙了再吃。

这话当时我也没往心里去，毕竟他以前跟我说，最近天天加班，以后不忙了给你放假，可那一天，始终都没有到来。

天亮之后，我酒醒得差不多了，一直站在门口腿都发酸，感觉房间里泡着的水把脑子也给泡傻了。我仍然不相信他的解释，举起电话威胁他说："你是哪里来的神经病，不说实话我可报警了！"

他理直气壮地说："我没骗你。"

最终我还是报警了，警察很快就来了。我对着警察交代了一下事情的经过，并恳请他把家里的这个神经病带走。

但警察显然不相信我说的话，他透过薄薄的眼镜片狐疑地对我说：“你们两口子吵架就吵架，别浪费我们警力。”

我拉着警察往卧室的方向走，边走边着急地说：“我真的不认识他！你们来看！”

但当我们走进卧室一看，卧室里空无一人，有相不见了。我翻箱倒柜地四处找，能藏的地方都找遍了就是找不到他，只剩下地上的一摊水渍，还有被我翻出来的一堆脏衣。最后连警察都不耐烦了，他怀疑地对我说：“小姑娘，你是不是需要看看医生？”

赔着笑脸送走警察，我打开冰箱拿出那个海螺就往地上摔，边摔边说：“你不是说住在里面吗？出来啊，真的以为自己是海螺姑娘，人家不是都出来帮主人做饭洗衣的吗，快出来把我屋子收拾干净，还有偷吃的巧克力也还给我。”

一直没有什么反应。我想着，他肯定是从窗子爬进来的，以后出门要锁好窗户，可是家住在十几层，要怎么爬呢？

我正往外走，身后传来了有相的声音：“酒心巧克力在我们那里买不到，太好吃了。还有，我们那儿的海螺姑娘确实有会清扫房间的，但是也有偷衣服穿的，专门从女人衣柜里拿衣服，你们女孩子不是总是说，衣柜里缺了件衣服。我们那儿，还有搞人间生活直播的网红呢。”

“那你会什么？”我已经对他突然的出现免疫了，一点都不觉得惊奇，反而对他的话很感兴趣。

有相继续说：“我吧，什么都干不好，就能看见一点点未来，但是也看不太清楚。我们以前在海里看星辰，学过星象推理，只是我嘛……总是偷懒，没学好咯。”

我小声嘟囔：“跟我一样没出息。”

和有相聊完天，我慢慢相信了他说的话。原来真的有个海螺世界，原来那个世界也有和我一样把日子过得残缺不堪的人，我好像找到了知己一般，竟然还有点庆幸。

有相一般都睡在海螺壳里，只有我下班回家之后，他才会出来找我聊聊天，或者拿iPad打游戏陪我加班。

我加班的时候喜欢吃巧克力，没灵感的时候就找出几块来吃。这时候有相就会黏在我身上，求我也给他几颗吃。我突然想起来第一次见到他时，他就偷吃了我的巧克力。于是我对他说：“上次你偷吃的那盒巧克力，是陆蕴出差回来带的，我只吃了一颗就被你全吃光了。”

有相从他花短裤的口袋里拿出来一串用麻绳穿起来的贝壳，比景区卖给游客的那种还不走心，又粗糙又不规整。

他递给我说：“小雪，这个给你。”

“我才不要这个，沙滩边上好多卖的。”

“这个可值钱了，这在海螺里能当钱花，你可以用来买蟹壳背包，还有海带丝袜。”

“什么东西？我们这里是人类世界。”

“我也觉得人类好，有好吃的……巧克力。”

被他这么一说，我反而觉得他有些可怜了。我打开新买的一盒巧克力，小心翼翼地递给他三颗，他迫不及待地吃完，甜甜地笑起来。

看着他的笑容，我也忍不住笑了起来。都忘了有多久了，身边有个

人和我一起分享嘴巴里的甜蜜。

味道是一种很神奇的共鸣，两个人不需要用语言交流，就能体会到彼此口中滋味，冥冥之中，就有了一种难以言说的默契。也许这就是大家在快乐地吃过饭之后，就喜欢彼此称呼为“朋友”的原因吧。

一天晚上，难得陆蕴主动约我吃饭，我想从鞋柜里找出那双穿着舒服又看起来端庄的黑绒面高跟鞋，打开鞋柜就是一股霉味，那鞋子周围长了青苔，有一双运动鞋里甚至生了蘑菇，整个鞋柜好像泡在水里一样。

我从海螺壳里把有相喊出来，质问他：“这是不是你干的?！”

他乐呵呵地问我：“你高兴吗？”

我把鞋子一下一下狠狠敲在他肩膀上，说：“我有什么可高兴的，你赔我鞋子！”

他淡定地说：“照顾鞋子不就是把它们弄湿吗？在我们那儿，什么东西都要保持湿润，干了就要死了。我就喜欢泡澡，或者待在湿漉漉的房间里，太舒服了。你瞧，鞋子上都有了小森林，有没有觉得萌萌哒？”

我翻来翻去找不到一双能穿出门的高跟鞋，只得穿着人字拖去赴约了。

忘了介绍，陆蕴是我认识的最优秀的广告设计师，我很崇拜他，也很喜欢他。他思维开阔，相貌英俊，在我被客户逼得快要自缢的时候，总能一语中的地提醒我：客户是公司的，命是自己的，你何必呢?

那天我们约在一家韩国烧烤店，我对他解释说：“对不起，今天鞋子都送去干洗了，希望这样子不会让你觉得不太礼貌。”

他很有风度地说："没关系，你穿什么都好。"

我连忙向他道谢，坐进靠墙边的位置，并把自己没涂颜色的脚趾甲藏进了阴影里。

我悄悄打量着他，心想怎么世界上有人能把一件纯白的T恤都穿得这么有韵味。这期间他娴熟地烤着肉，选几块品相最好的夹进我的盘子里。我把肉蘸满烧烤酱送进嘴巴，想着这可都是陆蕴的爱，他带着银戒指的手指那么好看，连烤出的肉都更好吃了。

我跟他聊以前合作项目的客户八卦，哈哈笑得有些夸张。他笑得很客气，让我觉得，他像个观众一样客气地在离我很远的地方。

然后他说："今天约你呢，就是想聊聊最近你们在提案的那个客户的事，回头报价做出来，也发给我一份。"

我有点为难地说："那个啊，方案我还没做完。"

报价可是商业机密，怎么能随便给他呢，给了他，没准客户就丢了。我包进生菜里的大蒜那么辣，辣得我一下子没了胃口。

吃完饭我硬是要自己打车回家，我对陆蕴说："没关系的，刮风下雨加班到天亮我都自己回家，还能遇到什么坏事呢。"

可我明明想说的是：我想和你好好约会，你却来跟我谈工作，这才是世界上最坏的事。

回到家后我直奔浴室，此刻的我只想好好泡个澡，让热气腾腾的湿气把心里的眼泪化开，起码能让那些堵在我心里的难过在我入睡前消失一会儿，然后沉沉地睡一觉，忘了这一天，哪怕就一个梦的时间也好。

我打开浴室的门，浴缸里满满的都是冷水和泡泡，当我把手伸进去的那一刻，完全可以把自己当成那个在雪山旁落水的Jack——透心凉。

我又看见有相丢在地板上的几张巧克力包装纸，他玩游戏玩得正开心，我一把把他拉过来，教训他：“你现在住在我家里，能不能有点当客人的礼貌，家里搞得到处都是水，这么热的天我连澡都不能洗。”

他一脸委屈地说：“那水就是给你准备的啊，冷水泡澡多凉爽。”

我刚才用手拨弄开一坨泡沫，浴缸里居然有刚买回来的一套护肤品，乳液精华的蓝色瓶子都在里面泡着。

我从冰箱里拿出海螺壳，扔进垃圾桶，拎着就往外走。

有相跟在后面，着急地问我：“怎么了，你一回来就这么大脾气。”

我对他说：“求你了，别住在我家了，我自己的烦心事就够多了，没时间跟你在这里玩。我要赚钱交房租，还要加班写方案，还想好好谈场恋爱，怎么就这么难。你看谁家干旱缺水，你就去住吧。我没时间在这儿跟你玩什么一半海洋一半陆地的游戏。”

我躬起身子把他往外推，他扒着门框不肯松手。

隔壁杜大婶把门打开了，她今天穿的是牡丹花的家居套装，把有相从上到下打量了足足三遍后才问我：“小雪，这你男朋友？”

我果断地回答说：“不是！”

杜大婶继续说：“他这一老爷们，就裤衩拖鞋的在你家里待着，真没什么？女孩子要自爱，怎么能什么人都往家带，社会很复杂，我经历的事比你多，出来过日子要多长心眼。穿这种花裤子的人，肯定一肚子花花肠子。”

有相解释说：“阿姨你好，我是小雪表哥，刚从老家过来。”

我打断他的解释，气呼呼地说：“谁是你表妹，我才不认识你，走走走。”

杜大婶撸起袖子就要动手，说：“哎哟这就奇了怪了，要不要我去楼下把小区保安叫过来？我一老太婆打不过你，保安能，你不能欺负人家一小姑娘吧。”

杜大婶回房间打电话的时间，有相在耳边对我悄悄说：“你刚才约会的时候，我帮你把要加班做的方案PPT写完了，我拿劳动成果换宿好不好？”

我才不信，他没把笔记本泡进水里我就谢天谢地了。

他拉着我回房间看电脑上的方案，竟然从设计到排版都非常精致，逻辑畅通创意也出彩。

我怀疑地问他：“真是你做的？”

他把右手高高举起，做着对天发誓的动作，说：“保证是真的。”

我连忙跑出去关了门，对着杜大婶喊：“没事了没事了，我跟我表哥吵架呢，杜大婶吵到你了不好意思啊。”

转进卧室，我开始逼问有相。

“老实交代，这怎么回事？”

“看你天天晚上对着电脑写，一烦躁就揪头发叹气。我们海螺人只要寄住在人类家，就得让人类快乐，毕竟我们的祖先是海螺姑娘那样嘛。”

“别讲鬼话，你偷吃巧克力，我就不高兴了。”

“我也得自己产出快乐才能带给你快乐，我的原材料就是巧克力。我在人类世界最伟大的发现就是这个了，长得又黑又丑，吃起来还有点苦，可是咽下去又让人想要翩翩起舞。”

“真的假的？”

“当然是真的！”

我迅速把留在柜子里的多半盒巧克力都拿出来给他，如果那礼物能让我在公司里得到耀眼的关注和上级的认可，还有什么不值得的。

于是这个晚上，有相继续帮我完成了下周要给客户做的结案报告、年中的述职报告，连我下一份升职报告都给准备好了。

他在一边咀嚼着巧克力一边奋力地工作，嘴角沾着黑色的痕迹都顾不上擦。我太熟悉这种状态了，有很多成功的人以同样的方式熬过夜晚，也有很多失败的人如是。很遗憾，我一直都属于后者。

好像当我们习惯了机会擦身而过，反而会更加愿意像欣赏一场流星雨那样，欣赏它划过自己的天空，落到别人的未来。

有相工作的时候很专注又迷人，以前常听别人说，认真工作的男人最迷人，其实，认真工作的海螺先生，也很迷人。

我坐在一边懒洋洋地拿iPad打游戏，沿着有相之前通关的位置玩，怎么也玩不过去。

我百无聊赖地开始随意拉着他聊天。

“你们在海螺世界居然还使用PPT？”

“不用。这是我在你老板家住的时候，看他经常写，趁他晚上睡觉的时候偷偷学来的。”

“那你跟我学了什么？”

“跟你学会了吃巧克力玩游戏，躺在浴缸里泡澡，让自己觉得超级舒服。”

他说着话，眼睛却没离开电脑屏幕，鼠标和键盘密切地配合，一点一点地，帮忙拼凑一个我从来都求之不得的未来。

iPad上显示出新的微信消息提醒，是陆蕴发来的。他问我：“有时间吗，请你吃饭，不谈工作的那种，算是赔罪吧。周末有时间吗？”

我瞥了一眼有相，对他说：“我想学习怎么追男神，你会吗？”

他说：“不太会。我们海螺世界，结婚都是家族决定，我们自己从来都不多想，或者说，想了也没用。”

我恍然大悟，幽幽地说：“原来你们那儿还处于……这么原始的状态。”

一想到要和陆蕴约会，这几天连工作的效率都变快了，晚上下了班趁着商场关门之前去买裙子和高跟鞋，回家特意叮嘱有相，千万别又拿去饲养苔藓了。

其实和陆蕴的第一次约会也和工作无关。在朋友的生日派对上，他送了自己手绘的一幅窗帘给寿星，那时我想，有才华的人，做什么都出众。

这一天吃饭的时候，陆蕴笑呵呵地说：“这次没穿人字拖？高跟鞋很好看。”

虽然脚趾已经痛得发麻，但听到陆蕴的夸奖，我觉得此刻的痛苦也都值得。

陆蕴继续说：“现在行情不好，生意难做，小雪你工作这么辛苦，怎么不交个男朋友。”

我害羞地回答他：“其实是太忙了，每天加班到凌晨，哪有时间找男朋友。”

陆蕴笑了一下，说：“这么辛苦，是不是快要升职了？和你们公司合作这么多次，你啊，有时候真的太轴了。”

我被他的笑容融化了，晕晕地说：“可能会吧，如果升职了，就借

你吉言。”

那天我们聊着天，两瓶红酒很快就喝下去了。恍惚间我只听到他说：“难怪你们王总愿意带你去应酬，酒量不错呀。”

不知道怎么回事，听到这话我就哇哇地趴在他胳膊上哭了，边哭边说：“我一点也没有酒量。王总带我去喝酒，还不是因为依依男朋友不让她去，洁斯的老公说要应酬客户就不干了。我能说什么呢，我除了每个月信用卡的还款信息，什么都没有。”

他拍拍我的肩安慰我说：“嗯嗯，还有我。”

那天晚上后来的事，是有相告诉我的。陆蕴送我回家，把死尸一样的我丢在沙发上，进门就开了我的笔记本电脑。有相从浴室出来想找我聊天，陆蕴看见他半裸上身穿着花短裤，有些慌张地问他：“你是谁？”

有相回答他说：“我是小雪的……男朋友。”

我一把抓住有相的胳膊说：“你胡说八道什么，一世清白都被你给毁了。”

有相嗤笑了一声，说：“本来我还想当你表哥的，可是我看到他一直在翻你的方案，好像没在做什么好事。哪有送人回家一进门就偷看电脑的。”

“他竟然是这种人，昨晚喝醉了对他说了什么都不记得，真是的。”这么一来我对陆蕴的好感瞬间就没了。

想想我总是这样子，遇见男人，相信他们，然后被骗。在上一次遭遇小三上位，上上次的男友出轨的教训之后，越发觉得自己可能真的没法谈恋爱了。

提案的前一天晚上，我对着镜子演说了无数遍PPT的内容，每句话每个姿势都要看起来妥当。

有相站在一边，好奇地说："你说得比王总可好多了，为什么一直没升职？"

我生气地说："没升职怎么了，我还错了吗？"

他看到我有些生气，连忙安慰我："哎呀生气了，我又说错了话。你好好做自己就好，总有机会发光的，我一直都看好你，真的，你这么努力，要是什么都得不到，那就太不公平了。"

我咕哝着说："公平？这个概念，从高考之后，它就从我的世界里消失了。"

出发之前，有相把之前他拿来抵债的那串贝壳项链塞进我的背包里，对我说："这在我们那儿不仅是财富，还是好运气。"

那天从办公室去客户公司的路上，王总一句话都没有说，他喝掉了一整瓶矿泉水，比他酒局上喝的酒还要多。

进了会议室，他从包里拿出电脑对我说："小雪，今天的提案我来吧，方案我另外做了一份。"

我连忙说："好！"

但当我在投影上看到方案内容的时候，手心里急冒出来的汗把出门时涂的护手霜都给冲掉了。

我紧紧盯着王总的脸。他那张脸，真的是一具经历过千锤百炼的钢铁面具，一丝一毫的心理活动都看不到。

但那方案，和有相帮我完成的那一份，一模一样。

再后来，夏天还没结束的时候，HR就跟我说："公司的岗位调

整，可能并不需要你做更多的工作，谢谢这段时间你为公司的付出。”

离职申请我拿在手里，刚要签字，我生气地扔下了笔，说：“我不走，我为什么要走，凭什么你们要我走？”

我跑到王总的办公室质问他：“刚谈妥的客户，那份方案是我做的，为什么到如今跟我没关系了呢？”

他依然冷静地说：“真的是你做的吗？你好自为之吧。”

我问他：“‘天堂小卖部’的海螺，是你早早准备好的吧？”

他说：“那不是给你吃的吗？还没有吃？再放可不新鲜了。”

这一天是我入职三年以来第一次在下班时间准时打卡离开，连门口正在补妆的前台姑娘都还没拎着她的LV包跑出去约会。

什么海螺先生，回家我就把他蒸熟了吃掉。

进了家门，发现家里变得整洁如初，脏衣服干干净净地挂在阳台，空气里还有米饭的香味。我心想：难道，今天换我家里来了海螺姑娘吗？

轻手轻脚地巡视房间，一下子让我觉得这个租来的小房间那么大，似乎塞了那么多的秘密似的。

走到厨房门口，发现了我妈妈的身影，我惊讶地问她：“妈，你怎么来了？”

我妈正系着我那个印着凯蒂猫的粉围裙在炒菜，锅里一股韭菜香。

她说：“最近没事做，特意来照顾你呀，怎么口气还很不高兴似的？交男朋友了，嫌弃妈妈来做电灯泡？”

我想着，难道她发现了什么？算了，还是先试探一下再说。我继续问她：“没有……那个你在做什么？”

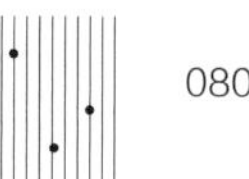

她说："做韭菜炒螺片，你以前回家不是最爱吃吗，这海螺多新鲜。"

我眼前一黑，差点昏倒在玄关的过道上："海螺肉？哪里来的海螺肉，你把冰箱里的……吃了？"

妈妈说："冰箱里有什么啊，你的馒头都长了绿毛还塞在里面。你隔壁邻居杜大婶买的，看见我过来了，说是送给我尝尝，有这么个热心邻居，我可放心多了。"

我赶紧拉开冰箱门，看到里面原本有相住的那个海螺壳子，不见了。

我都要哭出来了，着急地问妈妈："冰箱里的海螺你给扔了吗？"

妈妈说："哪儿有？没看到。"

我翻遍了垃圾桶，也没找到海螺先生原本的"家"。

躲到哪里去了，你以为你可以一直躲下去吗？

我认为有相必须得给我个解释，我打开"天堂小卖部"网络商城的页面，下单买了五个海螺，心里想着，把他的伙伴们买回来，总能找到他的线索。

那几个海螺到货后就被我塞在冰箱里，我还特意嘱咐妈妈，千万不要吃掉它们。

妈妈觉得很奇怪，好奇地问我："这个保质期很短的，买回来要立刻吃掉。你天天加班一定把脑子给忙坏了。"

我懒得解释，索性瞎说："我脑子坏掉的时候还少吗？"

接下来那几天，我白天照旧没事一样去公司，王总不安排工作给我，也没再找什么理由赶我走，索性，我成了在单位里混吃等死的一

个人。

坐在隔壁座位的亭亭羡慕地跟我说："小雪最近不错呀，天天准时上下班，气色红润有光泽。"

我说："加了那么久的班，怎么准时上下班的时候，倒显得我是在度假了。"

她说："是不是上次那个客户你没搞定，被王总坐冷板凳？"

我说："怎么没搞定，谁说的？"

她说："你要是搞定了怎么王总会安排别人接手，你是不是找了下家准备跳槽了？"

"算了，不和你说了。"

说不清楚索性就不说。

我匆匆回家，等着新的海螺先生或者姑娘出现。

当妈妈听到我说，最近几天，如果家里莫名其妙出现陌生人，千万不要觉得奇怪和紧张，我妈越发相信，我一定是因为长期的熬夜和失眠，导致心智错乱，甚至和杜大婶聊起来附近有什么好的中医能调节情绪。当她得知了上次杜大婶见到的借住在我家的花裤衩"表哥"，审问我的态度好像高中早恋被发现的时候一样。

一次杜大婶在路上碰到我还说："你妈妈说你没有表哥，住在你家的男人是谁？可一定要注意点，看新闻了没有，独居小姑娘可危险着呢。"

那五个海螺安安静静地躺在冰箱里，始终没有动静，我甚至把巧克力也和海螺塞在一起，都没有起到任何诱饵的作用。

王总在下班之前对我说："晚上有个新的客户，你跟我去应酬一下。"

我不想去，索性拒绝他："客户谈成以后跟我没关系，我又不是你招聘来的喝酒专员，为什么前面吃苦受累的破事都要我来做？"

他破天荒地劝我说："这是最后一次，我保证谈妥了客户，奖金都给你补回来，你看你的同事们家里事情多，都不方便嘛。"

他既然都那么说了，我也不好意思再拒绝。那天晚上，我的打扮有些尴尬，没来得及回家换衣服，就穿了件长T恤，素面朝天的样子有些没精神。不过客户也非常体谅我似的，给王总发微信，说路上堵车，一时半会儿还到不了。

我们俩在空荡荡的酒店包间，对着一桌凉拌木耳、凉拌萝卜、凉拌花生、凉拌黄瓜、凉拌海蜇……足足等了两个多小时，客户还是没有到。

我开始托着腮要入睡时，门推开了，我一看，来的人是有相，他用手指给我比画了一个"安静"的手势，站在王总面前。

王总看见他，想了好半天，恍然大悟地说："你是那个，海螺先生，有相？"

有相回答他："是的。"

王总说："你来做什么？找小雪？上次你拷贝方案的事情，谢谢你。"

有相看了我一眼，对他说："举手之劳，今天，我也来谢谢你。"

他说完，把离王总最近的那盘花生米盖在了他的头上，然后是黄瓜、海蜇、木耳和萝卜。我目瞪口呆地看着这一幕，不出一分钟，王总成了一个人肉大拌菜。他甩掉挂在睫毛上的海蜇皮，大喊着："服务员，怎么什么人都进来，你们也不管。"

有相反手锁住了门，把他的声音死死地关在了包间里，王总的地方

选得多好，隔音效果可真棒。

我拿起桌上喝剩下的矿泉水，兜头倒在了王总身上，我说："王总您头发脏了，洗一洗才好。"

有相说："小雪你什么时候学会的，和我一样喜欢玩水了？"

临走前我对王总说："谢谢这些年的栽培，可我是来工作的，又不是来喝酒的。"

他恨恨地说："你以为你很厉害吗，除了喝酒，业务能力还比不上一个实习生。"

我把手里的矿泉水瓶扔到他头上，拉着有相的手就向外跑，边跑边回头对王总说："多谢栽培，以前给你惹的麻烦，真是对不住，但是我以后，以后会好的。"

一年后，我还在那家广告公司。

这一天中午，趁着午休时间给团队的五个同事做了一次方案PPT的培训。新来的老总莫姐对我说："小雪，当了总监之后，业务能力突飞猛进啊。"

我说："没有啦，还是团队伙伴们给力。他们真的非常努力呢。"

王总几个月前被公司开除了，据说是被下属揭发，公司报销的发票有大量的假账。之前有相"帮助"他拿下的客户，拖欠了半年的项目款项，公司也没有继续服务，王总安排的团队没有能力承担其他的业务，都被遣散了。

而我，在新领导上任后，升职做了新部门的总监，招聘来了五个可爱的小伙伴。有个秘密告诉你，他们可都是住在我冰箱里的海螺先生和海螺姑娘。

有相跟我说，虽然他预知未来的能力有那么一点点弱，但这一切，都在他的预料之中。

他骄傲地对我说："让你感觉快乐，是我们海螺人的职责。"

下班回家，遇到隔壁杜大婶，她说："你最近晚上下班回家很早嘛，这样就对了，你妈妈和我啊，都放心了。就这样，以后好好过日子。"

我打开房门，手里拎了满满一袋子巧克力。

无爱城历险记

爱情或许是不值得表达的东西，因为它始终被人们过分热烈地讨论着。

可我知道你爱我，无声无言，成为我的呼吸，我的伙伴，我的漫不经心。

让我拥有心安理得又惴惴不安的任性。

我所有的奇妙经历，开始于那辆外壳裹满泥巴看不清原始颜色的拖拉机，就是那台拖拉机拉着我的二手小红车来到了这个神奇的地方。

那天是我离家出走的日子，顺带还拐走了我的闺密米兔。我们开着我的小红车一路漫无目的地狂奔，直到车子冒烟，被迫停在了手机都搜不出信号的马路边上。那天的天灰蒙蒙的，我们蹲在车子旁边呆呆地看着面前的这条马路，空无一人，也不清楚马路的尽头通向何方。蹲得我们腿都麻了，才隐隐约约地从马路的远方传来了一阵欢快的音乐声：终于你做了别人的小三……接着一个身穿暗蓝色夹克衫的大叔开着一辆外壳裹满泥巴看不清原始颜色的拖拉机出现在了我们的面前。

接着我和闺密米兔就坐在了拖拉机车斗里堆着的稻草堆上。拖拉机大叔拉着我们，还有我的小红车继续一路高歌地驶向了前方的修车厂。

一路开了不知道有多久，我和米兔都有点昏昏欲睡了，拖拉机大叔突然停下了车，扭头对着我们说：“快到了啊。”说着他气势恢宏地一甩胳膊，像个路见不平的大侠，往旁边一块大石头一指。

我和米兔瞬间清醒了过来，视线在巨石上认真地停留了很久，然后我目瞪口呆地问大叔：“这就是修车厂吗？”

“不是。”大叔回答得也深沉，“我先去石头后面拉个屎，这里没有公厕。”

过一会儿大叔回来了，他无视我和米兔维持了近几分钟的吃屎表情，又拉着我们往前开了很久，这期间我们俩再也没敢睡着，异常地清醒。很快就到达了目的地：修车厂。

我从拖拉机上跳下来整了整头发和衣服，原本想跟拖拉机大叔道个谢，一抬头就看到他和他的拖拉机背影已经很遥远，只留下了远处一个土黄色的潇洒背影，还有幽幽的音乐声。

这个修车厂的装修全是粉色的，铁门上的粉色油漆透着金黄的锈迹，水管上还用粉色的塑料袋扎了一个娇喘的蝴蝶结，我觉得这个样子真朋克。

还有更惊奇的地方，这里的老板和员工全是女的。

小红车前面两个轮胎都给扎破了，维修大姐用了不到四分钟就全给补好了。

她用一口浓重的东北口音跟我说：“哎呀妈呀大妹子，你这胎扎得不轻，哎呀妈呀太吓人了，幸亏你碰上我了。那啥，跟你旁边这小妹离远点，少唠嗑，靠那么近太危险了。”

我问她：“有什么危险的？”

她神秘地靠近我的耳边说：“再往里面走可就到无爱城了。俩女人有小火花什么的也很有可能的，是不，大妹子？”

她没理会我俩迷茫的表情，继续说：“你俩外地来的吧？一会儿

啊，去前面那办公室，盖个戳，晚上才能有地方住。”

盖章的地方简陋得像大学的宿管办公室，木头门上的油漆得有十几年了，剥落得不成样子。我和米兔一人领了一张居住证明后，身材像棉花糖一样柔软肥胖的阿姨就给了我和米兔一人一把钥匙，手指着后面那栋红色的楼，说上去就是。

大楼外面看上去是个酒店的样子，我和米兔不在一个楼层。十平方米左右的小房间，打开就是一个原木色小桌子和一张弹簧单人床。没有收钱，也没收押金，更是没有截止日期。本来想躺一会儿起来吃饭，这一天累得我觉得整个身子都要散成油炸馓子了，一闭眼就睡过去。

我会来到这个手机地图里都没有收录的地方，都是因为我的程序员男朋友陈高兴。

陈高兴是个宅男，我觉得他喜欢二次元的游戏胜过爱我，摸鼠标比摸我还要动情，写代码比做爱有激情。

当然这都不是重点。重点是，在他的眼里，我所有的衣服都是同一种款式。他能记得住网络游戏里数百种武器道具的技能值，无数种程序代码组合的形式，却分不清我上班穿的连衣裙和下班换的居家裙。

前几天我们一起过情人节，我花了一个月的工资买了条最新款的短裙去和他约会。

我兴致勃勃地问他：“你看我今天有什么不同？”

他一脸淡定地回答我说：“你的脸好像稍微胖了点。”

在我精挑细选提前半个月订了位子的餐厅吃饭，他居然在餐后甜点还没端上来的时候就说要撤，原因竟然是游戏里有个好兄弟需要他的帮忙。

那一刻我忽然觉得他从来没有在意过我，不在意我精心打扮的穿着，不在意我新换的口红颜色，更不珍惜我认真准备的约会。

于是我决定离家出走，还筹备了很长时间，甚至还在“天堂小卖部”网络商城买了一辆二手小红车，当作我此次出走的“作案工具”。为了避免陈高兴发现任何风吹草动，我还好几次表示自己对车子不了解，出现了小故障都找他来帮忙修理。

直到有一天他对我说：“你车子的车载系统我重新编程过了，一切都在我的掌控之中。”

我觉得时机到了，我怎么可能在他的掌控之中。我喊了我单身的闺密米兔陪我一起出走，就当是一次度假。

我的目的是用消失来换取他对我的重视，我要离开他，让他发现我的重要，然后生不如死。

于是我和米兔开着车子，从北京的东三环一路向西开，开到了一个手机地图都搜不到的地方。

我成功了，所以这一觉睡得很香。

醒来后已经是第二天的早上。稍微收拾了一下，我就出门去敲米兔的房门，打算叫她一起找地方吃饭。但去找米兔的途中，我却被一个戴红胳膊箍的阿姨拦住了。

她严肃地对我说：“你干什么？不要打扰别人！”

“我找我朋友啊。”我觉得这个阿姨有点莫名其妙。

“这儿没什么朋友，更没什么感情。不许去！”阿姨非常坚持！

“什么嘛，不去就不去。”饿得心慌的我实在没力气再跟这个阿姨掰扯，于是就放弃了找米兔，自己一个人出了门，四处逛了逛。

可是逛的时间越久，我越奇怪。街上到处都是女人在走动，我居然没有看到过一个男人！而且不仅没有男人，连男人用的东西都没有！连街边的公共厕所都没有男人的专用间，只有女厕！

天哪！这是什么地方，难道是女儿国吗?！

理发店叫女士理发店，服装店叫女士服装店，水果店叫女士水果店。甚至还有专门的广场舞大妈道具店，我进去逛了逛，里面有大音箱，有XXXL号的舞蹈服，还提供MP3歌曲下载服务。

逛了那么久，终于有一家店名字深得我意：真好吃家常餐厅。看上去就比隔壁的女士沙县小吃有深度，于是我果断地选择了这一家。

店里面的座位是分区的，分为女童区，坐着一群小姑娘，都是十岁左右；还有少女区，大多是高中女生，还穿着校服；其他的是成年女性区、中年女性区和老年女性区。

我买了餐票，从取餐窗口端了包子和粥，没羞没臊地坐到少女区去了。如果不是这个身高实在藏不住，不然我还真想坐到女童区。

我吃得正香，一个穿血红色工服的服务员妹妹过来说：“对不起，您坐错位置了。”

我假装淡定地问她：“我哪里坐错了？”

她很羞涩地说：“您应该去成年女性区就餐。”

“我是少女啊。”我强调着。

那服务员已经替我脸红了，她进一步问我：“那能给我看看您的身份证吗？”

我把包子咽下去，自己端了粥挪到成年女性区了。

包子让我这女孩，一顿长大。

桌子对面坐了一个明显比我年长十岁的阿姨，哦不，大姐。我觉得她应该去中年女性区，为什么要跟我坐在一起？

她的脸瘦长，眼睛嘴巴都很细，正在吃一碗拉面，边吃边问我："你外地来的？好端端的跑到这鬼地方来干什么？"

"怎么了？这里不能来吗？"大姐的话引起了我强烈的好奇心。

她放下筷子，嘴巴一抿，对我说："你知道这是哪里？"

"不知道啊。"

"那你没发现这里都是女人？"

"这个发现了。我还想问您为什么。"

"因为男人在另一个区生活，不能跟女人生活在一起。"

我一听这就有意思了。

她继续说："这里啊，叫无爱城，所有人都不能有爱情，同性之间也不能有。下一代的繁衍政府会用基因克隆，到一定年龄后，如果想要个孩子可以去申请领养。城市的南边是女人区，北边是男人区，都是独立生活的。优点嘛，就是这儿的福利很好，住宿不花钱，水电医药养老什么的也免费，用钱的地方就是买点衣服。到我这个年纪，又没孩子需要操心，存钱也没有什么用。"

太神奇了，我继续问她。

"那咱们这儿怎么过情人节？"

"情什么节？"

"情人节啊。"

"什么人节？"

"情人节！"

"情人节是什么节？"

我想了想，还是换个话题吧，显然她从来就没听过那个节目。

我继续发问："那万一有的人有了爱情怎么办？"

她吓得一哆嗦，筷子都摔到地上了，用颤抖的声音回答我："那可是顶大顶大的错，有了爱情的人要从世界上消失的。这城里的人身上都戴着爱情感应器，装置在每个人的身上，爱情感应器一旦响了，管理层就立刻派人来抓捕。"

我看到她说这话的时候眼睛瞪得那么大，眼白都露了一大截。

我想着，没有爱情的城市不也是挺好的吗，再也没有人因为失恋而哭泣，不会因为暗恋而忧愁，也不会因为吵架而烦恼，至少在这里，你的口红从豆沙红换成了珊瑚红，身边的人都能发现，那一支唇膏才有存在的价值。

突然想到米兔，我着急地问："那闺密能有吗？女人和女人之间总需要友情的吧？"

她坚定地说："那也不行，因为走得近了很容易就会有爱情，所以和什么人都不能走太近。"

坦白说，至少我觉得这无爱城生活还不错。没什么大开销，也没房贷车贷压力，日子过得多滋润啊。不用熬夜加班工作，路上走的姑娘们连黑眼圈都没有。

可是不能有闺密这点可不行，我心想着米兔有点着急，也不知道她去哪儿了，始终联系不上。这里既然不能有友谊，该不会……我在这里和她就这么失散了吧？

找了一圈米兔都找不着，我索性就待在宿舍里，一边等她一边过了几天逍遥的日子。

去女士按摩店做青春盎然全身SPA；去女士咖啡店喝一杯美女拿铁，还搭配女人专属低卡提拉米苏点心；去女士家居店领了几套免费的印花床单被罩，回去把小宿舍装点一番。

我想着，没准陈高兴还沉迷于自己不知何时才能升到800级的战斧道具，或者是时时刻刻新冒出来的程序漏洞，根本没发现我从他身边消失了。

还是这里舒服啊，没有臭男人到处扔的快餐盒子，也没有永远洗不干净的白T恤，更没有只有他们才喜欢看的体育新闻和金融杂志。这里的一切都是关于女人如何变美以及如何变健康，还有免费的瑜伽和茶艺课程。

我觉得天上人间，哦，不，人间天堂，不就得是这个样子嘛。

本以为米兔一定也和我一样，在这里贪婪地享受没有男人的宁静，逍遥快活地过日子。

哪知突然一个雨天的夜晚，她穿着脏兮兮的男士T恤，带着个沾满泥巴的棒球帽，从窗户爬进了我的小宿舍。要知道我住在11层，整个楼有20层高，她一个乘向下走的手扶梯都会手抖的人，是怎么爬到我的窗前的?!

她湿淋淋地站在我的卧室里。我一边找毛巾赶紧包住她，一边开玩笑地说："你以为这里没有男人就可以变成罗密欧来追求我吗？门都没有。"

她冰冷的小手一下子捂住我的嘴，她说："千万别出声，求你了。"

我吓得瞬间闭上了嘴巴，宿舍内一片安静。我听到她身上有个什么警报的声音一直在响，还微微泛着红光。她又伸手敏捷地拉紧了窗帘，那速度赶上无影手了。

我好奇地轻声问她："你这几天不见，是拜了哪个码头？怎么身手突然变得跟小白兔似的这么敏捷？"

此时米兔从床上拿起我刚刚铺好的印着蒲公英图案的鹅黄色床单开始塞门缝，塞完了门缝又把窗帘塞进窗缝。我都觉得快要窒息了。该不会这就是米兔变身罗密欧之后想出的殉情手段吧？

我有点害怕了，拉着米兔的手，语重心长地对她说："米兔呀，其实一直以来都拿你当好闺密的，真的，我没有那个意思的啊……"

米兔清了清嗓子说："我在男人区遇到了我的至尊宝，真命天子你晓得伐？"

我瞬间惊讶地张大了嘴巴，手指着她身后的方向，问道："你后面的红灯不会是……爱情感应器吧？"

于是米兔跟我讲起了她来到无爱城之后经历的故事。

原来米兔在我们抵达的第一天夜里，被戴红胳膊箍的阿姨带到了另外一个宿舍去住，因为不能和闺密离得太近，阿姨还屏蔽了她的手机信号。

米兔认床认得厉害，晚上睡不着，听见楼下有只猫一直在叫，叫得特别惨烈，就想着出去看看。出去后才发现路边有只灰色的大猫腿被车撞伤了，她就找了块布给猫包扎伤口，这是只公猫。

此时的米兔并不知道，自己的人生似乎就被这只大猫给拽到另一番天地里了。

都说猫最薄情，这无爱城的猫更是如此，刚把腿包好，它连续几个

弧线跳就逃远了。米兔觉得不放心，跟着猫的路线一起弧线跳，谁让她以前读书时是学校跳远队的，立定跳远一下子就是三米。她后来在北京当了幼儿园教师，江湖绰号是“东直门螳螂腿”。

别看她胆子小，一闭眼跳得比谁都远。

大概是因为夜色里一只猫和一个女人的弧线跳不会引起人们的注意，米兔把猫重新塞进怀里的时候，发现自己已经越界到了男人区。

这里的房子都是灰色的，到处都是电子游戏厅和AV放映室，男士理发店、小酒馆接二连三，没什么服装店，反正男人的衣服款式一家店就足够满足需求。

一个姑娘在男人区会有多危险？那可比猫窝里的小鱼干还让人兴致盎然。米兔跳得没力气了，就躲在小胡同的一排彩钢房后面，那猫又一个劲地叫起来。

彩钢房里住了许多男人，他们出来看到了米兔，口水掉在地上就是一大片水洼。

米兔又向远处跳了起来，她发现这已经成了自己的条件反射，比逃跑快多了。有个人把她拽进了车里。米兔哇哇哇地哭起来，那男人连忙捂住她的嘴，悄声地对她说：“这里可没女人，你这么叫下去把全城的男人都给引来了。”

于是米兔就成了这男人家的房客，他叫秦淮，是大猫的主人，出来找猫发现它居然正自在地趴在一个女人的怀里。

米兔平时就穿他的男装，用帽子盖住脸，以免被外面的人怀疑，隔着窗户也依旧危险。

她试过几次让秦淮送自己回女人区，可边界处的守卫森严，每隔三米就有一个人站岗，哪怕是猫都很难过去。

而且男人区的男人们对女人的荷尔蒙都相当敏感，坐在秦淮的车子里，路边的行人都会好奇地打量过来，好像发现了什么诱人的气味似的。

米兔只好先在秦淮家里住下了，住在另一间原本用来当储藏室的小次卧。

秦淮是男士西餐厅的厨师，整天早出晚归的，俩人也几乎很少打照面。米兔天天躲在家里玩他的游戏机，饿了就在厨房煮意面吃，那是秦淮单位的福利，每人每月十斤干意面。

米兔除了擅长弧线跳，还有一个特殊技能就是做家务，她把秦淮的家里整理得干干净净，俨然一个幸福的小家庭。再后来，米兔发现了秦淮越来越多的优点，比如特别有耐心、有爱心，大猫把家里闹得鸡飞狗跳也温柔地跟它讲话，甚至把家里的充电线全都咬断了也不生气。

米兔因为上一个男朋友有家暴倾向，再后来交往的男人稍微带点脾气她就躲得远远的。可这位几乎从没脾气的秦淮，不就是米兔一直期待的那一款吗？

秦淮从小在男人区长大，对于男人和女人的感情理解非常模糊，有的还都是从网上偷偷传阅的小说之类的了解到的，他觉得书里写的都是虚构的，不可信，就跟那些古代的神话故事一样。

就在这个时候，米兔发挥了幼教的特长，连祖国花骨朵的爱情观都能培养，怎么就不能引导一下自己的至尊宝？

于是秦淮每天下班回家，从单位给米兔打包一碗意面酱，米兔煮好面拌上酱吃饱，有了力气就给秦淮上爱情课。

这个课程大概只用了七天就出了成绩。

米兔用他家里平时记录菜品灵感的白板来上课。从亚当和夏娃的人

类起源开始讲，然后是柏拉图的“爱情就是寻找另一半”的理论，再后来开始讲中国古典文学《诗经》，据说里面那句“溱与洧，方涣涣兮。士与女，方秉蕑兮”是最早关于爱情的记载。

秦淮在这里打断她，他说：“我上学的时候，老师说我们的祖先都是男猴子，从石头缝里蹦出来的，然后进化成了男人，男人去了医院，医生帮助男人克隆了后代，于是才有了我们。你说的那些古人，都是男人吗？夏娃难道不是男人变的？”

此时的米兔恨自己不是考古或者生物老师，能给他来一堂生动的人类发展繁殖史。她在黑板上画了一个男人和一个女人的轮廓，告诉秦淮我们的祖先是这样，一男一女，相爱，成家，繁衍后代。

她边画边说：“你看，好比说你就是这个男人，我就是这个女人，爱情就是我们俩互相喜欢。”

秦淮眉头一皱，跑到一边去逗大猫玩去了。他小声嘟囔着说：“什么嘛，男人女人不在一个区生活，怎么祖先会待在一起有爱情？那后来为什么会分开？在我们这里，有了爱情可是犯了大错。”

米兔蹲下看着他的眼睛，就跟哄一个三岁小男孩似的，说：“秦淮小朋友，在无爱城之外的地方呢，男人和女人就是生活在一起的。”

“所以外面的世界，是可以有爱情的？昨天我有两个同事，还因为朝夕相处一起工作有了爱情被抓走了……”秦淮显然不相信米兔的说辞。

米兔继续说：“反正爱情就是两个人待在一起，填补了从前和往后的很多遗憾。想得到，怕失去，看见你笑，就温暖了我的眼。”

秦淮有点疑惑地问：“那我看见你笑，也温暖了我的眼，但我们还是没有爱情啊。”

“你怎么知道呢？”米兔有点恨铁不成钢。

“来到无爱城的每个人身上都会有爱情感应器，如果有了爱情就会闪红灯，而且一直响，被发现的话就被抓走了。”秦淮坚定地回答她。

米兔仍然坚持着一个幼儿教师的耐心，每天诲人不倦地给秦淮上课。

第七天，已经讲到爱情能够刺激大脑分泌多巴胺的高级课程了。

她说：“那种多巴胺，就是能让人感觉快乐的东西，那东西在我们的脑子里欢快地跑着，像一辆小火车。”

秦淮似乎有点开窍了，他说：“我觉得我的肉酱配上你煮的意面，就是能让人开心的味道，吃了就有多巴胺，和爱情是一样的吧？”

那一天秦淮下班回家阴沉着脸。米兔看他有点不开心，便对他说：“快吃了让你开心的意面，咱们来上课吧。”

“不上了，反正我也学不会爱情是什么，而且这东西在无爱城里也不准存在。”

“这一个星期你都学了很多了，应该很快就明白什么是爱了。”

“我不知道，不知道！你走吧，别在这里跟我讲我听不懂的话了。我的祖先是男人，我是男人，我活在男人区，我和你本不该在一个世界里存在。”

米兔被秦淮的激动吓到了，咬着嘴唇站在那里不知所措。

秦淮继续说：“楼下那个大纸箱是我从单位拿来的，你躲在里面等着货车拉去女人区吧！快走啊，这里是我的家！”

米兔离开前拿走了秦淮的一顶帽子戴在头上，穿着他的卫衣，慢吞吞地朝外走。她钻进那个大纸箱，隐隐约约听见有警察的脚步声，他们

那种特制的鞋子，拍打地面的声音特别响。她屏住呼吸，听着那脚步声往秦淮家走去。

米兔倒吸一口凉气，此时她隐隐约约听到自己的身上有警报声响起。天啊，她有了爱情。黑暗里有红光一闪一闪的，好像是圣诞节的小彩灯给挂在了身上。

是的，秦淮的警报声早就响了。

那些警察就是沿着痕迹来找秦淮的。

他早就料到了。

米兔心惊胆战地想象着秦淮被他们抓住的场景，她觉得自己的心跳得快要不能呼吸了。

等了很久很久，米兔觉得时间过了有一个世纪那么长。警察的脚步声又路过了那个垃圾桶，这时候，警报声似乎不只有米兔一个的，那些人的身上也都有了响声。

米兔匆忙回到秦淮家，打开门问："你没事吧？"

米兔闻到满屋子热乎乎的意面酱的味道，有番茄的酸甜和肉末的浓郁。

秦淮说："你饿不饿，我盛一碗面给你吃？"

米兔一边呼噜呼噜吃着意面，一边听着秦淮讲刚才警察来抓他的经历。

秦淮告诉警察，是因为他吃了可以产生和爱情一样感觉的肉酱意面才会响的，警察当然不相信。于是他就煮了一锅酱拌了面给警察吃，那时候他紧张死了，警察吃了以后，身上的警报真的就响了。

原来好吃的肉酱意面真的会让人感觉到爱情！

米兔好奇地问：“我们天天吃，为什么之前没有呢？”

秦淮说：“那天你说爱情让人快乐的感觉，我忽然想到，如果再把黑胡椒和番茄酱多加一倍，够酸够甜够辣吃上去一定更快乐。”

这一天只是因为警察来了，所以不得不冒险，居然真的成功了。

爱情终于来了。秦淮告诉米兔，他会想念她，会不想上班，只想着快快回家见到她。爱情不就是让人失魂落魄的奇怪力量吗！

米兔说：“我担心你在路上被抓走，担心你在厨房烫伤，好像所有的坏事都担心过了一遍。”

原来爱情除了让人觉得快乐，还会让人变得患得患失。

那一天米兔正在自己献身教给秦淮如何接吻的时候，警察又来了。

在两个人嘀嘀响的警报声里，秦淮用身体阻挡着警察，把米兔推出门去。那一下的力量可真大，差一点把米兔推上了天。米兔觉得，那就是爱情的力量。

在警察惊讶的表情里，米兔跳一个弧线跳，躲过了所有人伸过来的抓捕她的胳膊。

尽管法网恢恢，米兔也能跳出漏洞。

米兔在雨夜里接连着弧线跳，一路跳过了边界的守卫，跳回女人区，跳到了我的宿舍，甚至还在情急之下从一楼的阳台连续跳到了11楼。

兔子急了咬人，米兔急了跳高，真的没错。

她十分后悔地说：“怎么办，我太自私了，居然把秦淮一个人留在险境里，自己走了。”

我说：“没什么难过的，因为你爱他，所以更要保护好自己才对。”

米兔继续问我："那你在这儿把日子过得好好的，难道是因为还爱着陈高兴吗？"

这个问题像个响亮的巴掌一样甩过来，尽管很久没有收到陈高兴的消息，但是我有时候会想起他。比如，以前不吃水果就会上火，陈高兴总会闷闷不乐地给我的口腔溃疡上涂药，再后来我一想到他涂药的丧气脸，每天都会吃下一个大苹果。这么说来，他确实还给我带来了正面意义的影响。

哪怕在我离家出走的现在，一想到他的牢骚，我都会忍不住让自己过得再快乐一点。

接下来的三天，我和米兔就躲在屋子里开着电视想办法，电视的声音开得很大，能把她身上的警报声给盖住。尽管中途有戴红胳膊箍的阿姨说声音太大，吵到了别的房客。

我们看完了《樱桃小丸子》和《蜡笔小新》，还看了几个美食和健美类的节目，一筹莫展。随后换到了新闻台，居然看到新闻里说，现在整个无爱城全城通缉秦淮，说他有了爱情，又在被捕后逃脱，现在行踪不明。

米兔一脸认真地问我："自从我爱上秦淮以后，总担心他会死。万一这次他给抓走，然后……没有了怎么办？"

我说："男人命都很大的，你看我刚认识陈高兴那会儿，每天都以为他熬夜加班，回家还接着打游戏会因为睡眠不足而死去，可他喊着'为了部落'的时候，比我小时候升旗仪式唱国歌还器宇轩昂。"

晚上米兔悄悄给秦淮打电话，怎么也接不通。米兔举着电话两行泪止不住地流。

她这一次是真的动情了，过去她失恋都没哭得这么伤心。

这一天的夜宵，是米兔煮的意面，家里没有搭配的酱，我只得拆了包榨菜就着吃。

米兔吃完了面，忽然脸上出现了革命烈士一样的表情，她说：“我要吃一辈子秦淮做的肉酱意面，我要去救他。”

我连忙拉住她，说：“你是‘东直门螳螂腿’，到了这规矩重重的无爱城，只是一只小虾米，还想学哪吒闹海不成？”

米兔虽然心中还怀揣着关于罗密欧与朱丽叶的少女梦，但是如此热爱生命的她不会选择一起殉情。

“我要带着秦淮私奔，这太酷了！”米兔为自己的决定而激动不已，身后一闪一闪的警报红光让她像一个动作片的女战士。

而我的二手小红车成了她的战车。只见米兔一脚油门踩到底，我的A罩杯在安全带里感到狠狠的束缚感。

在无爱城里横冲直撞，一路超着速就开到了女人区和男人区的边界。在我的幻想中，再加上个什么飞过悬崖卡车爆炸之类的桥段才对得起这份疯狂。

我在一阵剧烈的摇晃中，幽幽地对米兔说：“米兔，我咋记得之前你刚拿驾照的时候，开车打个转向灯都一头冷汗，现在完全是一副老司机范。”

她说：“今非昔比，这就是爱情的力量。”

她打开车窗，在男人区里一路大喊着秦淮的名字，完全不在乎后面跟过来的几辆警车。米兔简直是一台人肉复读机，我觉得这个超声波技能一定是她平时上班处理熊孩子的过程里练就的，震得我耳膜都要破了。

已经不记得连着拐了几个弯，踩了几次急刹，然后走在一条无人小路上，车子彻底熄火不动了。

米兔问：“你的车怎么了？”

我说：“大概熄火了吧。二手车，毛病多。”

警察的鸣笛声越来越近了。我俩从后备厢拽出之前准备好的男装套上，站在旁边的自动售货机前假装买东西。

几个警察下来发现我的车子熄火了，晃荡了几圈又走了，隐约听见他们说要去找拖车过来。

米兔有点害怕，盯着我的眼睛，着急地说：“怎么办？一会儿把车拖走，咱俩就完了。”

等等，我想起来，陈高兴之前给我改装车载程序的时候，有个应急帮助应用，他告诉我出了故障选那个应急选项就好。

我打开程序，点了“应急”按键。程序里说话了：“美丽的女司机，请问你的车出了什么故障？”

“车子熄火。”

“请稍等，已启动自检系统……排查已完成，本车辆保险丝断裂，是否需要自动更换？”

“需要！”

“请稍等……”

“快点啊，警察要来了！”我惊恐地说，回头看见警察的拖车快要开过来了。

米兔一着急，又要开始弧线跳了，我一把拽回她说：“快上车。”

保险丝成功更换，车辆已启动。

Thanks God！哦，不，Thanks 陈高兴！

米兔踩着油门往前，又大喊着秦淮的名字。

跟断了电似的，她突然停下了。

她转头跟我说："亲爱的，我痛经。好像刚才太紧张，'大姨妈'来得突然，完了，没法开车了。"

我眼睁睁看着她，她说着话额头开始冒冷汗。

靠边停下车，换过座位来，我继续横冲直撞地开车。

我从口袋里拿出手机来丢给米兔，跟她说："你打开，里面有个APP叫暖宝宝。"

她问："那是什么？"

我说："陈高兴给我编了一个死循环的程序，你开了就关不上，手机会一直发热，你敷敷肚子。"

米兔一边开手机一边说："你还说陈高兴不爱你，瞧这人不在身边，光芒都要温暖四方了。"

我幽幽地看着前方，轻声地说："可能是吧。"

车子又停下来，因为没有油了，这下连智能程序都救不了我们了。我们听天由命地停在十字路口，身后是缓缓驶来的拖车，前面的三条路都被警察围住。

我当时想，大概要待在这无爱城回不去了，米兔会弧线跳能逃出去，我除了刚学会怎么用那些乱七八糟的程序过上幸福生活，可能别的也不会了。

我俩这个时候办了一件特别女人的事情。

所有女人都会做的事情。

那就是——把车停在路中间开始哭。

当时脑海中一片空白，反正遇到危险就哭是女人应该干的事，我们又不是什么盖世英雄，也不是什么人间传奇，就是俩因为爱情丢了理智的普通女人。

女人不能拯救任何人，也不能拯救自己，在无助的时候只能选择掉眼泪。

米兔哭着说：“听人说秦淮在我跳回来那天被带走了，后来行踪不明，其实是给秘密处决了。无爱城怎么能有这样的规矩?！”

听完我也边哭边咆哮：“明明我不想要爱情才跑到这里来，可来都来了，怎么感觉爱得越来越深？陈高兴，你为什么喜欢这个笨手笨脚的我，我又为什么还挂念着呆头呆脑的你？”

我们哭着哭着，感觉车子在动。我从后视镜一看，车子后面排了长长的一队男人，正在用力推我们的车子。

他们筑起了厚厚的人墙，把警察和拖车都挡在外面。

米兔立刻停止了哭泣，高兴地说：“感觉全世界的男人都来帮助我们了，他们都是英雄。”

她打开窗用自己最高分贝的声音说：“你们都是英雄！我爱你们！”

他们推着我的车子一直向前走，我也不知道到底要给推到什么地方。

有个穿了一身牛仔衣的男孩子拍拍我的窗户，我打开一点缝，他说：“是陈高兴叫我们来的。”

陈高兴?

他继续说：“陈高兴在整个网络游戏里发动人找你呢，说他的女朋友走丢了。然后男人区刚才有人把你的照片发给他了，他让我们来救你。”

我感激涕零，握着他的手不松开。那男孩子脸都红了，他说：“不客气，为了部落！”

这时，前面又出现了那个风尘仆仆的拖拉机大叔，我的车又一次挂到拖拉机上了。我跳上稻草堆的时候，听见后备厢打开又关上的声音，我问：“什么东西？”

那男孩说：“给你们的纪念品。”

拖拉机大叔放着“终于你做了别人的小三 ”的音乐，一路又把我们拉到了那个粉色装修的修车厂，这时我才知道，原来修车厂就在无爱城的入口之外，到了这里，我们就安全了。

那维修厂厂长大姐说：“哎呀妈呀大妹子，你咋这么废车呢，咋又坏了啊？”

大姐帮我们加油的时候米兔又哭了起来，她说：“我真没用，找不到我的秦淮，我不想回去，我要找秦淮。”

这时大姐的声音飘了过来：“哎呀妈呀，你这后备厢里咋还藏了个汉子？”

藏在后备厢的那个汉子就是秦淮。

他告诉我们，是拖拉机大叔把他给救了。那时候米兔跑了出去，他被警察给抓走了。在无爱城，有了爱情，要被处以“消失刑”，所谓消失刑，就是从这个世界上消失，你可以自己选择一种方式。

据说，过去有了爱情的人，大多选择殉情，期待在天国重遇。也有越狱的，和电影里的肖申克一样，从无期关押的房间挖了洞逃出去，再

也没在无爱城出现过，和真的消失了一样。

秦淮还没有最后判决，大叔趁着他们放风的时候，开着拖拉机去运送粮食，把他塞进麻袋里带了回来。

我问秦淮："这大叔来头不小吧，听你说得这么神通广大。"

秦淮说："那大叔就是从无期房间里挖了洞逃出来的，据说他坚持那么久就是为了自己的爱人。他现在只在无爱城的边界活动，路见不平，就拔车相助。"

"大叔当年一定也是个痴情的人，不然不会听这么伤感的歌曲。"米兔一手挽着秦淮，一手托着腮呆呆地说。

秦淮说："是啊，听说他的老情人，开了这家修车厂。"

我们三个人重新坐进车子里。

米兔高兴地说："咱们回家，回家！"

我有点苦恼："我也想回去，可是这里导航搜索不到定位，咱们往哪儿开？路上也没个指路牌，一会儿又开到什么奇怪的地方怎么办？"

这时车上的程序又开始说话了："美丽的女司机，今天是你和陈高兴先生相识1024天的日子，恭喜你们已经谈了一个G的恋爱。就让我带着你向幸福狂奔而去！自动驾驶已开启，请系好安全带。"

然后我们一路手舞足蹈地聊天，就这么开到了陈高兴的身边。

陈高兴还像以前一样用呆滞的表情看着我。

我有点惭愧又有点害羞，拉着他的袖子小声地说："谢谢你的部落里的朋友，当然，还有你。"

他看着我局促的样子有点好笑，温柔地搂住了我，在我耳边轻声地说："因为爱你，所以部落。"

后来他跟我解释说："当时给你的车子编程的时候我就想好了，这一天无论你在哪儿，都会回来我身边。"

"我会回到你身边，无论雨雪风霜，无论山迢水长，因为你的爱，余音绕梁。"

又到了纪念日的约会晚餐，我换了好几款颜色的口红展示给他。

我问他："你说，哪个好看？"

陈高兴吃力地看来看去，艰难地说："体检的时候也没说我是色盲啊，可是，我觉得都一样，你涂了都好看。"

我过去抱住他，给他的脸颊上印了一个红色的唇印。我的身体和心都好看，因为里面多装了一个你。

爱情又不是过关，硬要带着什么道具和行动把满腔的热情用来通行。

米兔和秦淮在东直门开了家面馆，只卖肉酱意面，前往光顾的情侣络绎不绝。

他们说："这里的意面很酸很甜也很辣，和爱情是同样的味道。"

到最后，我终于明白爱情，也明白你。

朋友圈里的男朋友

我想扮演成你喜欢的样子，和你一起去过你喜欢的人生。

我想说出你喜欢听的句子，和你一起聊遍你爱听的话题。

我想露出你喜欢看的笑容，和你一起去找回丢失的快乐。

可我知道，伪装是一场看似多彩却注定要落幕的悲剧，待繁华褪尽之后，你是否愿意，一同去经历心灵的未知，找寻相遇的意义。

朋友圈，大概是现在社会公认的“第三者”吧。

宁萌和男朋友段胜言约会的时候，两个人都喜欢刷朋友圈。去看电影，坐在电影院刷；在咖啡馆喝咖啡，就瘫在沙发上刷；甚至在家里吃饭的时候，都能坐在客厅的餐桌旁边吃边刷。

他们在现实生活里很少交流，大部分的情感互动都是在朋友圈里完成的。甚至可以说，他们彼此之间几乎没有真正“认识过”。

比如宁萌发一张朋友圈照片说：和段胜言一起看了有趣的喜剧片。

段胜言就发一条回应说：有宁萌陪我看电影感觉自己超开心。

或许你会好奇这么爱刷朋友圈的两个人是怎么认识的？

答案，当然也在朋友圈里。

宁萌真正开始陷入朋友圈是在认识段胜言之前，那时她的旧手机在地铁里被偷了。囊中羞涩的她只好在网上搜寻便宜的手机，刚好搜到了“天堂小卖部”网络商城，商城的页面上正在预售一款商城独家定制的

手机，功能奇特价格低廉。宁萌一眼就看中了这款手机，于是作战般地守在电脑前等到零点，成功抢到了一部。

收到货的当天，宁萌迫不及待地开始使用这款手机。她发现这个新手机简直太奇特了。手机里有一项功能居然是使用手机的用户可以走进朋友圈，真正过上自己在朋友圈里营造的那种生活。

使用方法是打开朋友圈的同时，按一下手机侧边的按钮，整个屏幕会闪出一道白光，然后就进入了朋友圈的世界。

那里是通过自己发布的朋友圈内容所营造的一个理想世界。如你所知，大家在那里面，和现实中是完全不同的人。

现实里的人，是他不得不成为的样子。

朋友圈里的人，是他所想却不可得的样子。

朋友圈里的宁萌是个时尚名媛，就是卧室里有玫红色的贵妃榻、霸占整面墙壁的大鞋柜、各种限量款的名牌背包、衣服塞满衣柜的那种名媛。

宁萌在朋友圈里的生活非常完美，就像在没有烦恼的天堂一样。她不用上班，不需要经历每天拥堵的早晨和夜晚加班的吐槽，每天都有丰盛的菜肴、精致的甜点、漂亮的衣服等着她在朋友圈分享。无所事事的时候她还喜欢围观别人的朋友圈，偶尔还假装评论家评论上几句，但更多的时候都是点赞党，一边围观，一边点赞。

宁萌和段胜言就是在给别人点赞时认识的。

那一天宁萌在朋友圈里，围观朋友家的后院，他们在给儿子过生日，有蜡烛、烧鸡和烤鱼，她用手比了个心形，那个红色的轮廓就定格在朋友家门口。这时候，段胜言也走了过来，也用手比了一颗心，然后定格在宁萌刚赞的那颗心旁边。

在宁萌的记忆里，段胜言那天的出场是风度翩翩的，就算脚下没有踩着什么五彩祥云，也有真命天子一般的不凡气度。他戴一块镶嵌了钻石的玫瑰金色手表，在休闲西装袖子下若隐若现的，那光泽充满了魅力。

段胜言的生活，比宁萌奢华的家更有吸引力。他把宁萌带到他的朋友圈里，这里有俯瞰整个城市的夜景，他说那是他自己在办公室深夜加班时看到的；有院子里停着的他的红色小跑车，在绿色草坪上亮闪闪的；还有一个和他年龄差不多的男人，段胜言说，那是他的助理，老何。

宁萌在朋友圈里遇到的段胜言，就是大家常说的财貌双全的男人。

但就是这个男人，和宁萌恋爱没多久，在国庆的假期里，走失在朋友圈里了。

其实最开始和段胜言失去联系的那个假期，宁萌并不是很在意，她依然混迹在朋友圈里的各个地方，一会儿去了新西兰的有机农场，一会儿去泰国看了人妖，还跑到法国的奢侈品店里买高跟鞋。

宁萌之所以这么不在意，其实是因为在段胜言走失之前，他们吵过一次架。因为宁萌和段胜言相处久了开始发现，段胜言只有在朋友圈里的时候才会活跃起来，愿意和她分享他的一切。可到了现实里，他总是沉默寡言，喜欢窝在家里，哪里都不去。虽然宁萌也同样热爱朋友圈的世界，但她却接受不了段胜言在现实生活里的那样。她跟段胜言为此争吵过几次，甚至说出了威胁的话，如果段胜言继续那样子，那么宁萌也一辈子在现实里做个沉默寡言的女人，他们干脆活在朋友圈里，现实中就永远都不要说话好了。

但宁萌没想到的是，就在争吵没过多久，他们还没有和解的时候，段胜言就像空气一样凭空消失了。

焦急地等待了一个星期之后，宁萌觉得有必要去找找段胜言了。但原先在朋友圈里的段胜言的家，现在不见了，只剩下一片空白。

宁萌按照在朋友圈里见过的那个建筑，去现实的城市里搜索段胜言工作的地方，那是这个城市里最气派的一幢高楼，下面十层是酒店，中间十层是餐厅，上面十层是办公区。

段胜言曾经告诉她，顶层是他的办公室，他是这座大厦房产公司老板的儿子。他的朋友圈里有许多从高处俯瞰城市风景的画面，他说那是他工作的间隙拍下来的。

但宁萌在大厦入口的地方，被保安拦了下来，原因是没有工作证禁止入内。

宁萌对保安说，她来找一个叫段胜言的人，他在大厦的顶层工作。

保安却对宁萌不耐烦地说他今天没在，并且摆摆手就让宁萌离开。但宁萌没多久又转了回来，还把脖子上挂的门卡给保安看，保安无奈只好让她进去。

进了电梯宁萌才敢大口呼气，原来这门卡是刚才去洗手间遇到一个姑娘洗手时摆在水池边忘记拿走的。

和宁萌一起站在电梯里的，是一个穿着深蓝色清洁工工装服的男人。在他快走出电梯的时候，宁萌跟在他后面小心翼翼地喊了一声："老何？"

那男人回头疑惑地问："你是……？"

宁萌高兴地说："真的是你啊老何。我是段胜言的女朋友，宁萌。我在他朋友圈里见过你。"

老何继续疑惑地问："女朋友？没听他说起过啊。"

宁萌有些尴尬，但还是硬着头皮继续问："我联系不上他了，请问他来上班了吗？”

这个问题老何很快就回答了她：“没有，这两天他没上班。”

这时宁萌突然注意到老何戴的手表，正是段胜言朋友圈里那块，玫瑰金色，怎么会有错。

宁萌瞬间有了底气，用肯定的语气继续问：“你的手表是段胜言给你的吧？”

“什么，这可是结婚时我太太送给我的。虽然……她现在不在了……” 老何显然被宁萌问的问题惊住了。

宁萌心想，怎么可能，一个写字楼清洁工，戴得起那么贵的表？

“那在哪里能找到他你知道吗？” 宁萌接着问。

老何已经有点不耐烦了，不客气地说：“不知道。你是他女朋友，你不知道？”

宁萌着急地问：“你不是他的助理吗？”

“什么助理，你搞错人了吧。我先干活去了，我也盼着那小子回来上班呢。”老何显然已经不想再跟宁萌说什么了，说完就立刻走了。

宁萌还是不死心，她从大门出来，绕到后面的停车场，看到那辆和段胜言朋友圈里一模一样的红色跑车停在车位里。

她对着黑色的玻璃整了整被汗水打湿的刘海，又拿出粉饼补妆，然后就看到玻璃缓缓地放了下来，一个陌生男人的脸渐渐露了出来。

他对宁萌说：“美女，打扮完了我要开走啦。”

宁萌把东西慌忙塞回包里，不客气地问：“这不是我男朋友的车吗？你是谁？”

“哎，叫我金老板就好了，我可还没女朋友呢。莫非，你这是在追

我？”那个男人的语气格外轻佻。

宁萌走去车前面看了看车牌号，确实和段胜言的一样。

她奇怪地问金老板：“这不是段胜言的车？”

金老板说：“你和阿言认识啊？这车是我的。”

宁萌点了点头说：“对，我是段胜言女朋友。”

“噢，他啊……我有时候不在家里住，把车钥匙给他，让他下班帮我去接女儿放学。这小子拿去泡妞了呀。”金老板一副恍然大悟的表情。

宁萌震惊了，颤抖地继续问：“这……段胜言不是在这儿上班吗？”

金老板说：“我也在这儿上班呀。我们俩啊，算是朋友吧。有一次在地下车库，有人偷我车里的东西，还是阿言把贼给追回来的。他人可真不错，接我女儿回来还车，油都加得满满的。”

宁萌的心一下子沉到了海底，但她又不死心地问：“那你最近见过他吗？”

金老板叹了口气说：“这几天确实没见到他，唉，这公司可真是少不了他。”

宁萌此刻的心情糟透了，金老板走了之后，她漫无目的地在停车场转了好几圈才走了出来。随后她就看到一个熟悉的女人，也在段胜言的朋友圈里见过，他说那是他的前女友，好像叫娟子。娟子穿着西装套裙黑色高跟鞋，头发干干净净的盘在后面，脸上表情僵硬得像宫斗剧里的皇太后。

宁萌深呼了一口气，走过去拦住了娟子，试探地问：“请问你认识段胜言吧，你知道他最近去哪儿了吗？”

娟子听到“段胜言”三个字后，表情瞬间暗了下来，不客气地说：

“你问我，我还想问你呢。”

“你这么关心他干什么？”宁萌有些生气。

“我是这儿的行政总监，他好几天没来上班了，我当然要问一下啊！”娟子似乎也有些生气了。

宁萌继续说：“领导的岗你也敢查，胆子真大。不死心吧？”

娟子笑了笑说：“呵呵，什么死心不死心的。最近市里面的领导要来检查，可不能没有他，我最近也在找他呢，不知道他跑哪儿去了，真是的。”

宁萌似乎一时无法接受现在的状态，听了娟子的话竟然一时愣在了那里，一句话也没再说。

娟子白了宁萌一眼，就走了，边走还边嘀咕着：“背一个假GUCCI来找段胜言，还不知道是干什么的呢。”

宁萌找了好几天，都没有段胜言的任何消息。又要上班又要找段胜言，让宁萌的生活一下子变得沉重起来。每次回到家中，她都跑到朋友圈的世界里放松一下。因为只有在那里，她才觉得是最放松的。

段胜言送宁萌的诸多礼物中，有一样是宁萌最喜欢的，宁萌一直戴在脖子上。那是一条具有指南针功能的项链，因为宁萌是个路痴，所以段胜言就送了这个礼物给她，希望这条项链能给她指明方向，让她不再迷失。

但自从段胜言消失以后，宁萌就常常摸着项链流眼泪。她心酸地想项链明明是来指引方向的，但为什么方向总是在变，根本看不清楚该往哪里走。段胜言根本就是骗她的，这个项链对她来说一点用处都没有。

但心酸过后，宁萌又想起段胜言对她的各种好，一边摸着项链，一

边又下定决心一定要找到他，不管他是不是真的在骗她，至少要当面要一个解释。

于是宁萌打起精神来，继续在朋友圈里寻着段胜言朋友圈的踪迹找他。

宁萌在寻找的路上又遇到了老何。

朋友圈里的老何可不是在华丽的大楼里见到的清洁工人，他西装革履，连衬衫扣子都一丝不苟地系到了最上面。此时的他，正站在路边进行一场演讲，只见他激情澎湃地大声说着：不要为失败找借口，要为成功找方法……成功的人在短时间内会采取最大的行动！

宁萌明白了，老何在朋友圈里，是一名成功学大师。

老何看到宁萌来围观，拉着她热情地说："原来在这里你就是成功人士啊，成功的人要勇于攀登更高的山峰。"

宁萌环顾了一下周围，发现老何的演讲持续了那么多天，一个赞都没有，于是她动手比了一颗心留给他，心想着，他那么辛苦，一定很孤独吧。

老何在这场演说的结尾对自己说："老何你是最棒的，你一定会成功的。"说完之后他头顶的那些灯光忽然就灭了。

他期待地问宁萌："有时间去我的朋友圈多转一会儿吗？以前段胜言从来都不去，他嫌弃我的朋友圈太low。"

宁萌觉得不好推却，就去了老何的朋友圈。一来到这里，宁萌就觉得浑身充满了干劲，走廊的墙壁上都是关于成功的各种口号标语，比如"成功的人不谈失败！"等；书架上摆满了各种关于成功的书籍，例如《一天成为千万富翁的秘密》《高效人士在干的那点事》等；但是那些书都是崭新的，似乎也没有被翻看过。

接着宁萌看到了他摆在桌子上的那块玫瑰金手表，摆放的角度，和段胜言朋友圈里的一模一样。

她问老何：“你告诉过我，这个和段胜言一样的表是结婚时老婆送你的，怎么朋友圈里见不到她？”

老何有些难过地扭了身不去看宁萌，幽幽地说：“我老婆回老家之后，就再也不联系我了。那时候我生气呀，就把我们唯一的定情信物给段胜言了，当作感激吧——有一次我早晨犯了肠炎，去公司干活的时候昏倒，差一点从楼梯上滚下去，段胜言可是救了我一命。他是个好人。”

“好人有什么用，现在说走丢就走丢了。”宁萌听着，越来越觉得失落。

老何仿佛陷入了回忆里，继续说：“我老婆跟我结婚的时候，买这表花了她全部的积蓄，她说要让我找到成功者的感觉。哪知道，我一直让她觉得丢脸，后来她太失望就走了。”

“等等，”宁萌打断了老何的话，“你为什么要送给段胜言手表，他不是你的领导？你到底是不是他的助理？”

老何嗤笑了一声说：“什么领导啊助理的，你以为我们是精英管理层呀，段胜言是领导？呵呵，他当领导的时候也就是跟我们玩斗地主吧，抢地主！我们俩呀，是好兄弟，好伙伴！不过，他工作确实很出色，我们单位，不能没有他！不过，宁萌你相信不相信，我以后会比他成功。”

宁萌不想回答老何的话，就走到书架旁抽出一本书来读，书的名字是《成功就是把自我发挥到极致》。她翻了几页，老何走了过来，看了看名字说：“什么自我啊，我才没有，我要成功就够了。你看我现在，

难道不是一个成功的榜样吗？”

宁萌指着书里的一句话念着：成功不是一个符号，一个脸谱，是一个持续不断挑战自我的行动。

她转过脸对老何说：“看，书里都说了，成功又不是符号，是行动。”

老何显然不认同她的观点，执拗地说：“我每天在外面演说，难道不是行动？”

宁萌有点可笑地说：“你没发现没有人给你围观点赞吗？”

老何似乎对这个毫不在意，他笑了笑说：“你不是赞了我？”

宁萌也笑了起来：“我那是看没有人赞过你，怕你没信心。”

老何认真地看了宁萌一眼，用佩服的口气说：“我看你打扮得这么好看，一定早就成功了对不对？能看上段胜言，他这小子，也是有福气。”

有些时候，成功和虚假的界限，其实也挺模糊的，对吧。

宁萌又从书架上找出了一张照片，是老何和段胜言一起拍的。里面两个人都穿着蓝色的工装服，段胜言的裤子上都是污渍。

“这是什么？以前在段胜言的朋友圈里，没有见到过。”宁萌好奇地问。

老何解释说：“那是我们俩在公司工作三周年纪念的时候一起拍的合影，现在工作的人流动性那么大，真的算是患难兄弟了。”

宁萌心中的疑团更大了，她心想：段胜言怎么在公司要打扮成这样子？他不是自己的办公室有一百平方米那么大？段胜言不是领导，老何也不是助理的话，那他们到底是什么关系呢？

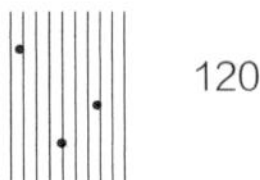

宁萌觉得再待下去自己可能会抓狂到窒息，于是她把书和照片还给老何，说了句祝你成功就离开了。

离开老何的朋友圈后，宁萌又迷失在了十字路口，她多么期待段胜言能在某个时候，挥着手向她走过来。

她摸着脖子上的指南针项链，手指着面前的那个岔路，幽幽地对着项链说："你现在说向前有什么用……"

十字路口黄灯还没有结束，宁萌就恍惚地匆匆穿了过去，突然一辆车按着喇叭急刹在了她的前面。

是段胜言的那辆红色跑车，刚和段胜言恋爱那会儿，他们还经常在朋友圈里一起兜风，到郊外呼吸清新的空气，甚至带上烧烤架出去BBQ（烧烤）。她觉得那车里一定是段胜言，于是跑过去用力地拉副驾驶的车门，可惜被锁住了，怎么也拉不开。

车玻璃放下来，一个似曾相识的声音响起："嘿，美女，你不会真的是来追我吧，都追到朋友圈里了？"

原来是前些天在现实中去段胜言公司楼下遇到的那个金老板，不过在朋友圈里，他是一个看破红尘的佛家弟子，不再是金老板。

金老板看宁萌盯着他不说话，于是接着说："拦都拦下了，不如上车陪我聊会儿天。"

宁萌思考了一下，果断地坐进了车里。她观察了一下车里面的摆设，和以前坐在段胜言的车里看到的一模一样。后视镜上同样挂了一串一路平安的佛珠。

宁萌先开口问金老板："你在朋友圈里见过段胜言吗？"

"没有，都来到了朋友圈里，就不要带着世俗的烦恼来。段胜言是

个好人，我工作忙，事多，难得空闲了就去庙里和师父们在一起住几天，正好车子就交给段胜言打理，也放心。要是没有他，我怎么能这么踏实。”这次金老板回答得倒是很爽快。

宁萌继续问：“段胜言在你们单位做什么？为什么还要帮你打理车子，这不是他的车吗？”

金老板笑了笑说：“大概在朋友圈里是他的车吧。他在我们单位是很重要的人，心也好，我们经常找他帮忙。佛门弟子，不骗人的，美女。”

“我找了他很久了，”宁萌低着头，悲伤地说，“他在这里面走丢了。”

金老板拍了拍宁萌的肩膀，安慰她说：“我倒也挺想走丢的，那些乱七八糟的事情都丢下，多过瘾啊。哪跟现在一样，一睁眼就要想着给员工们发工资，要跟客户去装孙子。不瞒你说，要不是女儿没人照顾，我早就出家去了，活着太没意思。”

“你自己带女儿？她妈妈呢？”宁萌好奇地问。

“她……在国外，一年来个三两回就走了，我女儿不愿意理她。前阵子国庆节，她想回来多和女儿待一阵子，女儿硬要我给她报个什么舞蹈班去上课，不想看见妈妈。”说完他打开音乐，放的是佛经。

然后他又幽幽地说了一句：“心烦的时候听一听，心静。”

宁萌以前一直以为，得到自己想得到的，生活就会不再一样，烦恼就不再是烦恼，忧愁也不再是忧愁。可现在忽然发觉，原来人在最孤独的时候，脸上的表情都一个样，和什么身份、什么地位、什么阶级，全都无关。

金老板停下车，示意宁萌也下来，向宁萌指着眼前的世界，告诉她说，这是他女儿的朋友圈。

宁萌看看周围，蓝天白云，在森林的深处有个糖果屋子，原来这儿是个童话的世界。接着有个小姑娘冲着他们跑了过来，边跑边高兴地喊着：“爸爸。”

金老板抱起他的女儿，柔声地说：“咱们从朋友圈出去吧。”

他女儿摇着头，坚决地说：“不要出去。学校里没有人陪我玩，他们说我没有妈妈是怪胎。这里有米老鼠跟我做游戏……”

金老板转头看了看宁萌，用眼神无声地说：“别说她了，我都想一直在这里，用别的样子过生活。在这里我每天抄抄佛经，冥想，时间也过得很快。”

宁萌也用眼神回应了他：“谁不喜欢一辈子舒心地活着啊，可我们最后还是要回去。戴着面具，披荆斩棘。”

很久的一片沉默过后，金老板突然说：“段胜言有没有可能早就回去了？”

金老板要接女儿上车，他们要一起回到现实生活里，他还有几个工作邮件要处理。

临走前，宁萌摸了摸小女孩的头，温柔地对她说：“你还会长大，以后会遇到更多喜欢和不喜欢的人，你不能一直躲在这里面。我们都是从痛苦里学会成长的，就好像有了第一颗蛀牙才知道不可以睡前偷偷吃糖，闹过肚子才知道不可以乱吃冰箱里的冰激凌，被不喜欢的小朋友欺负过才知道自己要变得更强大。一切美好的东西，都是因为不可得才变美好的。”

小女孩睁大眼睛，亮晶晶地看着宁萌，期待地问：“是真的吗？”

“真的，你看阿姨活得好好的，小时候也不开心，也没有小朋友跟我一起玩。可我那个时候没有朋友圈躲，都忍了过来。大人的世界要更累，小时候变坚强，以后才会比别人要好。”

告别了金老板，宁萌继续在朋友圈里四处乱逛。路过一家书店，外面用木头牌子刷了白色的油漆字，仰望天堂。她站在门口，一眼就看到了娟子。

朋友圈里的娟子头发是直直散下来的，穿一身麻布的长袍子。这里是她的朋友圈，一个文艺女青年的梦想天堂。

娟子看见了宁萌，问她：“找到他了吗？他可不在我这里。”

宁萌没好气地说：“前女友不就是传说中的避风港嘛，干吗这么快撇清关系？”

“什么前女友？”娟子看上去完全不知情。

宁萌继续说：“好吧，我就当是你忘了他。女文青是种病，谁也治不好，我就知道，他跟你待着肯定不舒服，段胜言哪受得了天天聊什么诗和远方。”

娟子冷笑了一声说：“少来了，段胜言什么职位，我什么职位，他配不上我，当初天天在单位说要追我，我跑开都来不及。真正属于我的爱情，应该就是电影里的那种，死去活来……”说着她看了一眼手里拿着的那本《呼兰河传》，继续说：“我觉得萧红才是真文艺，男人都迷恋她，要是放在战争年代，我也不比她差，怎么也轮不到他段胜言。”

宁萌不可思议地问：“他追你?!”

娟子继续说：“当然啦，我可是我们公司的行政总监，公司的日常事务都得经过我手，不能出一丁点差错……唉，不谈工作了，就是因为工作不开心，我才躲在这里。下班之后进到朋友圈，才能觉得自己从一天的麻木刻板中被释放出来，这里有诗，也有远方。”她指着书架对面的墙壁上挂着的布达拉宫照片说：“他送给我的东西，也就这个能看上眼。”

宁萌也冷笑了一声说：“这些虚无缥缈的东西有什么意思？”

娟子不客气地说：“你以为你在朋友圈穿一身名牌，看起来像个从秀场出来的野模特就不虚无缥缈了？朋友圈这种缥缈的地方，还接着装什么呀。”

“我哪里装啦？”宁萌彻底生气了。

“也不看看你什么样子，我在现实生活里可见过你。都是女人，何必装来装去，那点心思，谁不懂谁。”娟子给了宁萌一个大大的白眼。

宁萌有些探究地盯着娟子看，她在想到底什么时候和她打过照面。除了去找段胜言那次，再之前……不记得了。

停顿了一会儿，宁萌继续说：“好吧，等我找到他再问个清楚。”

娟子摆了摆手说：“找到跟他说一下，快来单位上班，我们这里可需要他，领导要来了。”

宁萌又问：“领导要见他？”

娟子说：“对啊！领导要见他，因为大楼需要清洗了。”

“清洗大楼？清洗什么大楼？”宁萌一副不可置信的样子。

“段胜言是我们单位的‘蜘蛛人’呀，要把外立面洗干净。”娟子又甩了宁萌一个白眼，仿佛在说你不是知道吗，装什么装。

“什么‘蜘蛛人’，他不是老板的儿子吗？”宁萌这次真的惊呆了。

“呵呵，他也就在朋友圈里是老板儿子吧，你们俩，真是般配。”说完娟子再次甩了她一个大白眼，转身走进了书店。

宁萌的怒气瞬间被挑了起来，她生气地走进书店，猛地把那张段胜言送给娟子的照片撕下来，然后对着娟子大吼着说：“谁给你的自信假清高？”

娟子冷笑了一声，淡定地说：“我有什么清高的？谁放着现实里的好日子不过，躲到朋友圈的幻境里。我们在这里，都是演员，演得可真了，都是心里想的。可是我们出去也是演员，演的都是别人想要我们演的角色。你自己好好考虑吧，咱们俩，到底是谁清高！”

其实那照片，宁萌在段胜言的朋友圈里也见过，那时他跟宁萌说以后公司的事情不需要管理的时候，就带她去照片里的地方朝圣，去很高很高的地方，看很远很远的风景。

那时段胜言还问过她：“如果有一天我什么都没有了，你还愿意陪在我身边吗？”

宁萌甜蜜地笑着回答他：“说什么，不相信我吗？我呀，糟糕的日子有过，美好的日子也有过。再说，你怎么会什么都没有？”

段胜言高兴地抱着她说：“好啦好啦，我都明白。”

宁萌把攥得皱巴巴的照片重新贴回去，心想那既然是娟子的远方，她扯下来又有什么用呢。

她不知道到底是谁清高，朋友圈里的清高，又能做什么用，找不到梦想，也找不到段胜言。

宁萌从朋友圈出来的时候感觉已经筋疲力尽精疲力尽了，她坐在自己现实中的床上休息。那床很旧了，房东说是前一任又前一任房客从二手市场买回来的，很复古的样式。她重新刷了层漆，油亮的红棕色像化了妆的老女人似的，带着优雅和精致的固执。

段胜言在朋友圈第一次看到它的时候，就夸床好看。宁萌告诉他，那床是她曾爷爷留下的古董，当年是最有名的木匠一点一点手工做的。讲着讲着，她自己都觉得成了真的。

他们在那床上拥抱过，亲吻过。现在宁萌想着，不知道在那床上的激情是真的还是假的，更不知道那个段胜言是真的还是假的。

在朋友圈里，他是有事业有家产的富二代。但现实里，他却是那个大厦里面走出的人嘴里说的善良的“蜘蛛人”。

原来他是这样的段胜言，一个从来没了解过的段胜言，而她爱上了一个这样的段胜言。

对不起，您拨打的电话已关机。

无数次地从听筒里听到这个僵硬的女声，宁萌彻底地绝望了，她心酸地想，这下子，段胜言总算没有机会刷朋友圈了吧。

宁萌待在真实的世界里，浑浑噩噩地上班下班，停止了对段胜言的寻找。

直到有一天，她工作的美容院来了一位熟悉的客人。宁萌终于知道，原来娟子是她美容院的VIP客人。卸了妆来做按摩的娟子，和她曾见过的完全不一样，没了在写字楼里那种戾气，只是一个因为缺乏睡眠皮肤松弛的女人。

宁萌心想那戾气或者是保护壳吧，在冷气十足的地方，谁不是搭建一个闲人免进的气场用来自我保护?

宁萌给娟子敷面膜的时候，对她说：“最近居然不喜欢进朋友圈了。原本以为那里是避风塘，可最后，什么也躲不过去。外面的疾风骤

雨，还是要来；里面的甜蜜温馨，半点也带不出来。”

原本打造一个完美的朋友圈，想要找到属于自己的幸福，可最后面对现实，幸福依然不在。

宁萌又回到了自己的朋友圈里，她把那里自己曾经的珍藏都给清理掉了。当季限量款的皮包，华伦天奴的连衣裙，能看到远方大海的下午茶餐厅，电影里某个四线小明星的生日派对，塞满陈年红酒的酒柜，热带沙滩的冰咖啡。

无人分享的幸福时刻，没有它存在的意义。

她朋友圈那个精心构筑的世界土崩瓦解了。

这是她向“天堂小卖部”的客服咨询过的，把虚构的世界里的物件删除，这个世界就会渐渐消失。

不，这里面其实还剩下些什么。

宁萌突然想起了什么。她仔细翻看着朋友圈的废墟里剩余的东西，都是和段胜言有关系的。两个人坐在郊外的草地上，手指上自己动手做的银戒指，深夜里煮的速冻水饺，游乐场门口老奶奶卖的鲜花，不愿意道别时沿着路灯走回家不断拉长又变短的影子，他紧紧抱住自己肩膀的温度。

她蹲在那里，不舍得离开变得真实的朋友圈。原来这才是生活里最值得留存的东西。它们带着真实的温度，把周围都包围得暖洋洋的。

突然，宁萌挂在脖子上的那个指南针项链用力地抖动了起来，指针指向了她左边的方向。

然后她听到亲切的脚步声，一个人影在一个又一个路灯下拉长又变短。

她看到有个人从那片废墟后走了出来。

这一次出现在朋友圈的段胜言换上了工装服。

他慢慢地走到宁萌的面前，然后跪了下来，低着头悲伤地说："对不起。我搭建一个这样的朋友圈，只是想要认识你，留住你，拥有你。这里面的每一个谎言，都是为了和你成为一样的人，那样才有勇气在朋友圈里跟你说第一次话。其实，在真实生活里认识你很久了，看到你穿着高跟鞋到美容院上班，换上粉红色的工服，有时候中午的时候，看到你坐在窗户边吃午饭，吃完涂上玫红色的口红。在现实里不和你说话，都怪我不自信，我怕当你了解我，认识了真正的我，就会离开我。朋友圈的东西都是我从身边的人那里东拼西凑的，可对你的爱不是。怪我太懦弱，只能选择躲在这里面不出去。"

停顿了一下，他继续说："其实你早就可以找到我，送你的指南针项链一直都指向我的位置，如果你从一开始就沿着箭头来找我，就能遇到我。"

宁萌哭着过去抱住段胜言，抱歉地说："对不起。或许我注定就要这样，重新再认识你一次。体验过虚构的惊险，空虚的不安，找到内心里沉淀出的信念，才能拥有我们共同的关于爱的秩序。"

回到真实生活里的宁萌说："我终于不用在说每一句话的时候心里模仿着别人的神态，在每一次约会前把家里布置得像个舞台。"

"我就是我呀，那个在美容院给客人揉脸的按摩妹，只是不再把从客户那儿听来的生活片段，都安插在自己的朋友圈里。"

"因为我有个爱人，是清洗高楼大厦的'蜘蛛人'，他拥有整个城市的好风景。"

未来婚姻体验机

如果能够预知未来，我们真的会从此不再闯入迷途吗？也许生活早就给出了答案，只是我们不依不饶，仍旧要花大把的时间，觅万千烦忧，体会命运的沟沟壑壑，才后知后觉，原来最好的选择，始终就在我们的身边。

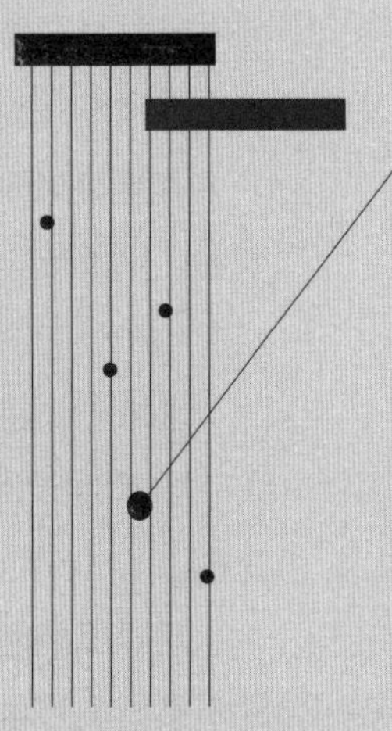

怎么还不来。

钱二，作为一个曾经严重鄙视收快递的男人，此刻却反常地像在等待皇上驾临一样在家门口来回踱步，等着他的快递。

终于等到了快递员，钱二像捧着国宝一样，恭敬地从快递员手里接过了快递盒。签收的时候，他不知是兴奋还是紧张，手心里的汗竟然把签收单子都打湿了。

快递员见他这个样子，明显是个新手，嘿嘿一笑，门牙上沾了不少烟垢。他微微低头，附在钱二的耳朵旁低声问道："哥们，是买了充气娃娃吗？放松点，我一天送出去好几十个，一掂量就知道里面是什么。"

这一次快递员的猜测可失误了，不过钱二也没有去争辩。事实上，钱二非常讨厌网购，而这是他第二次网购，第一次也是为了给宋歌买礼物。

记得那是他给宋歌过的第十个生日，中国人讲究十全十美，他带着网购来的大号泰迪熊，把求婚戒指放在它的手里，给泰迪熊录了一段求

婚的对白，趁着宋歌闭上眼睛许愿的时候，抱着西装革履的泰迪熊从卧室里走出来。

人这一辈子，你以为那些命中注定独一无二的事，永远都有岔路口，要做出难以后退一步的选择。

这个选择，关于他未来的一个家。

钱二很想有个家。可他并不由衷地确定，这个家是不是和宋歌一起的。

钱二带着泰迪熊走出来的那一天，宋歌答应了他的求婚。两个人从18岁就相识，这些年共度春夏秋冬。婚姻，是必走的一步棋，他们都以为只是时间早晚罢了。

钱二的第二次网购，是自己的秘书鲁小西强烈推荐的。钱二登录了“天堂小卖部”的购物网站，据说在那里，可以买到平凡世界里没有的东西，找到能收获幸福生活的良药。

钱二犹豫了很久，还是决定找找看有没有这种良药，于是他鬼使神差地问了商城的客服：“我不知道应该和谁结婚，你那里有什么办法帮我吗？”

钱二把这段话发出去后，就想要撤回，可惜已经来不及了。那时他觉得自己特别蠢，都要结婚的人了，还像是一个青春期不知道追哪个女生的懵懂男孩一样。

客服直接发来一个链接，打开链接，钱二看到了一个叫作“未来婚姻体验机”的商品，使用者可以预知自己和任何人未来的婚姻状况，时间可调，自由设定。未来婚姻体验机的大小确实像个充气娃娃，据说是因为购买者以男性偏多，所以设计成了他们喜欢的样子。外形像一个女人形体似的黑色睡袋，头部印了一个脸型的轮廓，容貌是模糊的，让使用者可以随意想象和任何人的结合。

收到快递后，钱二就迫不及待地拆包装研究了起来。这个机器采用的是最新的VR智能技术，睡袋里用线绳绑着个轻薄的黑色眼罩。使用者只需要躺进睡袋，再把眼罩盖在眼睛上，然后点击袋子拉链处的“开始”即可进入程序。睡袋里还有一个拇指大小的移动开关，进入程序后随身携带可退出。

钱二立刻躺进睡袋里，摘下他的金边眼镜，准备进入体验。然而他的手机突然响了起来，那是他给宋歌设置的专属来电音，电话不得不接。

和宋歌相恋十年，钱二早已经习惯了顺从，早就忘了拒绝宋歌的感觉。

起身拿电话的过程中，钱二开始思考自己为什么从不拒绝宋歌，因为多年的感情？因为怕失去她？又或者是自己害怕呢？

其实钱二的童年是在父母的争吵中度过的。记得从三岁起，每到晚上回房睡觉的时间，就会隔着原木色的房门，听到父母的吵架声。他的妈妈带他单独出去吃饭时不止一次悄悄试探他，如果爸爸妈妈分开，他想和妈妈在一起还是和爸爸在一起。

那时的钱二根本不知道怎么回答这个问题，因为小小年纪的他只懂得爸爸妈妈不能分开，三个人的生活才是最幸福的。但破裂的感情如何修复得好呢？在钱二读大学那一年的秋天，父母结束了十多年的争吵，支离破碎的家最终还是瓦解了，爸爸选择远赴他国，而妈妈则一个人独自生活。假期回家的时候，只有他和妈妈的家空荡荡的，总能听到叹

气的声音。从此以后，钱二就有了一个梦想，那就是能和心爱的人组成一个幸福的家庭，这个家庭永远都充满着欢声笑语，没有争吵，没有分裂。

钱二和宋歌是在大学认识的，和宋歌在一起后，他唯一的目标，就是能和宋歌有个家，一辈子不要像爸爸妈妈一样吵架。

而现在，他几乎快要“和公主幸福地生活在一起”了，却站在门口不敢多前进一步。

钱二接起电话，用他一贯对宋歌的温柔口气说：“什么事亲爱的？”

“我哥哥从上海来了，现在就在首都机场。”宋歌的语气一如既往地干脆，直奔主题。

钱二开着车子和宋歌一起去接她的哥哥，回来的路上堵了三个钟头，之前钱二让秘书鲁小西在长虹桥的大董烤鸭预订的位子早就超过了时间。

餐桌上宋歌的哥哥把自己的烟收起来，抽起钱二递过去的珍品黄鹤楼，一边吐着烟圈一边对钱二说：“我妹妹陪你耽误了这么久的青春，你小子良心发现终于要娶回家了。我爸妈说了，以后她要是怀孕，宋歌要回家生孩子的，我妈找上海最好的月嫂来照顾。”

钱二把心里想说的那句“你管得着吗”给生生咽了回去，宋歌拍了拍他的大腿安抚他，钱二只好收起情绪，用诚恳的语气说：“哥你放心吧，我会照顾好宋歌的。”

其实钱二很不喜欢宋歌的家人，他记得宋歌家人这样永远雷同的态度。

记得大学刚毕业时，第一次到上海拜访宋歌的父母，他们家住独门独户的旧式小别墅院，那时的钱二还是个一穷二白每月只有餐补没有工资的实习生，宋歌的父母用一种近乎冰冷的方式接待了他。

走的时候他们终于道出了真心话："我家囡囡跟侬要吃不少苦头的呀。"生生地把钱二的自尊心踩到了脚底下。

这些年钱二从没有踏踏实实地睡过一次觉，他发现在北京赚多少钱都不够花，都不足够给宋歌一个家，打了几年工后开始和几个朋友顶着风险创业，做餐饮的配送公司。

赤着脚的创业，和赌博并无二致，他的焦虑和烦恼，在打开家门的那一刻用强撑的笑容挡在后面。后来运气不错，被O2O外卖公司看中并收购，几个合伙人分到了一大笔钱，日子才终于苦尽甘来。

用宋歌妈妈的话说，这一切都是宋歌的功劳，是宋歌的旺夫运才让钱二发家致富的，他可不能忘恩负义。

晚餐在尴尬中快速结束，钱二和宋歌一起把哥哥送到了附近的五星级酒店。

哥哥一打开房间门就开始抱怨房间小、不干净等各种毛病。看着妹妹和钱二的脸色渐渐难看起来，最后才说算了，就勉强凑合住两天。

直到离开房间，宋歌拉着钱二进了电梯，钱二不满的情绪彻底膨胀了起来。他想着，已经是豪华套房了，难道还要给他定顶层的总统套间吗？架子摆得是不是有点太大了！

宋歌看着钱二一副很生气的样子，只好安慰他说："亲爱的，我哥哥说话有些冲，快回家好好休息吧。"说完宋歌就把头靠在他的肩膀上，像只小猫一样蹭来蹭去。

但钱二忽然觉得自己承受不起这个拥抱，两只手扶正了宋歌的头，略显僵硬地说：“我帮你叫个车，我还有工作的事要谈，晚一点回家去。”

钱二用手揉着太阳穴走出酒店大堂，觉得自己紧绷的神经差一点就要断掉了。他和往常一样频频质疑自己，真的就要这样克制吗？

“钱总，您去哪儿？”鲁小西已经把车开到了大堂门口，静静地等着钱二，“知道您喝了酒，我来开车。”

“去……还去南山路那家酒吧。”

钱二坐在副驾驶上一言不发，鲁小西打开了音乐，是钱二最喜欢的那首五月天的《温柔》。

不知道/不明了/不想要/为什么/我的心

夜色那么沉，谁的烦恼都藏得下。

推开宽大的门，酒吧喧嚣的音乐像个潮湿的雨衣一样裹在钱二身上，怎么扯都扯不开。

赵朵朵依偎在钱二的身上，娇滴滴地对钱二说：“今天这一身打扮真是翩翩少年，见家长去了？”

钱二故意把眼睁大又闭上，那意思是，可不是吗，不然我怎么能变成这鬼样子。

赵朵朵举着杯长岛冰茶喂给钱二喝，把自己刚刚印上了唇印的位置丝毫不差地摆在他的唇上，她伸出戴着蓝宝石戒指的右手，在酒吧闪耀的彩灯下显得妖冶多情。

“快要成家了，恭喜恭喜！”她对钱二说。

钱二敷衍地抬起左手做出个回应，顺手抓了把桌上的花生米。

赵朵朵看钱二兴致缺缺，又往他的身上蹭了蹭，继续说："能结婚是多好的事，这不是你多年的梦想吗？把心爱的女人娶回家，你又烦恼什么？"

钱二一把抓住赵朵朵乱动的手，突然认真地问道："你愿意跟我结婚吗？"

"我愿意！"赵朵朵风情万种地一笑，然后就把手上的戒指退了下来塞到钱二手里，"来，跟我求个婚，明天我就回家拿户口本。"

钱二看了看那枚蓝宝石戒指，把它又戴回赵朵朵的手上。

赵朵朵高兴地大喊了一声："我愿意！"

"我还没问你问题呢，瞎回答什么。"见赵朵朵大声嚷嚷，钱二赶紧堵住了她的嘴。

"我乐意。"赵朵朵拍掉钱二的手，大声地说，"我就是喜欢你啊，爱你爱到了骨头里。我活这些年，日长长夜漫漫，遇见你才肯期待天明；徜徉灯红酒绿，看到你才想念油盐柴米。"

隔壁桌坐的一个白人喝得有些醉了，看到这一幕，举着酒杯来跟他们碰杯，对钱二大声说："恭喜！"

钱二对着那个热情的白人翻了个大白眼，自言自语地说："有什么好高兴的，这些鬼佬倒是什么事都乐和。"边说边拉着赵朵朵结账离开了。

"人家好端端地来敬酒，干吗这么个态度，真是没礼貌。"被钱二拉着跑得不舒服，赵朵朵停下来看看自己的高跟鞋，好像在奔跑中沾了什么脏东西。

钱二没好气地说："我就是穷家小户出身，不懂你们那种人的规矩，看不上我就滚蛋。"

“可我偏偏看上你了呢，跟我回家吗？”见钱二生气了，赵朵朵连忙说好话，说着又往钱二的怀里钻。

“我今天哪儿也不想去。”钱二的脸一直耷拉着，一副软硬不吃的样子。

见钱二这个样子，赵朵朵也没了兴致，索性跟钱二聊起了工作上的事：“好吧，说正经事。上次和你说的那个跨界营销的项目，合作方发了预算和方案过来，你有空的话咱们趁着明天开会之前聊一下。”

“明天早晨7点我去你那里，你早点起床。”见是工作上的事，钱二立刻就回了话。

“哼，以为你晚上会来陪我睡觉呢。”说着赵朵朵自己往后退了一步站好。

“乖，我得回家去。”看赵朵朵要起了小性子，钱二只好哄了起来。

“怎么，又舍不得宋歌啦？”赵朵朵故意把红红的嘴唇噘起来。

“你今天话这么多？酒喝太多了吧，回去好好睡觉。”钱二的口气生硬了起来。

赵朵朵见气氛不对，也就不说话了，把脖子抻到钱二的面前，钱二吻了她的脸算告别。

赵朵朵作为钱二的一个红颜知己，不敢逾越得太过分惹钱二生气，她对钱二的感情是那么小心翼翼，甚至不敢让钱二知道，她小心藏着自己和十五岁初恋一样跳跃的心。她唯一能做的就是把他赏给的细细碎碎的情和爱，像一只猫收集玩具那样，无论破烂的还是崭新的，都找个黑暗的角落收藏起来。

钱二让鲁小西一个人先把车开走，他自己晃荡着去了公司附近的一个小公园，那门口有一排长长的石凳。在梧桐树下，到了晚上有一股潮湿的植物香味，深深地嗅一下，把那些心事都散在里面。

记得刚到北京打拼的他，加班之后就常坐在那里，抽一支烟再回家。那时宋歌就在他们小小的出租房里，看着电视剧等他。起先她会叫些外卖来，自己吃一点给他留一点。后来钱二觉得外卖太贵了，宋歌在家里买菜做饭又太辛苦，他就下了班赶去超市买面条和西红柿回家煮着吃，两个人吃了整整一年西红柿鸡蛋打卤面。

宋歌给父母打电话的时候还说，钱二对我可好了，每天都给我做不一样的好吃的，都要吃胖啦。听到这话的钱二，真的想自己可以每天变着花样给宋歌平凡生活中的小惊喜。

可现在，他一想到已经筋疲力尽了回家还要给宋歌做饭，就总是借口应酬不回家，随便吃一些等到她临近睡觉再回去。有时宋歌会给他留一些外卖的快餐，都是他喜欢吃的菜。他一边吃着冷掉又在微波炉里加热过的饭，一边听宋歌抱怨他为什么那么忙碌，不陪她之类的。

钱二觉得自己的心就像是一把剑一样，一会儿在现实里浸了冰水，一会儿在宋歌的爱里烧得滚烫。

宋歌也是爱他的，像个不懂事的小孩子，爱得笨拙。钱二对她就更加珍爱起来，这么单纯的姑娘，真想让她一辈子都在自己的怀里活成一个梦，不要和其他的人一起触碰世界的肮脏。可这份守候，让钱二觉得疲惫不堪。

后来钱二公司新来了销售总监赵朵朵，风趣又聪明，钱二和她认识的第二天，就在办公室里脱下了她的高跟鞋。钱二撕开她丝袜的时候想，这个女人，把我给死死勾住了。理智了快三十年的钱二，在赵朵朵

面前，知道自己的荷尔蒙也有失控的时候。

此时公园走出几个流浪汉麻木地盯着他，钱二从口袋里掏了五十块钱递过去，好像是付了他们的石凳租赁费一样，那些人拿着钱笑着离开了。

呵呵，他自嘲地笑。贫穷的时候以为有了钱就快乐，可现在居然连一个破石头凳子都要支付租金了。

嗒嗒嗒的高跟鞋声音传来，是鲁小西。

“你怎么来了？”钱二问。

“刚把车停在公司楼下了，怕你有什么事情要帮忙。”她说。

“别整天跟着我，有事我再找你。”钱二不耐烦地说。

“钱总……很晚了。” 鲁小西犹豫又固执地看着钱二。

“鲁小西，你下班了，休息时间请放过我好吗！”钱二小声地低吼着。

“好吧，钱总晚安。”鲁小西说，离开时回头偷偷看钱二，他的脸在月光下显得疲惫又苍白。

又坐了一会儿，钱二回家了。他轻轻地打开门，发现客厅的灯灭着，卧室的门缝散出毛茸茸的橙色光，接着他听到了房间里的对话。

“你嗓子怎么了，感冒了吗？”手机开着免提，模模糊糊的是宋歌爸爸的声音。

“没事，地铁风太冷给吹的。”是宋歌的声音。

“哎呀，和钱二说你们换个能走路上班的房子。当初你要是听我们的，留在上海和那个谁结婚过日子，至于现在跟着钱二受苦吗。他确实也当了个小老板，有那么点钱，可家里条件也不怎么样。”

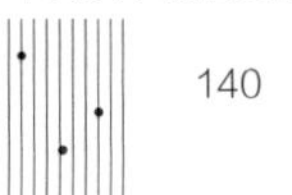

“爸……钱二他工作太忙……”声音渐渐小了下来，显然是宋歌切断了电话。

钱二推开门，阴着脸。

宋歌看到钱二推门进来，尴尬地笑了笑，默默地把手里的手机放在了床头柜上。

她轻声地对钱二说：“等你等得都好困了。”

钱二没搭话，无声地绕过宋歌，坐到了床上。

“就是随便跟我爸爸那么一说，你怎么又生气了？”宋歌看钱二生气了，就坐到他的身旁，试图抱住他安慰一下。

但钱二显然没有给她这个机会，他生气地说：“当初要回上海和谁结婚？现在回去找他还来得及，我们结婚证还没领呢，跟人家过好日子去吧。我让你吃苦了！我是一浑蛋好吗，我为了谁辛辛苦苦这些年，你难道不知道吗？”

“钱二！说什么呢！”宋歌也生气了，她生气的时候脸会变得惨白，手抖个不停。

“怎么，后悔啦？你还年轻着呢，大好时光想嫁什么富贵人家都可以，我有什么，我什么都没有！”钱二吼道。

宋歌气得不想再说什么，沉默地换了衣服，自己跑出了门，转身的时候脸上还挂着泪水。

钱二对着已经合上的门小声地说：“我什么都没有，连一个挽留你的理由都没有。我们的以后，还会好吗？”

宋歌走了之后，钱二从柜子里拿出未来婚姻体验机，在那个空白的脸上有个小小的信息输入框，钱二把宋歌的姓名、生日等基本信息填写

好后，就钻进睡袋里戴上眼罩，开始体验和宋歌的未来婚姻生活。

钱二感觉身体在这个睡袋式的机器里面躺着很硬，浑身紧绷绷的不舒服，拉开拉链重新爬出来的时候，家里的装修已经完全换了样子。原先美国田园风格的装修，变成了宋歌喜欢的简欧风，和她的人一样，从来都没有什么复杂的暗处。似乎这里就是他们未来的婚房，墙上挂着结婚照片，卧室还有明显崭新的红双喜贴纸。

这时钱二的手机响了，显示的名字是“岳父”。

“喂，爸爸。”钱二接起电话，但对于喊出这个称谓觉得很奇怪。

“小钱，快到医院来，整天做什么去，自己女儿都出来了，还没学会当爸爸。”宋爸爸着急地说。

钱二一下子高兴得蹦了高，他居然要当爸爸啦，家里有了个小公主。赶去医院的路上，每每遇到等待过马路的小女孩，钱二都把车停下来让别人先过去。他美滋滋地想着，以后他女儿的世界，也希望能美好得让她毫发无损。

到了医院钱二一边打听宋歌的病房，一边从病房的小窗户里一排排地去找那一张他爱了十多年的脸。

终于找到了，钱二看到宋歌现在的脸有些疲惫的浮肿，泛着慈爱的光。

岳父岳母陪在宋歌的旁边，宋爸爸对着钱二说：“孩子以后跟咱们宋家姓吧。”

“爸爸，这不太好。”钱二立即回应。

“现在法律都说了，孩子可以自由跟男方还是女方姓。要不这样，以后孩子不用你花钱，抚养费我们来出。”宋爸爸立刻反驳。

“可这是我女儿啊。”钱二着急地说。

“怎么，这就不是宋歌的女儿啦？现在是新社会了，你怎么能蔑视妇女呢！”宋爸爸仰着下巴，提高了嗓音。

宋歌紧紧地皱着眉。钱二怜惜地看着她，眉头的痕迹越来越深了，从他们恋爱开始，她好像总是在家人的阻挠和自由爱情之间挣扎着。

宋歌小心翼翼地对钱二说：“爸爸妈妈只有我这一个女儿，这一次就听他们的吧。再等几年，我给你生个二宝好吗？”

钱二到门口抽了支烟，觉得胸口就像吞了一块没有滋味的棉花，闷得心慌。

钱二的妈妈打来电话，着急地问：“媳妇生了吗？小子还是闺女？我这两天就去北京，坐月子看孩子都需要人手……”

曾经自己想要个家，于是有了家。可现在三个家揉在一起，日子怎么变得越来越难过。

宋歌在医院里小住了几天，就带着孩子一起回了家。孩子就按照宋爸爸的想法，在报户口的时候取了宋雨萱的名字。

一天钱二还在公司里和同事们开下一季度的企划会，他的妈妈一下子冲到会议室来，着急地嚷嚷道：“儿子，你快来给妈妈撑腰，跟我回家。”说着就拽起钱二的西装袖子往外拖，边拖还边说：“儿子，我自己把你养到那么大，孙女出生了亲家公不让我进家门，说什么这是他外孙女，刚出生怕生病，让我早点回家去……”

钱二的同事们低着头假装没听见的样子，很快钱二就被妈妈拖下了楼。

“妈……我这还在上班……”钱二无奈地试图劝妈妈冷静一下。

“上班怎么了，有了媳妇忘了娘吗？你难不成也站在老宋家那

边？”但妈妈似乎正在气头上，怎么也劝不住。

这时钱二的手机恰好收到了提醒的信息，说公司的股票现在跌停了，需要他马上参加股东大会。

钱二无力地摇了摇头，从口袋里拿出开关，点了结束虚拟程序的按钮。

再一次从睡袋里钻出来，钱二看到的是已经住了一年的家，忽然觉得还是眼下的生活最幸福。屋子里到处是宋歌早早下班闲来无事做的彩色羊毛毡，桌上摆着插花艺术，每个细节都有宋歌的痕迹，她早就是他世界里的女主人了。

钱二突然很想念宋歌，转念想到，已经凌晨了，宋歌会去哪儿？

他给宋歌打了个电话，却发现宋歌的手机就扔在沙发上，傻愣愣地唱着歌。

钱二决定出门去找宋歌，他一打开门，声控的走廊灯在他“啊”的一声后亮起来。门口晃出一个黑影子，把没做过亏心事的他吓得不轻。

灯光下那影子是宋歌，肩膀一颤一颤的。原来她刚才哪里也没有去，就一个人坐在走廊里哭。

宋歌抬头看看他，伸手索取拥抱。

钱二轻轻地把她抱回来，温柔地吻了她的额头。

钱二放下她，从外面关上卧室门的时候，他低头问宋歌：“亲爱的，以后我们不会幸福怎么办？”

钱二独自黑着灯靠在沙发上，脑子里像电影胶片一样快速过着这些年他们是怎样一步又一步走到了今天这样的状态。

宋歌收拾了一个小箱子拖出来，假装平静地对钱二说：“我去朋友家住几天，我们都好好想一下。”

那是钱二第一次听到宋歌说，她要走。

认识这么久，他看她哭过也闹过，两个人固执地牵着手熬过了曲折和起伏，到如今，她想到要离开。

他没有追出去，质疑了年轻时光的不离不弃。

一晚上失眠，钱二只躺下迷糊了一会儿，闹钟响过三次才慢吞吞起床。找出开会要穿的西装和衬衫，他手忙脚乱地熨衬衫，挂烫机碰翻了摆在餐桌上剩了不知几天的半杯牛奶，他愤愤地把散发着怪味的衬衫丢在地上。

鲁小西来了电话，跟他说："钱总，我到您楼下了，今天日程里安排了去赵总监家。"

"稍等我一下，我找个衬衫换上。"钱二一边说着一边匆忙地找衬衫。

"我昨天从干洗店把上次送洗的带来了，是您开会常穿的那件黑色长袖衬衫。"还真被钱二找到了，他迅速换上，挂电话前，说了句："我这就下去。谢谢你。"

鲁小西先把钱二送到了赵朵朵家。赵朵朵给他倒了杯刚刚煮好的黑咖啡，从烤箱里拿出散发着黄油香的牛角面包，对钱二说："先吃点东西，这样头脑才清醒。"

折腾了一夜，钱二觉得嘴里干巴巴肚子空荡荡，可此时最想吃的，是一碗白粥，要是有点榨菜或者酱豆腐就更好了，他兑了些牛奶加了块方糖把咖啡喝下去。他知道在这里是喝不到粥了，极少开伙的赵朵朵家里是不会有大米的。

与合作方的会议很顺利，虽然会议中出现了几个利益的矛盾点，但

午餐时间赵朵朵靠着自己的伶牙俐齿把客户成功说服。他们还跟钱二开玩笑说："你们呀就该好好在一起，多般配，男有财，女有才。"

这场宴请结束得很早，天都还没有黑。

钱二把赵朵朵带回了自己家。这不是她第一次来他的家里，在他们相识共处的这一年，有时宋歌回了上海，床上空下的位置就是属于赵朵朵的。电视机的声音开得很大，谁都没有心思关心里面的剧情。赵朵朵从床上爬起来，给钱二揉着肩膀："你的肩啊总是这么硬，没事多按按，不然年纪大了还怎么泡妞，我会心疼的啊。"

钱二一把抓住她的手说："赵朵朵，有时候觉得你什么都好。"

"那把我娶回来就好了。反正我的心和我的人，除了你，也不会属于别人了。"赵朵朵趁机说。

"好啊。"

"我最近要去法国度假，改成蜜月之旅也行，一起来好吗？"

"不想去。"

"想去哪儿？"

"我想找个安静的村子，在山顶或者山沟里，什么都不想，天天养鸡喝茶看书，隐居起来。愿意和我一起吗？"

听了钱二的话，赵朵朵立刻坐了起来。她兴奋地说："我得带个大箱子去法国，毕业回来就再没回去过，那些限量版的高跟鞋还在抻着脖子等我把它们带回家。你要是一起来度蜜月的话，戒指总要一起买吧？"她看看钱二，笑得狡黠。"所以，决定了吗？"

钱二赶紧说："没有。"

"哼，就知道你会这么说，反正我一个人订了豪华的行政房，你不来我一个人清静。我会躺在舒服的床上，想念远方的你，想想你的胳膊抱着我，亲吻我的头发的样子，我就很满足了。”

钱二送走了赵朵朵，在婚姻体验机里输入了赵朵朵的名字，场景就换成了和赵朵朵结婚后的家。

这时钱二和赵朵朵结婚已经三年了，钱二的妈妈多次催促说想要抱孙子了，可赵朵朵依旧定期服用避孕药。她的理由是：生什么孩子，我还没当够孩子。还有，一生孩子坐月子，这一堆工作谁来做，我的大好青春可全都没了。

钱二每天早晨，都要在赵朵朵和保姆阿姨的争吵声中醒来，不知道是不是因为这股子怨气太重，他清晨总是便秘，以至于患上了痔疮。

他想吃酱豆腐，觉得用筷子尖挑上一点出来，抹在热乎乎的馒头当中，一口下去，咸香无比，比什么冰火菠萝油都要好吃。可打开冰箱，上周晚饭去便利店买的一罐酱豆腐只吃了一块，怎么不见了。

他还在翻呢，赵朵朵贴着面膜过来问：“老公你在找什么？”

“酱豆腐好像没了，今天忽然想吃。”

“那东西味道太大了，我让王姐给扔了，不然整个冰箱的东西都没法要了。”

在家里吃不到想吃的早餐，钱二只好到公司地下一层的员工食堂喝粥。钱二夹了点免费的咸菜配着粥吃，觉得肚子里很满足。他坐在那儿，周围的不少人来跟他打招呼，喊着“钱总好”。可钱二觉得，尽管自己此时被成功的光环环绕着，可是连一个温暖的家和可以释放压力的餐桌都没有。

上午开完了例会，这一周的日程又给排得满满的。他走进办公室，

关了门就迅速把西装脱掉，脱了鞋子在沙发上斜躺着，让神经一点点地像个牵牛花一样舒缓下来。

“你需要休息一下了，钱二。”他对自己说。

晚饭是和同事们的庆功宴，所有人举起酒杯的目标都是他，每一个笑容都不能辜负。钱二抱着马桶把酒和未消化的食物一起吐出来的时候，感觉自己活到三十岁，似乎已经用完了一辈子的力气。身体不仅仅是被掏空，而且还被透支了。

他回家去，连保姆都睡下了。赵朵朵没在家，给她打电话，那边的声音吵吵闹闹的。

赵朵朵对着电话大声说：“杰克下周要离开中国了，他的送别舞会快过来啊。”Jack是个大鼻子的英国人，钱二到的时候他正和赵朵朵在一起跳舞。一个男人腰身柔软得和蚯蚓一样。

钱二的英文只停留在hello和goodbye的水平，身边那些夸张到有些虚假的脸几乎都在讲着他听不懂的话。

真不应该来这里的。他从吧台拿了杯冰啤酒，独自冷落地喝起来，过来跟他打招呼的辣妹都被他摆摆手赶走了。

赵朵朵穿着细吊带的红色丝绒连衣裙，像个骄傲的天鹅一样来回穿梭，长期的运动保养之下，她的肩膀美好得像绸缎似的。

赵朵朵转脸看到他，拉着他要一起跳。钱二哪里懂什么salsa，扭了几下，周围人的笑声让他觉得刺耳。这里的一切都似乎想把他推出去，钱二觉得很不舒服。趁着混乱，他看到杰克在赵朵朵的腰上亲昵地拧了一把，钱二抡起拳头就挥到杰克的下巴上。真硬，好疼。钱二觉得自己的拳头要碎了。

他这一拳倒成了混乱聚会的电闸，宾客们鸦雀无声地等待着杰克的反应。赵朵朵满脸尴尬地拦着暴怒的杰克，在钱二眼里他成了个抓狂的鸵鸟。

钱二走过去，说了声sorry，这个单词他刚才搜肠刮肚想了很久；又转过脸对赵朵朵说了声goodbye。

然后他从口袋里拿出开关，退出程序。他紧紧地闭上眼睛，只想快速逃离这一场噩梦。

钱二的家里只有一个人了。孤独的一分一秒，如同缓慢一笔一画录入时光的笔，每个情绪都勾勒得清晰深刻。偶尔电话响起，都是鲁小西的。日程提醒，穿衣提醒，偶尔在他恰巧饿了的时候，告诉他一会儿外卖会送来温暖的粥。

宋歌一连好几天都没有再和他联络，他想，好像这几年来两个人分分合合，都没有这一次这么安静过。

原来谈恋爱和开一罐可乐一样，第一口甘甜凛冽，里面的气泡不断地翻腾跳跃。然后慢慢地再也没了跳跃，只成了一杯糖水，喝下还觉得腻。再后来，糖水也不甜了，又开始发苦发涩，于是质疑可乐当初真的好喝过吗！

有的人选择再打开一罐，可最后还是一样的。

钱二听到了钥匙晃动和开门的声音，这不是保洁阿姨的上班时间，也不知道是谁。门被推开，宋歌拎着她的小行李箱回来了。她的样子像什么都没有发生过，只是一个人出去度了假，穿着白裙子的她笑着对钱二说：“想我了吗？给你带了好吃的。”

其实并不是什么特别的东西，就是附近每天都有无数人排队的一家

酱牛肉。钱二喜欢吃，每次路过都因为没有时间等待而作罢，总是说下一次再来买。然而日子越过越忙，期待的空闲到可以去排队的生活，永远都没有来过。

钱二小的时候，觉得吃一次烙饼卷酱牛肉是一件幸福无比的事情。现在长大后的他，和未婚妻宋歌坐在过去梦想的大房子里，却咀嚼不出味道来。

宋歌说："大学刚毕业那会儿，我爸妈不让我跟你一起来北京，他们和那谁的父母关系特好，一直就想着我嫁了他，皆大欢喜。我一门心思就是跟定你了。我爸有一年心脏做搭桥手术，手术前我回去，他说就想看见我能跟那谁在一块，我都不知道该怎么办了，又不敢和你说。我跟爸爸说，钱二一定会给我比那谁更好的日子的。他说，在他活着的时候能看见就好了。幸好，你终于让他看见了，对吗？我觉得自己的眼光就是那么好。"

原来她对爱情的定义，始终就是一个不计较成败的赌局。钱二感觉吃下去的肉都变成了石头卡在肚子里，难以消化。

宋歌继续说："亲爱的，咱们好像都过了七年之痒了吧。虽然还没和你领结婚证，这些年我们生活在一起和夫妻也没有什么不同。我想努力地让你喜欢我多一点，喜欢我久一点，可你现在是不是需要别人了？我变不成赵朵朵那样的女人。"

钱二放下筷子，抬头不知所措地看着她。

"我不想跟你哭哭闹闹的。"宋歌说着眼泪流下来，她擦干净又硬生生地笑着说，"钱二，我做不到，我觉得我自己什么都做不好。其实我好几次看见你和赵朵朵在一起，她又聪明又好看又能干，我哪里比得上。我的爸爸妈妈还总是不同意我们在一起，可是我也努力了啊，你都不知道，我最近学着给你做晚饭，胳膊都烫坏了。”说着她伸出了右手，小臂内侧有个尚未消退的结痂。

钱二看着那不大不小的伤，一阵眩晕，觉得那大概是他注定走不出的局。

他离开家抽了一路烟，掐灭烟头走进电梯，敲开了赵朵朵的家门。他讲不出自己为什么要到这里来，是他做出了选择，还是做出了妥协，连自己都分不清楚。

赵朵朵走出来立即反手带上了门，涂了玫色唇彩的嘴巴浅浅一笑，牵着钱二的手跑下楼。她的手指好像变成了钩子，温温热热地从指尖钻进钱二的血液里，让他的头脑和心脏都不受自己的控制。

赵朵朵拦了出租车，和钱二坐在后排。他问：“去哪里？”

“就知道你会来找我，我们浪迹天涯去。”赵朵朵高兴地说。

钱二看着赵朵朵，她脸上的妆容永远都没有一点点的瑕疵，嘴唇的颜色和衣服可以有无数种搭配，她自己精心地把生活织成了一个网，这个网越织越密，早就料到他是逃不出去的。他曾试图在这个网里找个家，可当他越陷越深，自己都快要爬不出来的时候，才开始意识到那里面也许没有适宜的温度。

赵朵朵的手指张开，一根一根地插进他的手指缝里，紧紧地握住。

天涯在何处？钱二根本就不知道。出租车在亮了红灯的人行道前停下，钱二用力推了把赵朵朵，她的身子软软的，像是寄生在他身上的藤蔓植物。

钱二跑下车子，迅速关了车门。赵朵朵也跟了出来，慌张之中高跟鞋都跑掉了。她就光着脚跟着他在人行道上奔跑。

赵朵朵歇斯底里地在后面喊着："钱二，如果一辈子有这条街这么长，我一定会从这里追你到尽头。你跑不掉的，你在哪里，我就在哪里，什么江河湖海，什么人祸天灾，都阻挡不了我。"

钱二忽然停下来，转了身子，赵朵朵刹车不及，一头撞在他的胸膛上。他说："朵朵，你是世界上最了解我的人，我放不下你，怎么办？"

赵朵朵拨开他的手，冷笑着说："可你也放不下宋歌吧？她没了你自己都活不下去，是不是看起来我比她聪明比她坚强比她能干，自己也能活得好好的？我以前也这么以为，在认识你之前。钱二，我一直以为自己能活得铜墙铁壁刀枪不入，可我遇到你之后才知道，我是有软肋的，你偏偏就是那根软肋。"

赵朵朵第一次在钱二面前哭得那么失态，眼线和睫毛膏在下眼皮糊成了一团黑色。

钱二逃回家把自己关进房间里，又钻进了未来婚姻体验机，这一次，他把时间拨快了一些，设定为自己50岁的婚姻生活，婚姻对象是宋歌。

此时的宋歌已经变成了一个小老太太，头发烫成小卷，白了一半。右手戴着两个金戒指，新文的眉毛又粗又黑。

已经退休的钱二正在家里浇花，宋歌絮叨着跟他聊天。

"昨天跟陈姐打麻将，她说她女儿嫁了一男明星，咱们家女儿还没个着落，你有朋友什么的也给介绍介绍。"

"终身大事着急什么？"

"怎么能不着急，得给她找个好人家，别跟着乱七八糟的人吃苦头。"

“你这是什么意思，跟着我还亏待你了？”

“现在说有什么用，我这一辈子相夫教子，好像到现在都没为自己活一次，就是觉得没意思。”

钱二忙不迭地退出了程序，他脑海中一片空白，原来这爱到最后，反而成了伤害。人生的赌局里总是要有人输的，难道就是自己吗?

他又想去看看和赵朵朵的50岁。

赵朵朵在卧室里低声地呻吟着：“老钱，过来。”

她用一条束腰带正努力把自己走形的腰身勒紧，床上搭着一条著名裁缝缝制的旗袍。她换好衣服，坐在梳妆台前涂嘴巴，她持续打肉毒杆菌的脸有一种不属于这个年纪的光鲜。

钱二劝她说：“少喝酒，医生说你肝不好，还吃药呢。”

赵朵朵满不在乎地说：“都这样了，还能喝几次？你一起来吗？”

钱二兴致缺缺地说：“不了，我去老同学家里吃饭聚聚，你自己好好玩吧。早点回来。”

晚上他回到家，用手机看赵朵朵分享出来的照片，她在几个大腹便便的白人男人之间，笑得一如既往地虚假。这些年，赵朵朵一直都是这个样子，他也懒得再生气。

不一会儿接到一个电话，赵朵朵的朋友打来的，用蹩脚的中文说，赵朵朵胃出血送进医院了，你快些来……

钱二退出程序，从房间出来，和宋歌坐在那个他们刚搬进新家时一起去买的皮沙发上。那时的宋歌一脸憧憬地说:“终于有了我们自己的小家。”

他也曾相信，真的会有一个美好的小家。

“亲爱的，你是不是偶尔也会想过另一种生活？”他问宋歌。

“每天都能看见你，等你回家就很开心了。”宋歌柔情地说。

“以后你会厌倦的。我们……我们分开吧。”钱二挣扎了一下，终于说出了口。

“钱二，到如今，我还是没能了解你。我不知道你喜欢什么，也不知道你整天在外面都忙些什么，更不知道你在烦恼什么。”她低落地流下眼泪，“连上一次离家出走，还是你秘书鲁小西给我打电话说买一些酱牛肉回来给你，我居然连你的口味都不知道。”

“对不起，可我也并不了解你，或者，曾经了解过吧。”

钱二知道赵朵朵一定又去了酒吧，他刚去吧台坐下，就听到了熟悉的声音。

“再来杯‘魂断蓝桥’，”赵朵朵对酒保说，“多加柠檬汁和冰块。”

“来啊，咱们来个分手酒，明天还是好同事。”赵朵朵吸吸鼻子，眼睛故意不去看钱二，“我觉得自己挺好的，想要的都能得到，反正你吧，做好同事不也一样天天能见面……”

“你会遇到比我更好的人。”钱二说。

“去他的更好，更好就代表更喜欢吗？你错了钱二。你这根软肋走了，我才知道哪有什么铠甲，低头一看就是一道疤，淌过的血你怎么会看得到？干杯干杯，喝醉了就不难过了，这些年，我不是都这么过来了。咱们之间如果差了180°，我自己转了179°，还盼着你微微地转身，赏我一个踏实……”

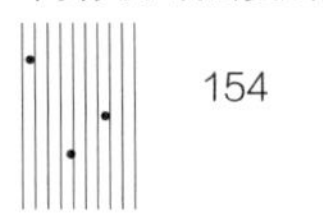

钱二看着她用手背擦嘴，把口红蹭在唇角，真像受过伤流下的血。

钱二拽着自己沉沉的心事，一个人又去了小公园，几个流浪汉看到他来了，笑呵呵地给他腾出了地方。

他坐在那儿抽烟，心里和这石头小路一样，又黑又空。

鲁小西的高跟鞋声音又响起来了。

“钱总，有心事？”

“你怎么都知道，小西？”

“这些年，你的心事在这儿要是撒了种子，早就长成了热带雨林吧。我常常路过就在想，怎么那雨林就成了我的牵挂。”

鲁小西送他回家的路上，车上还是那首《温柔》，五月天唱着：

没有预兆/没有理由/你真的有说过

那晚是钱二最后一次使用未来婚姻体验机。

他和鲁小西每一年的结婚纪念日都会去拍一套婚纱纪念照，把两个人的笑容挂满整个客厅的墙壁。

他在结婚后见到了他的继父，独自生活了十几年的妈妈，终于也遇到了一个愿意与她分享朝夕的男人。

皱纹里都透着幸福的光。

一家四口在一起吃晚饭，钱二觉得，那大概是他一生中第一次知道家的样子。

钱包里的剁手妖精

也许我们永远都找不到一个答案，为什么心里会有个呼呼刮着风的黑洞，好似永远都填不满。

然后女人却要做许多愚蠢的事，男人不懂的事。

只为了在其中，找一个更美好的自己。

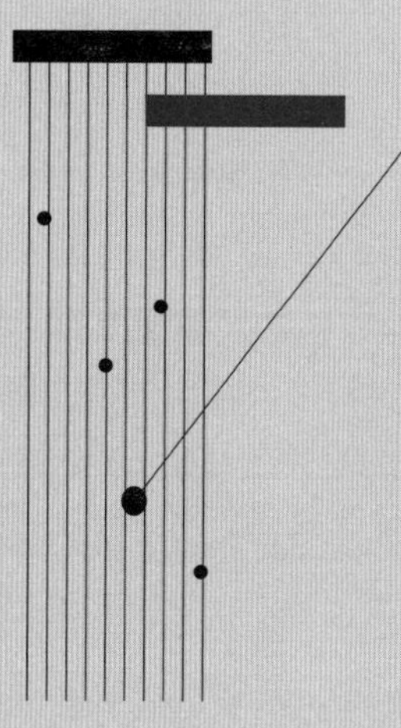

李橙橙踩着高跟鞋走进会议室的时候从来都不会笑。

作为购物杂志主编的她，每个季度都承受着上级“怎么业绩又下滑了”的灵魂拷问。于是开会时，她总是紧皱着眉头，低气压蔓延了整个会议室。每个参加会议的人也都带着如参加追悼会般的表情，听到的都是“这个选题已经过时一个世纪了”“那不是半年前否掉的吗”“这个你奶奶20岁都不想看的话题，怎么能让年轻的读者往下看”等像是冷藏柜里拿出来的句子。

新来的实习责编七七悄悄在手机上下了一个单，李橙橙以女人独特的灵敏捕捉到了她脸上的雀跃表情，接着一支黑色油性笔从会议室的另一头，飞过长长的会议桌，“啪”的一声掉在了七七的面前。

会议结尾时，李橙橙对着七七冷冷地说：“你的转正申请我是不会通过的，想都别想。”说完，李橙橙就踩着高跟鞋一路高傲地仰着头走回了自己的办公室。砰的一声，办公室的门被关上。硬皮沙发在高强度的冷空气下吹得冷冰冰，李橙橙刚坐下去，胳膊就起了一层鸡皮疙瘩。

李橙橙发了一会儿呆，然后拿出手机下单买了一个手账本，收件人的名字修改成了七七。

其实刚走进办公室，李橙橙就后悔自己刚才失控的举动了，她想着何必对别人要求这么苛刻，谁都知道买买买能让人拥有快乐。为了弥补刚刚的过失，李橙橙决定送七七这个手账本，向她道歉，就是不知道七七会不会原谅她。

现在李橙橙终于想明白，自己刚才的过激反应其实是在嫉妒。记得她还是实习生的时候，每个月的薪水勉强糊口，看到一件打折连衣裙都不舍得买，想买一双新鞋子，都得省吃俭用等到换季的时候买。对于购物的渴望，都演变成了求之不得的痛苦，在她的心里埋下了种子，这些年生根发芽，长成了一株从她身体里攫取欲望的参天大树。

之后的很长一段时间里，她每个月偿还信用卡的金额几乎与工资持平，遇到打折季，也可能入不敷出。要不是嫁给了吉田，她简直不敢想自己如今的生活会是什么样子。

李橙橙向吉田隐瞒的秘密，除了购物，还有她的左手。那是她从“天堂小卖部”网络商城买来的硅胶左手，那手与真手并无两样，专门在女孩因购物悔恨剁手之后使用。

李橙橙老早就忘了第一次剁手是在哪一年的双十一还是双十二。为了偿还债务，她退掉了自己租的大房间，换到郊区一个城中村去居住。在某个听着野狗叫声辗转反侧的夜里，李橙橙被债务和悔恨折磨得一时冲动，砍掉了自己的原装左手。

女孩的所有成长都是在疼痛里度过的，这话真的一点也不假。李橙橙度过了一段绝望的日子，直到换上硅胶左手的那一天。她仔仔细细摸着这个仿真的肢体，从连接处开始缓慢地变成和身体一样的温度，有清晰的指纹，还有指甲，据说，与人体的匹配过渡期过后，连指甲都能长出新的。李橙橙的心情才渐渐平复。

李橙橙下定决心大喊着："我再也不买了，再买的话就……剁手！"接着，李橙橙就见到了藏在她钱包里的剁手妖精。剁手妖精从钱包里露出一个绑着马尾辫的小小头颅，黑色的头发，像个乒乓球做的假人。

剁手妖精慢慢爬出来，变成一个逐渐扩大的影子，接着变成一个真的小姑娘，笑得那么魅惑。李橙橙以为自己安装左手后有了幻觉，吓得都忘了尖叫。

剁手妖精附在她的耳边说："只有女孩才能看见我，剁手妖精们活在每个女孩的钱包里，而我是专属于你的剁手妖精，我可以让你在购物中获得永远的快乐。"

李橙橙想起自己剁手的疼痛，还有现在这个狭窄到对着镜子跳舞都无法转身的小卧室，怎么都不会相信剁手妖精的鬼话，她果断抽出全部的现金，把那个刚买了一个星期的钱包狠狠丢在了垃圾桶里。

李橙橙误以为，那是她的成长为她带来的勇气。

下班回家的路上，李橙橙看到那些和自己一样路过写字楼下精品店橱窗不愿挪开步子的女孩，心想，她其实也是个普通的女孩，也会犯错也会犹豫，可为什么总是拿那么高的要求去衡量别人，还有自己。

很多事情，她明知自己都做不到，比如再也不吃芝士蛋糕，再也不把购物车里的东西点击付款下单，再也不看到打折促销的包装商品就忍不住要买回家。可看到别人犯了错，那行为都会变成一个点燃的引信，

引爆她压抑在身后的一连串的爆竹。

我得不到的快乐，你们也不要想得到。李橙橙看见自己内心的阴暗像日落后的路灯般逐个点燃，却不知道该怎么办。

家里还是黑洞洞的，一个人开灯的声音似乎在客厅里都有回音，家里的鞋柜有五层高，四层半都是她鞋子的专属领地。吉田总是很晚才回家，起先还会给她发个道歉的消息，到现在，好像提早回家才显得不正常似的。

李橙橙和吉田刚认识的时候，兴奋地想怎么世界上会有人和自己可以一夜又一夜都有聊不完的天，他们从喜欢看的恐怖电影聊到旅行路上买的奇怪纪念品，从初入职场犯过的愚蠢错误聊到未来的理想，从咖啡店的沙发走到了卧室的大床，从约会的游乐场跨到结婚的礼堂。

但现在她明白了，活着的快乐和银行卡里的余额是一样的，任何形式的挥霍无度，都会让自己在未来享受平淡与枯燥的煎熬。

“你为什么总是回来这么晚？”李橙橙给吉田打电话，这一天她牢骚满腹，只想找个发泄的出口。

“工作忙。”依旧是冷冰冰的回答。李橙橙都忘了认识过那个和老板喝酒都悄悄开着语音偶尔说“我想你”的吉田了。

“跟你的工作过一辈子去吧。”李橙橙生气地把手机丢在沙发上，顺手打开电视换到了购物频道。电视机里主持人浮夸的声音听着很舒服，让人觉得被刻意标注的数字之下，是开启快乐的秘密钥匙。

李橙橙看到那妖精又从背包里飘出来了，从一个半透明的人形变成了媚笑的女孩，马尾辫子灵动地飘扬着，好像是她胜利的旗帜一样。李橙橙羡慕她的笑容，心酸地想自己什么时候才能拥有。

剁手妖精开始蛊惑她说：“只要把你喜欢的东西都买回来，你就会得到永无止境的快乐，可以和我一样笑下去。”

李橙橙想起在会议室看到的七七的笑容，心想，也许剁手妖精说得没错。

这一天晚上，李橙橙下了足足五十个订单，她第一次没有因为吉田的晚归而烦躁得失眠。

临睡前，她还笑着对剁手妖精说了声晚安。

周末躺在床上睡懒觉的时间总是奢侈的，李橙橙口水流满了半张脸都懒得翻身，凌晨才躺到床上的吉田更是肆无忌惮地打着呼噜。

起床后，李橙橙就迫不及待地把快递员用手推车拉进来的几乎堆成小山的快递，用美工刀兴奋地拆开，一箱一箱在阳光的照耀下闪着金光，仿佛里面都是打包好的快乐。

李橙橙知道那个早早起床到洗手间化好妆，再喷好香水重新睡回丈夫身边的新婚妻子不见了，取而代之的，是一个打包购买幸福的女人。她从穿衣镜里看见自己的脸，上面的笑容和小时候陪妈妈到商场里，看她买回那条整整试穿了75次才存够钱买到的裙子时一样。

李橙橙难得有兴致用牛奶煮好燕麦，把氤氲在碗里的热气和热情放在餐桌上等吉田醒来。和过去欢欣雀跃地等着和他约会时一样。哪怕他起床洗漱之后已经到了下午，一碗无人问津的早餐在垃圾桶里悄然下了岗，李橙橙也没有发牢骚。等她想发牢骚的时候，坐在床边又下单买了些口红和香水，抬头看见剁手妖精正双手对着她竖着大拇指，好像在说“你真棒”。

即使在上班时间，李橙橙连在老总办公室里挨骂都把头低得心甘情愿。开会也难得笑嘻嘻的，遇到不走心的工作成果，她也用体面的方式

批评。

李橙橙看到七七用来做会议记录的本子，正是自己下单买的手账本，黄灿灿地摆在会议室没有生气的桌子上，像朵向日葵似的，在冰凉的空调下荡漾着活力。李橙橙心情大好，并在心里把七七列入好朋友的范围。

午饭自然也是和七七一起吃。七七吃着红烧肉，嘴巴油光闪锃亮地和李橙橙说："负能量最害怕买买买了，自从认识了剁手妖精我就天不怕地不怕了。男人们永远都不懂，还是做女人好，对不对？"

李橙橙过去为了保持身材，从来都不吃肥肉，这一天，她觉得红烧肉拌着米饭，配着赤色的酱汁，自己的舌头好像要跳起舞来似的。

对面桌子一边玩游戏一边机械地往嘴里扒盒饭的男同事，根本不会察觉对面两人油光闪亮的红唇笑容的意义是什么。

李橙橙是知道的，原来以往的自己，用横平竖直的标准把自己压在下面，每天小心翼翼地呼吸，如履薄冰地前进，周身压抑得一丁点快乐都钻不进来，好像自己成了个茧子，就真的能生出好看的翅膀展翅高飞。

可当她迈出了那一步，在剁手妖精的指引之下，自己毁了那囚笼，自由和美好就统统唾手可得了。

这一天下班回家她手里拎了两个沉重的袋子，踩着高跟鞋嗒嗒响，奋力把拆了包装和没拆包装的快递盒子扔进后备厢，脑子里一点都没想过吉田今天到底要几点回家这件事。

一个月过去了，又一个月过去了，在夏日艳阳的滋养下，李橙橙觉得自己过去长在骨子里的坚冰融化了，变成了甘露浇灌着心底的向日葵，她活起来了。

在咖啡店买咖啡的时候，李橙橙的选择不再是严苛的美式，现在的她更愿意尝试甜腻腻的焦糖玛奇朵；公司下午茶发点心的时候，她不再咬一小片苹果就放下，还会主动试试前台新选的杯子蛋糕。她甚至不再一个人走楼梯到办公室，反而愿意挤在电梯里听听同事们的闲聊。

李橙橙钱包里的剁手妖精也变得更美了，她发现妖精的腰肢越发舒展起来，甚至在夜里还和李橙橙跳起了舞，剁手妖精过去纤细如花茎的胳膊，生得更健壮，细腻如一截莲藕。

剁手妖精照着镜子对李橙橙说："这世上，只有买买买的女人最美了，你千万不要做省吃俭用的黄脸婆。"

现在李橙橙家里的客厅俨然变成了个小仓库，有的快递没来得及拆开就被随意扔在角落里。

秋天的时候，这城市几乎每一个住宅区街口都能看到排队买糖炒栗子的人，空气里飘荡着坚果香气。

但李橙橙逐渐意识到，似乎她收获的果实并没有意料当中那么香甜。

李橙橙中意一个实木手工衣帽架，原木的颜色，张开的枝丫像个投怀送抱的爱人。她在网络商城反反复复查看着细节照片，还为此比对过家里的装修风格。这是她最近少有的、谨慎而又认真的购物。可到了付款的环节，却始终无法成功，看到红色的负数显示在手机银行的资产那一栏。

她想起快到了发奖金的日期，甚至购物车里都添置好了跟衣帽架十分般配的背包和帽子。

这一天午饭，她看着七七津津有味地吃红烧肉，自己却没了胃口。

她沮丧地对七七说："业绩不达标，奖金泡汤了，以后去马路上吃土度日吧。"

七七安慰她说："吃的东西多没意思，到了嘴巴里，都变成肥肉长到身上，买些看得见摸得着的，每天看见也会笑。"

看得见的东西，也未必见到都能快乐吧。李橙橙觉得自己的笑容，都挂在了剁手妖精的脸上。

这一天李橙橙做了噩梦被惊醒，她看到身旁的吉田正抱着手机聊天，刺眼又苍白的光亮下，她听到吉田不小心忘记关扬声器，手机里传出了一个娇滴滴的女孩子发来的"我想你了，你在干吗"的语音。

李橙橙缓缓地伸出手，捂住耳朵，左耳朵里传出的声音说："李橙橙你不是个好妻子，也不是个好员工，你糟糕透了。"

右边耳朵里传出剁手妖精的声音，她说："快去买东西，买了东西你就会觉得自己好得不得了。"

一整晚李橙橙都被这两种声音吵得无法入眠。她想起自己还在初中的时候，许多个晚上也是这样度过的。青春期的她很胖，脸盘圆圆的，头发总是油腻腻地贴在脸颊上，考试结束后，她总是紧张地躲开讨论正确答案的人群，一个人回家。听到耳边的声音说："李橙橙，你糟糕透了，你不是个好学生。"如果这时候妈妈答应她买点小零食来作为鼓励，她又可以听到另一个声音说："买了东西，你就能成为自己想象中的那个闪着光的人。"

也许任谁都要在自我质疑的左右摇摆里成长，感受左一把又一把的推搡，在阴暗潮湿的深渊中让自己的闪光点亮一处希望之光。

李橙橙觉得如今的自己已经长大了，她已经长大到可以选择自己喜欢的高跟鞋，然后决定在新品期还是打折期把它带回家。这一次，她一定能变成那个更好的人，在买买买之后。

李橙橙用吃一个三明治的时间，把前一晚从购物车里删除的东西重新添加了回来，一向骄傲的她，居然鬼使神差地开口跟吉田借钱。其实她是怨恨他的，可那种怨恨已经说不出轻还是重。她听见剁手妖精欢快地说：“买下去吧，你就会原谅他。”

吉田揉揉刚睡醒的眼睛说：“你为什么总要买那些没用的东西？”

李橙橙说：“只是在你眼里是没用的东西吧，我连买婚纱的时候你都这么说。”

吉田翻了个身，淡淡地继续说：“卡在外套口袋的钱包里，密码是结婚那天。还有，老夫老妻，谈什么借不借。”

李橙橙站在ATM机前，按着那串数字。谁说男人都会把纪念日忘记的，只听她说一次QQ号就能倒背如流的数学天才，现在也愿意给数字赋予特别的意义。

李橙橙又去买东西了，她把钱花光，她舒缓的心意，居然也抑制住了自己的好奇，不再想象深夜和吉田倾吐的人到底是谁。

李橙橙决定认真工作了，哪怕是为了赚钱这种单一的目的。她上班路上甚至考虑起到底要不要学精英人士去读个MBA，如果学费太贵的话，哪怕免费学个英语无字幕看懂美剧也好吧。自己过去不是瞧不起和男人伸手要钱的女人吗，在家里从不做家务，吉田有牢骚的时候可以坚决地说“我和你一起赚钱养家，收拾房间才不只是女人的事”。

到办公室刚登录公司OA系统，李橙橙就收到HR从系统里悄悄发来的消息：橙橙姐，等你方便的时候过来我们聊一下好吗？

HR给李橙橙倒了杯水，和五年前李橙橙来这里面试时一样。HR说："咱们老板告诉我，最近公司业务要调整了，可能，会有一些同事要离开公司。都是高层决定的事，咱们都是老员工了，也改变不了什么事。"

李橙橙想着，自己部门里还剩下多少人，哪些人可以走，哪些人可以留。中间HR说了些什么都没有听进去。

哪知道却捕捉到HR接下来的一句："橙橙姐，你工作能力这么好，肯定不少猎头来挖人吧，回头我把你的简历推荐给我的其他做HR的朋友。"

李橙橙惊讶地问道："什么，现在是要我走？"

HR的微笑一直都很假，笑起来鼻翼的粉底都起了褶子："橙橙姐，这也是高层为了公司运营的考虑，所以……"

李橙橙一杯水没拿稳洒在地上，直接冲进总裁办公室，一分钟之后，她灰头土脸地出来，眼角看见HR的表情有些嘲讽。

在过去的一分钟里，老板只问她一个问题：你最近一年为公司做了什么成绩？

李橙橙的右手食指摸着左手，发觉硅胶左手上长了倒刺。她把倒刺揪干净，都没想好要怎么作答。

最后总裁说："那谢谢你最近对公司的付出，下午就请把交接工作完成。"

这算是被炒鱿鱼了吧，李橙橙想起以前在电视里看到的场景，别人大都是抱着一个装杂物的大纸箱，可自己，什么都没拿走，在太阳温暖的中午，像平日里下班一样背着小包离开了。

其实从她坐进HR的办公室开始，剁手妖精就藏在她的背包里说话了，无论是哪一句触碰到她情绪的话语，剁手妖精都告诉她说，赶快离开这里吧，去买东西，今天是工作日，连商场的试衣间都不用排队。

妖精的声音越来越聒噪，让李橙橙甚至忘了跟公司要索赔就在离职申请上签了字。

李橙橙手里拿着结算的薪水，公司都懒得把它打进银行卡，一个牛皮纸信封里有零有整地装着现金，几个硬币还发出一种显示富有的碰撞声。下楼的电梯只有她一个人，李橙橙想起自己在所有低落的时刻，都只有一个人。

就像18岁那年高考落榜，只得去上了调剂志愿的大学，领了录取通知，一个人在夏天的雨里走回家。就像20岁那年和男朋友分手，对方只是说一句“你太不成熟，我们不合适”，就把她的手机号码加进了黑名单，她一个人站在宿舍的阳台用棉被捂住脸放声大哭。

一个人，在想得却不可得的时候最失落，这份情绪像夜里的酒一样只能独饮。

李橙橙只按了关门键，恍惚得都忘记了按楼层号。

剁手妖精又跑出来蛊惑她说：“现在你是自由的人了，手里还有钱，拿它们去买快乐。”

李橙橙按下数字1，她把剁手妖精的头按回了包里说：“我可能不配有真的快乐。就算我把想要买的东西都买回家，我真正想要的永远都买不来。”

李橙橙午饭都没有吃，现在的她只想回到家里，睡个午觉，蒙骗自己刚才的不开心都是一场噩梦。

开门钥匙拧错了方向，连家都变得陌生了。甚至，还有一个陌生的

吉田，在往行李箱里收拾东西。李橙橙看到吉田正往他最大号的黑色拉杆箱里塞他常穿的几件衣服，卫生间墙壁上挂着的剃须刀都收起来了。

吉田抬头看了李橙橙一眼，不冷不热地问道：“怎么回家了？”

“我没事，有点不舒服，回来睡一觉。”说完这句话，李橙橙的睡意就彻底没有了，因为她看到吉田把鞋柜上他仅占有的半层都给清空了。他手里的箱子成了个能容纳生活的蜗牛壳子，他竟然是想趁着她不在家的时候清除自己存在过的痕迹。李橙橙一手扶着门，一手捂住了嘴巴，她终于没办法控制自己的眼泪了。

李橙橙太久没哭过，这眼泪来得好像是沙漠中的农户忽然遭遇了暴雨，一时不知如何拯救天地，更别提自救。

吉田看到李橙橙哭了，停下手里的动作，拿了张纸巾走到李橙橙的面前擦了擦她的脸，无奈地问道：“都是糊掉的睫毛膏，你怎么了？是不是出事了？”

李橙橙夺过他手里脏兮兮的纸巾在手里攥着，生气地说：“我老早就出事了，可你永远都不知道是什么事。”

“那是因为你什么话都不跟我讲啊。”吉田回答道。

李橙橙在他的话还没有说完的时候就补上一句：“你跟我多说过一句话吗？你每天晚上找借口说在忙工作加班，不就是在停车场坐在车里躲着玩手机吗？就这么不想看见我吗？终于打算要走了？”

吉田无奈地说：“橙橙，我只是想出去一个人待一阵子，你看现在这家里，都是快递，好像也没有能装下我的地方了，你的世界都装不下我了。”

李橙橙转过身自己抹抹眼泪说：“那你就走吧，别回来了。”

吉田走后的这一晚，剁手妖精又跑了出来。李橙橙的手机正充着电，她看见剁手妖精把她的手机拿过来，嘴角还带着甜甜的笑容，妖精开口说道："橙橙，不就是吉田走了嘛，花光他的钱，你就是恋爱的赢家。"然后她用眼睛瞥瞥柜子继续说道："吉田不是给过你他信用卡的副卡吗，你可从来都没花过呢，这年头独立女性是不会快活的。"

李橙橙站起来，从柜子里拿出那张黑颜色的信用卡，吉田给她这卡的时候和她恋爱没多久，那时吉田信誓旦旦地对她说："橙橙，你总是假装很坚强，其实比谁都没安全感，这个给你，我对你可是完完全全地信任。"

李橙橙对剁手妖精说："请你从我钱包里走开吧，不要再来烦我了，我不想买了，我什么也买不来，我失败得彻彻底底。我以为自己好好工作能赚许多钱，以为认认真真付出能得到一个家和一个爱人，可我现在，除了一屋子快递还有什么。"

剁手妖精站在李橙橙面前，又变成了一个影子，在日光灯下变大变高，好像一个在水里可以无限泡发的海绵。

李橙橙的脸埋在阴暗之下，她冲进厨房拿出菜刀，狠狠地又一次向左手剁了下去。那影子好像一团打了闪电的积雨云，开始打战，李橙橙在墙壁上看着剁手妖精变大的侧影，嘴巴里露出獠牙，尖厉地叫着："买买买，你是赢不了我的！"

李橙橙觉得那一瞬间时间好像静止了，她的左手又变得空落落的，没有疼痛，也没有鲜血，硅胶左手掉落在地上，变得衰老破旧，像是库房里堆积许久的道具。

她倚靠在客厅冰冷的墙面上浑浑噩噩地睡了一夜，其间做了几个梦，随后醒过来，看着窗外的天空逐渐从暗蓝变成红色再变成白色。

《乱世佳人》里那句尽人皆知的台词说：明天又是崭新的一天。李橙橙缓缓站起来，不知道这新的一天，到底该如何打发。

手机收到七七发来的微信：今天周末商场打折，一起去买点东西吧，我的剁手妖精要按捺不住啦。

李橙橙又到“天堂小卖部”下单了一个硅胶左手，只半个小时就送货上门了。等她重新安装好，在镜子前化好妆，倒出信封里的现金拎起皮包就出了门。

坐在出租车里李橙橙心酸地想，她果然还是输了。

七七跟李橙橙见面后就迫不及待地讲着公司最近的翻天覆地，管理层的人走了几个，底下的小兵也立即辞职，七七这个星期承担了几乎一个部门的工作，不买点东西，心里的疲惫根本不会消除。

李橙橙跟七七说：“昨天，我的剁手妖精变大了，变成一个黑影子，吓死人了。”

七七满不在乎地说：“你还不知道嘛，剁手妖精就是依附着女人的欲望活着，你要是最近买的东西少了，妖精们是要发狂的。”

李橙橙无奈地说：“可我失业了，没钱了。”

七七亲昵地挽过她的胳膊说：“没关系呀，你有个好老公，这么拼命的吉田我可没有呢。”

李橙橙推开她的胳膊说：“他走了。我们俩的关系，早就完了。”

七七拿起一条裙子在身上比画着，说：“我就说嘛，还是拿在手里的靠谱，男人永远不理解女人。”

是啊，男人怎么会懂女人，他们看不见剁手妖精，他们永远不知道用购物来填补的那个窟窿是个无底洞。

李橙橙买了条新款的连衣裙，大大方方地刷了吉田给她的信用卡。

她和七七在汉堡王坐着喝冰可乐的时候，吉田来了。他笑呵呵的，好像什么都没发生过，李橙橙知道，他和她每次吵了架都是这样。

吉田把她拉到一边说："橙橙，剁手妖精是怎么回事？"

"你怎么知道？"李橙橙惊讶地问道。

吉田远远地和七七有个眼神的交流，李橙橙瞪了七七一眼，继续说："女人的事，你们不懂的。你在外面勾搭女人，也没有要我懂过啊。"

"那是误会，那天她喝多发错了。"吉田解释道。

"嗯，你怎么说都好。"李橙橙又低头翻看着购物车，和刚才试穿过的衣服比对着价格。

这时剁手妖精的脑袋钻了出来，她得意地说："这样就对了嘛。"

"该你解释了！"吉田说着按下她的手机。

"你不要来烦我。"李橙橙不耐烦起来。

吉田走了，走之前他对李橙橙说："李橙橙，我一次次地在让步，是你把我推出去的。"

李橙橙反复回想着吉田说的话，一字一句的缝隙里，满满都是失望的味道。

七七告诉李橙橙自己彻底破产的事，是在两个月后。那时李橙橙老早就花光了薪水，银行卡清空，吉田的信用卡副卡被冻结，她连续许多个晚上惊恐地看着剁手妖精凶狠的模样，无处躲藏，失魂落魄地把自己藏进被子里，不分白天黑夜地躺着。

七七打来电话，带着哭腔说："橙橙姐，我该怎么办，我彻底没有钱了，剁手妖精也变成了黑色的大影子，占满了我的整个房间。"

李橙橙听着七七的哭诉，想着没有钱到底要怎么办，眼前忽然出现了《破产姐妹》的场景，她兴奋地对七七说："我们把快递变卖了还债吧。"

说着李橙橙跳下床，按照日用品、服装、杂货等分类。不一会儿，七七也抱着几个大箱子来了，那是她要出手的剁手战利品。

李橙橙从客厅的角落里，找到了她和吉田刚恋爱时凑钱买的电饭锅。那时两个人一穷二白地来到陌生的城市里，想要扎根立足，想要靠着双手，把两个人的生活装点一新。她也曾为了省钱，买过别人年会发下来用不到的闲置电饭锅，等到超市促销时买一袋东北大米，早晨煮一锅浓稠喷香的粥，和吉田一起迎接又一日的拼搏。

往事不忍回望，沟沟坎坎里藏的都是美好。

剁手妖精站在李橙橙的面前，生气地摇着头，甚至伸出手来要掐住她的脖子。李橙橙忽然觉得什么都不怕了，她知道自己最勇敢的时候，就是一无所有的时候。

没几天，这对姐妹的网络二手转让就卖了个七七八八，账户上的数字一直在增长，李橙橙爱上了《破产姐妹》片尾的那个清脆的声响，那是财富的声音。李橙橙还特意留着几个硬币放在信封里，打包快递中途休息的时候还举起来听一听。

吉田回家的那天，她蹲在地上正高兴地聆听"金钱的音乐"，他惊讶地问道："那个剁手妖精走了吗？"

李橙橙平静地说："女人的购物欲消失了，剁手妖精就活不下去。"

吉田高兴地说道："好吧，我老婆身边的小怪兽，我是怎么也见不到了。房子既然空出来了，现在我能要回属于我的那半层鞋柜吗？"

李橙橙说："除了那两双高跟鞋，剩下的四层半，都是你的了。"

李橙橙的硅胶左手一直用到了现在，可以到美甲店去死皮做好看的指甲，也会在她新工作出糗时长倒刺，这是她对吉田保留的最后一个秘密。

反正女人，永远要对男人保留些秘密的。

至少，在秘密里李橙橙真的变得好起来。原来，最想要的那个自己，是在岁月里打磨出来的，花多少钱都买不到。

特失败小姐与很成功先生

你有没有那种霉运驱不走的时候，出门常下雨，考试总不过，面试总被赶，恋爱常被甩；

你有没有那种好运用不完的时候，出门不堵车，考试一路过，工作任你挑，恋爱任你选；

当特失败小姐与很成功先生相遇，

运气的走向是否可以中和中和？

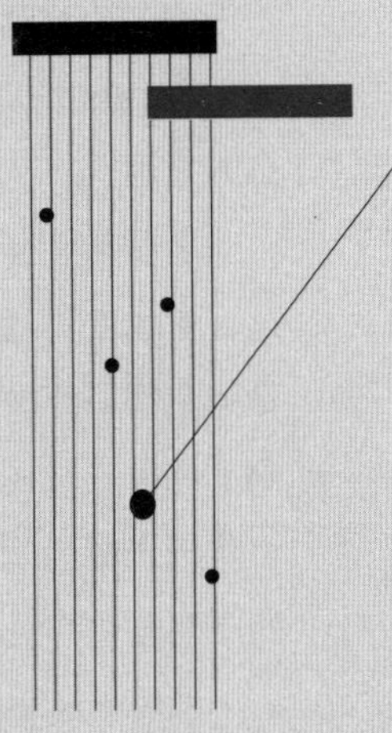

如果有改变运气的贴纸，你会拿来做什么用？

特失败小姐陆蔓是跆拳道馆晋级最慢的学员，没有之一。

她十四岁时参加了第一场跆拳道升级考试，考到黄带之后，十五岁那年生了一场病，上吐下泻了整整一周没有去学校上课。医生说只是肠胃失调，补补就好，于是她连续数天都喝的是小米粥。

那场病不仅仅让她从此再也不喜欢喝粥了，而且让她几乎丢掉了所有的好运气。从此以后，她做任何事情都是失败的。

之后的十年里，每一场跆拳道升级考试都因为各种情况而无法通过，考场变更通知短信忘记发送给她，考试当天下暴雨无法出门，甚至是卧室门坏掉被锁在里面，等等。和她同期开始练习的同学们，早就练到了黑带二段或者三段，有的还自己出去开了道馆做教练，也有被市体育队选走做运动员的。而她，直到二十五岁的现在，还在和一群幼儿园的小朋友在初级班的训练馆上课。

她的生活也是这样，要去上班的公司在到岗前一天破产，去买衣服

的商场忽然断货，想去超市居然都会因有人挟持人质临时封锁，主动表白的男朋友迅速“出柜”……

她的整个成长史可以写成一部《失败的人生是怎样的体验》百科全书。

很成功先生程帅是在南斯克克敲钟上市的全世界最年轻的企业家，没有之一。

他十四岁的时候想去奥数班却没有考上，从此丢失了自信。十五岁那年生了一场病，上吐下泻了整整一周没有去学校上课。去医院医生只是说肠胃失调，连续数天都在喝小米粥。

但那场病不仅仅让他从此爱上了喝小米粥，而且让他几乎拥有了用不尽的好运气。

在之后的十年里，他所有的考试几乎都不需要复习，卷子上的题目刚好都是他会做的。甚至连老师随堂的检测，都恰巧是他课间无聊时翻看过的练习册里面的题目。大学里，只要他没去上的专业课，老师都很巧合地忘记带点名册；去学生会竞选，演说讲得磕磕绊绊以为肯定会选不中，可竞争者当天都有各种意外没能来争夺名额。

直到他二十五岁的现在，做什么生意都会成功，拥有同龄人所羡慕的财富。

他生活中的一切也都是顺风顺水的，要买下办公室，房东就因为急用钱把价格降低了五成。公司的财务紧张时，所有的客户都争先恐后地打来预付款。商场上遇到的竞争对手不是被收购就是资金链断裂破产。

朋友们都称他为“无敌成功之神”。

陆蔓和程帅，他们小的时候生活在同一个家属院里。父母那一辈是在同一家国营单位工作的好同事，甚至连妈妈们怀孕的时间，也是一前一后。家中纷纷传来喜事，自然关系走得更近一步。

有时候别人喜欢用青梅竹马来形容他们俩的关系，可陆蔓却对这样的称呼深恶痛绝。在他们两个人的运气走向极端之后，陆蔓的妈妈更是整天在她的耳边絮叨说，看看老程家的孩子，别人怎么就那么聪明，你也多学学。

陆蔓有时候想，如果可以做别人家那么优秀的孩子，那么自己活得可能就不会这么累了吧。

陆蔓的父母后来在街边开了家面包店，两个人天天忙里忙外，深夜回家都带着香喷喷的黄油味。

程帅公司的写字楼离这里不远，为了维系父辈的关系，公司的下午茶就由陆蔓家来供应，而送货的重任自然就落到了陆蔓的头上。为了不让程帅称心如意，通常情况下，陆蔓送去的点心要分成两份，一份正常的给普通员工；另一份则由陆蔓亲手制作，特意加工后再亲自交给程帅的秘书，嘱咐她交给程帅，并表示那是陆蔓送给他的专属面包。

送去的面包要么发酵得过酸，要么烤得过了火，反正口感在黑暗料理系都可榜上有名的。但奇怪的是，程帅从来没说过什么。

其实陆蔓也试过找其他的正经工作，但是大部分工作都做不长，要么是老板离奇失踪团队解散，要么是她弄砸了项目被解雇。但陆蔓不灰心，依然坚持投各种简历。

这一天又面试了五家公司，其间不知道解释了多少遍自己工作履历写一长串的原因。晚上陆蔓到附近公园的水池边散步，把硬币扔进许愿

池，期待好运快快降临到自己的身上。她转身刚要离开，发现自己的高跟鞋卡在了下水道的盖子里。她蹲下来脱了鞋，用力地向外拔着，用力过猛，卡住的鞋跟和鞋子分了家。

陆蔓把鞋子用力一扔，自暴自弃地说："好吧，陆蔓你这辈子就这样了。"

"你这辈子打算一直在这儿乱扔东西？"那鞋子刚好砸中了站在树下抽烟的程帅。

"如果每次都能砸中，我还不如去夜市的飞镖摊上换奖品。"

"永远都能完成目标，感觉也是好无趣。"

"你站在这里，我觉得就是在讽刺我。"

"我做错什么了？"

"你什么都错了，哪里都错了。你的存在就是错的。离我远一点，快走，快走。"

自知讨了没趣，程帅转身就离开了。陆蔓看了眼手表，已经晚上11点了，她一只脚踩着高跟鞋，一只脚踩在水泥地上，腰和肩膀奇怪地向一边歪斜。走了一会儿她就赌气地瘫坐在地上，反正日子糟透了，那就看看还能糟糕成什么样子吧。

不一会儿，陆蔓听到由远至近的脚步声，是程帅又回来了，手里还拎了一只鞋盒。他一边蹲下把鞋盒打开，拿出新买的鞋子摆在陆蔓的面前，一边无奈地说："穿上快回家吧。"

陆蔓被程帅的举动惊到了，反而有点不好意思起来，她嘴硬地说："喂，这么晚还真的有鞋店开门？"

"对面那家鞋店的老板刚进了批货，店员请假了，他自己正加班摆货，我刚好打折买了双新款送你。"程帅解释道。

陆蔓赌气地拍了拍他的肩，说：“不需要你在我面前炫耀你的好运气，不是说了让你走吗？”

程帅只好无奈地说：“好，我走还不行吗，真是的。”

其实程帅并不知道，陆蔓能看到他头顶上的一个很小的柱形显示灯，写着“100”的数值，她也能看见自己的，数字是“0”，那数字代表着两个人的运气。

那是陆蔓前一天从“天堂小卖部”网络商城买来的运气优化贴纸，贴了这贴纸的两个人，他们之间的运气可以互通传导，只可以正向传递，却不可逆。意思就是，运气多的那一方传递给少的；少的那一边，却不能再回传过来。

陆蔓看着程帅暖心的举动，突然觉得自己偷他运气的行为非常可耻。但陆蔓又不敢跟种程帅解释，只好冷着脸把他赶走了。

程帅的公司要开新品发布会，地点定在一家五星级酒店的宴会厅。陆蔓家的面包店负责门外的茶歇，陆蔓想，这不失是一个好机会，只要跟好程帅，总有办法让他的幸运值传输到自己的身上。

陆蔓站在门口，外面的背景板忽然掉下来，还险些砸伤了站在一边的工作人员。人手不够用，有人请陆蔓帮忙去楼下的库房取备用的易拉宝上来。她敲敲门没有回应，就径自进到塞得乱七八糟的库房里。陆蔓听到凌乱的PVC板后面有人在窃窃私语，还一直在跺脚。她搬开一看，是抱着头的程帅。

“你怎么在这里？”陆蔓好奇地问。

“我紧张。提前来这里读一读发言词。”程帅的脸上已经冒出了细

小的汗珠，样子看上去确实很紧张。

为了缓解他的紧张，陆蔓开玩笑说："你上台之前想想我，如果是我啊，酒店的大楼不塌已经算是好运气了。"

"可能我每天踩在云彩上的感觉你不会懂的。我总以为自己会掉下来。"说完，程帅就陷入了沉默。

陆蔓心里坏坏想着，那我试试看能不能帮你摔得再惨一些。于是在程帅出门的时候，她从他的口袋里把那发言词手稿给拿出来了。

全黑的宴会厅里，陆蔓觉得站在台上的程帅，比发布新款苹果的乔布斯还有光彩。轮到他发言了，陆蔓看到他摸了一下兜，脸色闪过一丝慌乱，然后头顶的运气显示灯就变短了，数值从100变成了90，而陆蔓头顶的显示灯数值变成了10。

这时程帅的产品经理上台适时地替他解了围，只见产品经理激动地对程帅说："程总对不起了，今天我的心情太激动，请让我来为大家介绍产品吧。"

然后往日不善言谈的产品经理竟然侃侃而谈起来，全场都起立为他鼓掌。

演讲后的媒体采访环节刚开始，酒店就响起了火灾警报要紧急疏散人群。那是陆蔓故意按下的，看看他到底有什么本事。

电梯被关闭了，大家像集体迁徙的鱼群一样，都跑去了安全通道。

她在人群中碰到了程帅，程帅拉着她的手，担忧地说："我真怕出现这样的事。"

陆蔓假装安慰他说："怕什么，有我在，只有更糟，没有最糟。"

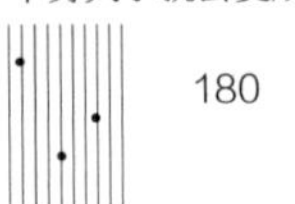

出了酒店，程帅直奔对面的电影院，听说有一个影厅的放映机出了故障，这一场的观众都给退了票，他就果断把场地租了下来，并通知工作人员引导媒体和观众转场过去。

程帅走进影院电梯，门刚要关闭的时候，陆蔓又不死心地挤了进来，她若无其事地对程帅说：“我又来了。”

程帅耸了耸肩，表示了一下欢迎。

突然电梯一阵剧烈的晃动，数字从2变到3的时候停止了。陆蔓一副就知道会这样的表情，语气无奈地说：“你看吧，有我在，就没有好事发生。”

程帅似乎没有受到影响，他自信地说：“我不信，做事业是我喜欢的事，好事坏事，都喜欢。”

这时陆蔓看到他头顶的数值又有了新的变化，他降到了80，她升到了20。

有些人，可能只是习惯了不得到，有些人，习惯了不失去。那种根深蒂固的相信，反而成就了唐突岁月里所有的奇迹。

很快电梯被修好了，陆蔓又顺着楼梯，一个人走下去了。

特失败小姐的人生还是那么失败。

陆蔓想要上网查资料，自己的电脑就蓝屏坏掉；送去修理，出门的时候大衣破了口子；抵达电脑维修店遇到歹徒打劫，连钱包都被抢走了。

陆蔓像自己失败的每一天一样，沮丧地在外面散步，还总是担心踩下去的地砖坏掉或者遇到横空而来的车祸。

很成功先生的人生还是那么成功。程帅公司想要招聘一名客服经

理，当天就收到了业内最优秀的经理主动发来的简历。客服中心隔壁搬来了全国最大的商务网站，一天内就达成了商务合作的意向，合作期限长达五年。

签完合同的程帅无聊地下楼散步，不敢抬头看一眼大树，生怕多看一眼，这秋天落了叶子的树会因为他开满了鲜花。

陆蔓又一次报名参加这个月的跆拳道升级考试。教练语重心长地劝她说："这些年你交的报名费都快承包下咱们的道馆了，为了你身边这些小朋友顺利考试，这一次，咱就算了吧。"

"不，教练，您就再给我一次机会吧，我一定能顺利考到绿带的。"陆蔓觉得，自己凭着20的幸运值，会比以前有起色。

考试那天出门前，陆蔓还特意吃了妈妈专门为她做的"逢考必过"纸杯蛋糕。下楼的时候刚好碰到了程帅，他赶着去机场，赴国外开会。

陆蔓在他身后尖叫了一声。

程帅听到声音立刻转过身来，紧张地问："怎么了？"

陆蔓语气夸张地说："天啊，刚才跑出一只大老鼠，绕着我的脚转了一圈跑进花园了。"

"别怕，我帮你去报仇。"说着程帅就把手包放下，一脚跨过矮小的护栏，踩进花园角落的杂草丛，踢了好几脚。

陆蔓看着他滑稽的样子，顿时笑了出来："哎呀，你怎么和小男孩一样，衣服都弄脏了。"

"老鼠是看你运气差，所以才出来欺负你；我运气那么好，它肯定怕我。"又踩了几脚，陆帅才迈步走了出来，裤脚上沾了不少尘土和枯草，他边走边用力拍着。

陆蔓被程帅的话惊呆了，一时傻站在了原地，直到程帅在她眼前打个响指才醒过来。

程帅无奈地摸了摸陆蔓的头，温柔地说：“哎呀，吓得神都没回过来？”

说完他匆忙地打车走了，完全忘记了刚刚扔下的手包。

陆蔓多带了一个包打车去考试场地，这一天下了大雾，能见度只有十米左右，车辆都开得很慢。但陆蔓显然已经习以为常，她淡定自若，双手合十做祈祷的样子，轻轻地说：“一会儿就好起来，全部都会好起来。”

那浓雾真的被忽来的大风吹散了，陆蔓准时抵达。但她等来等去，考试的道馆只有她一个人，没有监考教练，也没有来考试的学生。这种情况她十七岁时遇到过一次，因为变更了考试地点，没有通知她。

陆蔓给自己的教练打电话，再三确认了时间和地点，明明没有出错啊。可是马上就要到预约的时间了，空荡荡的大房间里还是只有她一个人。

这时陆蔓看到她头顶的幸运显示灯数值又上升了，到了30。这一次，程帅又传送了10个幸运值过来。

到了机场准备换登机牌时，程帅才发现自己的手包不见了。他打了刚才出租车的电话，又问了家里的父母，好像都没有。

程帅只好在机场大厅看着那些航班号码一个一个地变更，脑海中甚至闪过这一次失误将导致的媒体报道和网友攻击。

这时他的手机有个陌生来电，电话里说：“您好，是程帅先生吗？

您的包在我的车上，我看到有身份证和合同之类的东西，应该很重要，您在什么位置我给送过去。”

其实那包是陆蔓下车时遗忘在车上的，刚好司机载她之后的一位客人去机场，路上发现了程帅遗失的包。

司机很快就把手包送到了机场，程帅万分感谢，司机摆摆手笑了笑转身离开了。拿了手包后，程帅匆忙走进了VIP快速安检通道。可因为大雾，航班延误了。

工作人员解释说，延误得很严重，起飞时间待定。其他待机的人都很着急，害怕因为大雾航班被取消。程帅也很无奈，只好先去给自己买一杯咖啡压压惊。

正在买咖啡的时候听到了通知，天气状况允许起飞了，请乘客们尽快登机。入座后飞机一直在滑行，最后还是停在了停机坪上，等待限流结束才可以起飞。他翻看着免费的报纸，想着，就这样停一天也不错，至少能安安静静地看完这一份报纸。

有个教练匆匆忙忙地跑到了道馆，看到只有陆蔓一个人，便上前询问道：“是来升级考试的？真是抱歉啊，和你一起考试的学生和教练从城南的一个道馆一起坐大巴过来，刚才下大雾，他们在路上出车祸了，都过不来，这不是临时通知我过来顶班监考。”

陆蔓紧张地询问：“所以，今天只有我一个人来考试？”

教练无奈地笑了笑继续说：“对啊，赶快考完我也能早点下班，本来今天调休的。那么我们开始吧，我等你换好衣服。”

但陆蔓扭扭捏捏地说：“那个……对不起教练，我的道服今天没有带来。”

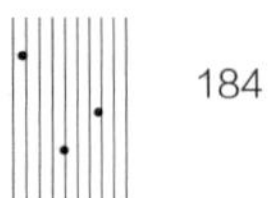

程帅听到空姐的声音，提示打开遮光板收起小桌板，飞机即将起飞了。生活，居然还是这么不情愿却一如既往地走下去。四个小时后，他下了飞机，被接到商务车上，一路畅通地到了预订的酒店会议室。这一次历时五个小时的会议，达成了两项重要的决策，那些股东兴高采烈地说，跟着程总一起，早晚可以成为全球排名第一的历史传奇。

程帅怔怔地透过落地窗子看向远处的海景，世界上，大概没有他想要又得不到的了。

陆蔓从道馆出来，看见个三四岁的小男孩，穿着白色道服，系着白腰带，看来是第一次参加跆拳道升级考试。

他拖着妈妈的手在哭闹，说：“我不考试！我不要进去！”

妈妈一边拉着他往道馆里走，一边生气地说：“这孩子怎么这么不听话，为什么不考试？”

“我不喜欢！是你逼我来的。”小男孩用尽全身的力量在反抗。

“你不喜欢怎么不早和妈妈说？”妈妈见拉不动小男孩，索性停了下来跟他对峙。

“我不敢啊，一说你就生气。”

是啊，他在害怕，不喜欢却从不说。

陆蔓想着，自己似乎在许多次升级考试之前，脑海中也闪过一个念头，那就是不喜欢，所以总会因为这种沉重的力量拖着，发生一些不好的事。其实那些事情，明明就是她自己的潜意识带着她去完成的。就好像今天出发的时候，自己因为不想出门，所以从吃饭起就在看手机，然后把带道服的事忘在脑后了。

陆蔓终于意识到，在过去的经历中，自己做了很多事情，却很少思考自己喜欢和不喜欢。她只是听从别人说的应该如何和不应该如何，其实那些别人摆出的规则，也并没有什么特别有力的依据。她太懒了吧，懒到连自己要走哪条路都不知道，于是被推搡着往前，自己的心却无声无言地用失败做着抵抗。

谁说每天打手机游戏只能一个小时，谁说12点之前必须睡觉，谁说一定是重点大学毕业才算得上前途无量，谁说女孩子二十五岁就一定要结婚，谁说有了A4宽的腰才算得上美女，谁说跆拳道升了级才算是有了一技之长。

三个月后，程帅的公司换了更大的办公楼。她亲自送了下午茶点心给程帅，说要他尝尝面包店推出的新品蔓越莓乳酪小餐包。

程帅放在那里没有吃，陆蔓于是用语言挑衅他："怎么，还是不敢吃吗？"

"等下我要会见一个客户，晚些时候再来吃，谢谢。"程帅果断地拒绝了她。

程帅接待客户中途去了洗手间，回来后看到客户拿了半块面包来吃。

程帅紧张地对客户说："啊，那面包……真是对不起。"他想，客户吃了味道奇怪的面包，一定觉得他招待不周。他马上喊来秘书，从公司食堂多拿了些水果和其他的零食糕点过来。

但客户貌似没有什么奇怪的反应，他客气地说："没关系的。"

散会之后，客户悄悄问程帅："那面包是哪里买的？"

程帅回答说："就是附近一个小店，让您见笑了。"

客户一副意犹未尽的样子说："太好吃了，程总真是有品位。"

马路上又在堵车，陆蔓坐在公司前台旁边的沙发上和朋友聊天。

这时候程帅扶着那客户出来，客户一直在喘着粗气，连呼吸都很痛苦。陆蔓第一次吃杧果过敏，也是这个样子，送去医院医生说，这样子下去，容易窒息死亡。

程帅看到陆蔓，生气地说："你看！吃了你的面包他就这样了！"

陆蔓没想到是客户吃了面包，她吓得哆哆嗦嗦地说："是不是蔓越莓过敏呀？快点送去医院。"

两个人合力把客户搀到车子后座上，程帅从陆蔓手里拿了车钥匙刚启动，看到堵得望不到尽头的路，心想这下子真是诸事不顺了。客户的脸憋得泛了紫色，整个人奄奄一息。

这时陆蔓看到他头顶的运气显示灯数值下降到60，而自己的升到了40。

程帅跳下车，拦了旁边一辆在自行车道开得稳稳的三轮助力车，请司机大叔带着他们去医院。

司机开了一公里突然停下了，面露难色地说："咋回事，咋回事，车子刚加的油咋开不动了？"他下车一看，油箱漏了一路，现在完全不能行驶。

程帅扶着客户站在路边，抻长脖子期待道路能够靠着他的好运气立即畅通。

此时他头顶的运气显示灯数值下降到50，陆蔓的已升到了50。

他们终于站在了运气均衡的天平上，往前的每一步都只有一半的成

功机会。

客户的呼吸越来越粗重。

陆蔓想，为什么今天做面包非要放蔓越莓，换成葡萄干就好了嘛。还不是听妈妈说，程帅喜欢吃蔓越莓，上次他生日妈妈送了蔓越莓的芝士蛋糕过去，听说他自己吃了大半个。万一人家有个三长两短，程帅的公司和家里的面包店是不是都要在这解释不清的麻烦里深陷下去了。

陆蔓果断把客户背了起来，快速地往医院的方向跑去。程帅在后面跟着跑，都追不上她的脚步，心想她真行，居然可以负重跑得又快又敏捷。

其实陆蔓每天在道馆训练两个小时，直到道服湿透，也曾对着沙袋练习到连坐起来的力气都没有，就算从来没有过好运气，可好体力早就拥有了。

大概真的要过很久很久，我们才能看到那些看似无意义的时间，到底是如何悄无声息地改变了自己。

陆蔓跑到十字路口闯了红灯，眼睁睁地看着一辆面包车开了过来。

程帅在后面追着说："小心！"他想冲过来推开他们，却被身后一对边跑边打闹的学生情侣撞倒。

而就在此刻，陆蔓愣愣地看着车子想，这下子就要完了，一切都完了。

那面包车急刹停在了离他们两厘米的地方。她喊了句"十分抱歉"又向前跑开了。

客户被送去抢救。陆蔓和程帅坐在医院门口，两个人头顶的幸运色条保持在同样的长度。陆蔓感慨地对程帅说：“谢谢你传递给我的好运气。”

“在说什么啊。”

“没觉得你现在运气好像变差了？”

“可是，感觉也挺好的。拥有太多，会因为患得患失变得胆怯。”

陆蔓从包里拿出几块剩余的面包，递给程帅，继续说：“给你，觉得你应该喜欢吃。”

“这个制作水准，可非同一般。”

“以前做面包，是因为父母让我去做，以为自己不喜欢，就故意做得特别难吃。再后来，总是把特别难吃的面包拿给你吃，其实是想让你尝尝我的手艺。我觉得过去自己的脑子线路搭得乱七八糟，反而偏偏把最难吃的都拿给你了。可能只是想让你注意我吧，又不知道怎么样才好。可现在慢慢意识到，我其实是真的喜欢做面包的。这几个月，终于做得好起来。

“当没有可以失去的东西的时候，什么都能往上走，什么都会好起来。”

特失败小姐和很成功先生终于明白，一生里遇到的磨难、曲折、逆境、成就、幸运或者奇迹，和侥幸无关。

正是这些往日的脚印，把我们引领到真心想要抵达，也应该抵达的地方。

写字楼里的加班守护神

你喜欢用什么方式去结束这一天？

加了冰的威士忌，没来得及说出口的表白，脸上撕下的补水面膜，刚刚关掉的facetime（一种视频通话应用软件），不知道说给谁的晚安，或者，拖延到明天再去完成的工作。

如果怎样结束一天，就会怎样结束一生，这个晚上，你会做什么选择？

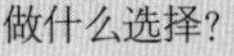

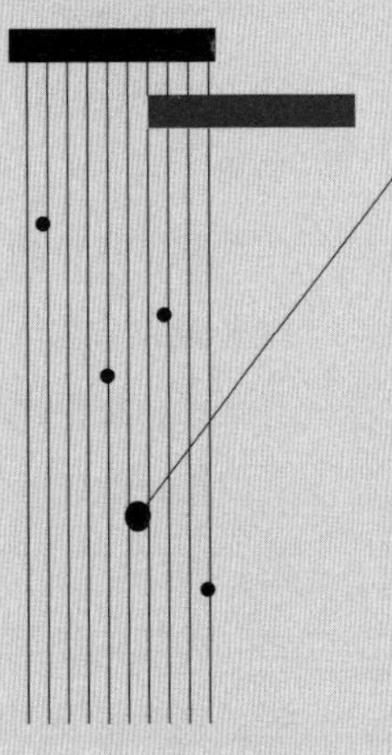

我叫维尼，在一个早高峰能闻到香奈儿五号和韭菜馅包子混合味道的高层写字楼里上班。作为这楼里的非外企公司，我们真的是本着艰苦朴素的精神，从不浪费老板交出的每一分房租，几乎每天24个小时连轴转地拼命工作。

这个世界上，睡得极晚、起得极早的工作不多，广告算是其中一个。我刚大学毕业不久，怀揣着要做大事情的梦想，来了这家公司做实习生。

面试时见到了创意部的设计师大然，他穿着宽大的背心文着花臂，推开会议室的大门打断了我和HR的对话，凶巴巴地说："我们部门要开会了，加快速度。"

接着他转脸看到了我，大声地说："新人啊，看样子生命力挺旺盛的，能活。"结果当天回家我就在offer邮件里回复了"同意"两个字。

那其实是我第一次面试，那之前我连别的广告公司长什么样都不知道。而我的男朋友毛晓亮对于我求职成功并没有欢欣鼓舞，他嫌弃地

跟我说："一个月才给你几百块的薪水还要去上班，除非去什么世界500强。"

而现在的他，连自己要投给500强的简历都还没有写。

在把"那个东西"买回来之前，我承认我还是爱这一家公司的，颇有种嫁鸡随鸡嫁狗随狗的认命态度。我甚至还把公司给我印的名片悄悄寄给了大学室友，骄傲地跟她们说："瞧啊，我终于成了一名广告人。"

但如果要给这份爱加上一个期限的话，我觉得大概只有试用期那么长。在试用期，我体验了在出租车上写PPT，打开车门就吐在马路牙子上的狼狈，也感受过陪客户喝完酒还要回家出个软文的心酸，甚至还在周末搬家的途中，蹭麦当劳的网络给客户发了一封据理力争的图文邮件。

真的，有时候我觉得自己为了工作可以变身无所不能的女超人，可在爱情面前，我就成了一个傻瓜。这不是我说的，是在一年后我们分手时毛晓亮说的。

可是，尽管有了"那个东西"，也没有救活我们苟延残喘的感情。

"那个东西"的官方全称叫作：苦哈哈加班群众逆袭做人生赢家大礼包。虽然名字带着"大礼包"三个字，但还是要花钱买的。

一天早晨我在手捧美式咖啡的人群里，嘴里咬着吸管嘬着车站买的豆浆，除了带着点乳白色，味道淡如水。过了旋转门有人塞了张宣传单给我。要是在往日，我是从来都不会接的，但那一天，我不仅接了，还多说了句"谢谢"。因为那一天，我凌晨四点多才从公司离开，冲了澡躺在床上就收到了客户焦虑自己下一轮推广能否实现效果的短信，三个小时后，我涂了三层遮瑕膏妄图挡住黑眼圈，正赶着到公司参加另外一场会议。

我对着镜子想把油腻腻的头发处理得好看一些的时候，睡在床上的毛晓亮闭着眼皱着眉吧唧着嘴说：“维尼，你是卖给公司做奴隶了吗？还让不让人睡觉了！”

“跟你没关系。”我砰的一声关了门就走了。

可那一天，我真的是想要个拥抱啊，哪怕毛晓亮关心地来一句“你累不累”也好。

当我看见旋转门后那个一直被人拒绝的发单员时，觉得在冷气房里工作的我也未必比他好到哪里去，起码在午夜，他可以回家睡个安稳的觉，不用想着第二天的资料到底还有什么差错。

我甚至不知道那张传单递过来，是他同情我，还是我同情他。当我登录宣传单上印着的“天堂小卖部”网络商城之后，发觉也许前者更多一些吧。

“苦哈哈加班群众逆袭做人生赢家大礼包”当天下午就送到了我的手里，只是一个黑色的小盒子，说明书上写着，只需要把它摆在公司大门附近即可。

那天公司下午茶是人手一份的慕斯蛋糕，尽管带着股廉价的香精味道，但在以前我也要撒娇打滚向前台姐姐多要一个，可这一天，我把蛋糕孤零零地摆在桌子上没有尝一口，趁着大家一脸喜悦地享受奢侈的休息，悄悄把小盒子放在了门后。

“你不吃零食是在减肥吗？”我刚转身回来，就看见大然的花臂，那是old school（美式的纹身风格）风的人头。在和大然成为好朋友之后，他就跟我说过那文身的意义，代表着他比别人多一份的头脑和智慧。

我心虚地说：“这就回去吃啦。”

大然往门后看了看，我闻到他身上的烟味。写字楼的楼道里，有属于烟民们的小天地，那是大家交换公司八卦的地下场所。

我说："抽下一次烟之前把客户新要求的广告图帮忙改了吧，正催着呢。"

大然贼贼地说："别以为不知道你在藏什么，欲盖弥彰。"

我回到座位上吃着慕斯蛋糕，好奇他刚才说的话到底是什么意思。

我们公司的官方下班时间是六点，当然，每一天的六点和五点甚至四点都没有区别，我们都用隐形眼镜后面的死鱼眼睛瞪着电脑屏幕，脑子里不知是在跑着什么场景，丝毫没有别人说的那种下班蠢蠢欲动的躁动。

但这一天，我躁动了。

因为"那个东西"，公司大门后的小盒子。

等到七点的时候，客户总监说晚上要开会，先不要着急走。

我去楼下的便利店买了个用来果腹的三明治，出门前还去照看了它一下。返回时在电梯间遇到了一位西装革履、头发花白、手里拿着一个金属暖水杯的老爷爷。那种肃静的白发，不仔细看真的会以为是时尚的特别造型。

老爷爷和我一同进到电梯，他按了顶楼32层，我在回忆那一层似乎没有向外租的办公室。到了我的楼层，老爷爷和蔼地开口对我说："小姑娘，要不要跟我一起上去？"

当时我脑海中翻涌起的是各种深夜杀人狂魔之类的画面，可一看到老爷爷慈祥的面庞，又觉得不太可能。就在我犹豫之时，电梯门要关了。忽然出来一双手把门扒开，我看到了那彩色的文身，是大然。

他意味深长地笑着说："你和加班守护神爷爷也认识了？"

到了顶层，那儿没有安装日光灯，只有过道里闪着绿光的应急灯，我和大然跟着加班守护神爷爷走到他的办公室，里面和监控室很像，有大大小小的电子仪器亮着不同颜色的复杂灯光。一面墙上有个主控板，整齐地挂着楼里一个个公司的名字，名字上面有进度色条，有的高有的低，数值在80以下是绿色，超过80是红色。

我好奇地问老爷爷："这是什么？"

老爷爷说："这是每个公司员工的加班怨气值。"

我惊讶得嘴巴都闭不上了："您是开玩笑的吧？"

接下来的五分钟，加班守护神老爷爷和大然轮番跟我解释，才让我相信这不是大然或者老板派大然来给我搞出的恶作剧，毕竟做创意这个行业，搞出什么事情来都不足为奇。

加班守护神其实是我买的那个"苦哈哈加班群众逆袭做人生赢家大礼包"的管理员，贴在大门后的黑色小盒子是怨气值收集器，每天下班时间之后员工进进出出，身上散发的怨气都会被这个盒子收集起来，然后主控板上的数值就会上升，达到100后公司老板就会发生——不好的事。

我继续问道："什么是不好的事？"

大然神秘兮兮地把脸凑过来，嘴巴贴在我耳朵上说："就是说他会倒霉。"

从电梯下来回办公室的时候，大然告诉我："你第一次来面试我就知道你是个会抗争的人，出来混，会反抗的人才能活下去。"

"嗯，也许是吧。"我幽幽地回答道。

那天下班回家已经是深夜一点了。毛晓亮在家看着他喜欢的美国灾难电影，头也不回地抱怨着："怎么每天都这么晚才回家，你才刚刚转正，也没给你涨多少薪水。"

"我累了，不想说话。"

我的高跟鞋穿着不合适，一整天下来腿酸得像要断掉。我其实也质疑过，如果一辈子就这样下去要怎么办。

"这么喜欢加班啊，是不是有喜欢的男同事了？"

"你在胡说什么。"

趁着我低头揉脚踝的时候，毛晓亮看到我的手机响了，他熟练地输入我的锁屏密码，看到一条微信，然后狠狠摔到地上，生气地质问我："还说没有？"

我捡过手机来看，是大然发来的：今天的事不要告诉别人。

我无力解释着："是我同事，在合作一个项目。"

"什么项目还不能和别人说？"

"我累了，让我休息一下吧。"

那天晚上，我和毛晓亮背对背睡过去，没有晚安吻。

我是真的没有力气，可他呢？

第二天早晨上班，我拎了个煎饼混迹在举着茶叶蛋和玛芬蛋糕的人群中上楼，打卡的时候看了看门后的小盒子，想象着里面的怨气。会是什么颜色的？红色的太恐怖，白色的太浪漫，灰色的像雾霾……

我刚从前台的桌子前走过，听到身后一声"哎呀"，老板那双价格不菲的皮鞋，鞋底和鞋身突然分了家。他穿的是一双脚踝不会露出袜子的高腰鞋子，这一下可看到了他露出的脚底，袜子上还印着蜡笔小新。

我集中注意力忍住笑意，仰起脸假装在看天花板，手里的茶叶蛋就被抢走了。大然跑远，他的声音才传到我的耳边：“谢谢盟友的早饭，我们这顿算是庆祝。”

难道是加班守护神的原因？我和大然站在走廊的吸烟小角落，周围还有不少其他公司的人在聊天。

他说：“我在这公司当实习生的时候，跟你做过一样的事。”

旁边有个胖大哥插话说：“哟，你们俩也见到加班守护神爷爷啦？昨天我们老板啊，出去跟小三约会被老板娘抓个正着，今天来和我们开会的时候脸都破了相。”

中午坐在工位上吃饭，毛晓亮不依不饶地打电话来纠缠昨天吵了一半没下文的架。他总是这样，所有的争吵都要有个定论才肯罢休，就像大学时恋爱一定要讲究个有理有据，当然，他争论的结果一定是要我承认错误，而他作为男人永远是对的。多半的时候我因为忙着开会，总是敷衍两句了事。

我没心思听毛晓亮像个更年期女性一样啰唆，挂断电话就打开了飞行模式。

一会儿大然跑了过来，盯着我看了半天，松口气说：“怎么手机不开机，还以为你过劳死了。”

我瞅了他一眼，没好气地说：“还说呢，你昨晚的微信，男朋友还以为我出轨。”

他一听乐了：“哎哟，管这么宽呢。反正误会都有了，要不咱们出一回？明天晚上就有机会。”

然后大然告诉我，刚才他在外面给我打电话，就是想告诉我部门领导明天去外地跟客户聊下个季度的广告方案，老板也会去。

通常来说，会议的前一天一定是不能睡觉的，再完美的方案也要推翻了重新改，哪怕最后还是用回第一版。这种物尽其用的感觉，有点像费劲巴拉地洗干净一个醋瓶子，然后重新把醋倒进去。老板以为瓶子洗干净了重新倒进来的醋味道就好了，可他不知道的是，在高速运转的脑子里，变了味的创意是不会变成真的伟大作品的。

于是那个早晨，我在天蒙蒙亮时才回到家，浑身上下的细胞都塞着满满的累。电梯里按楼层号，明明是5层，胳膊抬不动只能按在3上，发现错了，一咬牙一跺脚抬胳膊又按亮了5，发力过程如同举重的奥运健儿。三层时电梯停下，不想按关闭键，后脑勺靠在身后不知道哪款刚上市的新车海报上，颓丧地看着电梯门缓缓合拢。

听说那车都是卖给成功人士的，和我有什么关系呢，它的海报只能当作我无力凌晨的一个临时靠枕，那大概算是我和成功人士最近的距离了。

毛晓亮像个复读机似的在一边说话，而我只顾着低头收拾等一下早班飞机的行李。他说话的声音在我听来离得那么远，这个人像是个从没认识过的陌生人，在我用忙碌给自己设置的结界之外，从没有走进来过。过去他在我心中留下的所有闪光点，都在他的一字一句里分崩离析。

毛晓亮过来把我收拾好的箱子整个翻在地上，生气地说：“你哪儿也不准去，跟我把话说清楚。”

其实人在困顿不已的时候没有意志力，那时的我连假话都说不出口了。“毛晓亮，你以为我真的喜欢这样吗？为什么我往前走的时候你一定要拖住我呢？我也是在为了生活一点点地努力呀。”

我和大然在机场的肯德基一起喝浓稠得像果冻的粥，他说：“哎哟你看你，哪像个能担当祖国重任的未来花朵，整个人都蔫了。”

我无力地说：“我是被嫌弃的花朵。”

他继续若无其事地说：“被嫌弃了也得好好活着呢，我女……不，前女友天天说我做设计没前途，买不起车也买不起房，连她生病了都不能陪在身边，半夜床单滚一半还要出去跟客户见面。我现在也该吃吃该睡睡，自己活得高兴就行，反正别人的标准我们永远也达不到。有句话说得好，条条大路通罗马，可有些人生在罗马，我们怎么走都是外地人。”

说完他往我嘴巴里塞了根油条，我忽然想起，自己太久没仔细咂摸一顿早餐的味道了。

我们在候机厅听到了航班晚点一小时的通知，我跟着大然去吸烟室看他抽了根烟，好像不在那种雾气弥漫的环境里，我们就说不出秘密似的。

我说：“我们在这里浓重的怨气，加班守护神爷爷能收集到吗？”

大然从口袋里拿出了一个迷你型号的小盒子，跟我说：“这是旅行便携版的怨气值收集器。”

我继续问他：“那飞机晚点该不会是因为我们……”

大然幽幽地说：“只求今天别坠机就好，不然我们要演一出高空版泰坦尼克了。你愿意跟我跳吗，Rose？”

我们的对白如果是“你加，我也加”才有属于加班狗的同盟感。

从老板现身机场到飞机落地，我和大然都紧张兮兮地盯着他，老板好笑地说：“你们俩别紧张，不会像上次一样了，人手不够的话我还会叫别的组的同事加入。”

他说的“上次”，是把我俩带到天津的郊区，关在一个连微博都打不开的酒店改方案，等到他拿着PPT跟客户提案的时候，我和大然差点暴毙在酒店房间。这样的同事才是战友，累到没有多余的力气拿来出轨，在工作岗位上耗尽最后一丝气力。

这天在从机场高速进城时就出了事。我们的整箱行李都废了。包括毛晓亮送我的一条项链，我几乎每次外出见客户都放在行李里带去。不过我也没把这当成最严重的损失，第六感告诉我反正以后也用不上了，但我忽然心疼起我省吃俭用几个月存钱买的那个红色行李箱。

十分钟前，前面一辆载人的大巴士突然急刹，我们的出租车跟着急刹，后车追尾撞进我们的车屁股，再差一点点，我们整车人就要变成人肉三明治了。

大然把惊慌得已经不知道如何是好的我从车窗拖出来，司机颤抖着说：“车子冒烟了，我们躲远一点。”

大然几乎是背着我爬出护栏的，我们蹲在隔离带外面的荒草地里，他故作淡定地说：“刚才咱们要是升天了，此生还有什么心愿？”

我说：“我还没体验一次当个有钱人是什么感觉呢。”

大然笑了笑说：“真是比我有出息。”

我问他最后的心愿呢，他说：“胳膊上的花臂还没文完，不知道家人来认尸的时候能不能发现。我家就我一儿子，还没来得及给我爸生个孙子。哦不，他也有过孙子，不过才怀上俩月就去无痛流产了，她硬是不和我结婚。你说，哪有当爸爸的还半夜在办公室把客户的logo调得再大一点。”他抽完烟继续说：“我要死了，没脸见那小孩子，还不是因为我没出息，干什么不好做广告，爱什么不好爱加班。”

惊魂未定的我吓得手冰冰凉，其实我还有个遗憾没说出口，就是不知道不加班好好过生活是什么样子，我只是以为有钱人就可以不加班了吧。

老板刚才被大然从车里拖出来的时候没事，但是他看到大然和我躲在草地里，也想过来，结果踩到个玻璃瓶摔了一跤，左边的门牙在一个小石子上磕掉半截。

我嘴上说着：“哎呀老板啊，您日理万机还要替我们受这个苦。”

心里想的却是，这形象，跟客户提案的重任大概就放在我身上了，要是能借着这个邀功加点工资，毛晓亮也不至于看不起我的工作。

在提案现场我磕磕绊绊跟客户把PPT说完了，出来脸紧张得发紫，想着，这客户是不是要黄在我手上了？以后是不是没办法在公司待下去了？

大然好像知道我现在撑的是个空架子似的，张开胳膊等着我靠上去。他的肩膀很宽厚，我贴在上面忽然觉得很有安全感。我忐忑地问他：“刚才讲的是不是很糟糕？”

他说：“你知道吗，咱们公司最糟糕的提案现场是过去实习生大然的，你别来跟我争。我是怎么把年度客户给怼成仇家的，说起来老板就想要打我。”

回公司后，我和大然一起去见加班守护神爷爷，他还在顶层的小房间喝茶。桌子上摆了各种公司对外送的小礼品。加班守护神说：“那都是已经不再加班的小员工们送来的礼物。”

大然从身后拿出了半个大西瓜，殷勤地献过去，说：“这也是来孝敬您的。”

老爷爷低下头，从老花镜的上方看着我们，那种笑有很多种解读，

可以说是阴谋得逞的快乐，也是皆大欢喜的庆幸，又像是秘而不宣的神秘。他从桌上拿出一个印着某家公司logo的小水果刀，把西瓜切成小块，又打开了写着宣传语的牙签，分给我们戳着吃。一口一口，也不够填满过去加班缺失的那些甜蜜。

后来又约上次的客户吃饭，还是老板、大然和我在场。客户那边的经理喝了点酒，脸红微醺说："李总你看看你们公司，这小姑娘上次提案，眼袋大得我都以为是戴着泳镜忘记摘了。这次看着气色好多了嘛，公司待遇不错哟。"

李总尴尬地说："现在同事们晚上自由的时间多了，女同事嘛，做做SPA都变美了。"

过去大然几乎不怎么喝酒，这次简直有如神助般迅速喝倒客户，老板还直拍他大腿说："节奏慢一点，今晚算你加班，明天上午放半天假还不行吗？"

送走客户之后大然靠在我身上怎么也挪不动步子，哭着对我说："我哪里不好了，凭什么她前脚跟我分开，后脚就跟别人结婚。我以为现在不加班了，有时间陪在她身边，一切都能好起来。什么加班守护神，也没护得住。"

他抱着我哭诉的这一幕，被来接我的毛晓亮滴水不漏地看在了眼里。

毛晓亮说："维尼，今天你是不是又说累了，不想解释？你加班是不是就是和他在一起？"

大然把我推到一边对毛晓亮说："你就是那个毛晓亮啊，你知道维尼天天拼命工作，就是为了让你认可她的努力吗？我们公司哪个女同事不是下班出去逛街看电影，维尼整个冬天都只穿一件相同的羽绒服，当男朋友这事你还需要别人教吗？”

那天可能真的有点冷，毛晓亮甚至连拳头都懒得拿出来，或者说他已经不想拿了。

那晚后来大然又问我，要不要在一起试试，反正都是苦哈哈加班群众，至少不会彼此嫌弃。

“天天加班的人不配有爱情。”我这么回答他。我怎么能忘了，加班是如何一步一步毁掉了我。

他说：“你第一天来公司我就知道啊，你并不是真的爱加班，还是想要生活的。”

可我做不到，我每天已经活得够累了，哪里有多余的力气去平衡。他们说不拼命的姑娘将来逛菜市场，可拼命的姑娘只能叫外卖，我的世界没有多余的额度，日子太难了。我也想每天下班约会逛街吃饭看电影，遇到好看的衣服就买回家，可我凭什么拥有呢。

我一个人回家之后看到家里准备了一桌子菜，它们已经等待了太久，早就没了争宠的姿态。尽管都是毛晓亮叫的外卖，但也是用来庆祝我们相爱三周年纪念日的“群众演员”。下午他在我开会的时候打电话来，可我却一次又一次挂断。

到最后，真的什么都没保护得下。

我和大然第二天中午才去办公室，同事们都在嘀咕着什么，好奇心驱赶着我又跟着大然去楼道看他抽烟，听到大然新招来的实习生进行真相大揭秘。

这个轰动了楼道八卦圈的大新闻就是——公司投资人要撤资了，老板早晨接到电话一脸铁青，把秘书买的焦糖玛奇朵全洒在了自己的西装

裤子上。

于是我们动用了各种职场电影电视剧的桥段，比如部门要裁去高层，或者大家好自为之各谋生路，想来想去，也不外乎是捧住自己的饭碗，下个季度交房租的时候不会太难看。我紧张兮兮的，整个呼吸道的二手烟都没有挡住我的慌张。

大然说："没什么好怕的啊，我从做实习生就在这家公司，来来回回看多少人走了，我们这一次也跟上脚步走一走。"然后他转过脸看着我，用眼神在说："不加班的话，你还有理由拒绝我吗？"

我不知道自己是怎么能读懂那里面的字句的。也许，他手臂上的文身，真的给了他超出常人的智慧吧。

那新来的实习生说："哎哟，我就没在一家公司上过俩月班，今年这都第四家了。加班守护神爷爷真是太灵了。"

这也是加班守护神爷爷搞的吗？可是我们最近已经很少加班了。

加班守护神爷爷在他的办公室给我们看昨晚的监控录像。喝醉的老板居然找上门来。显示器里的老板脸红脖子粗地跟加班守护神爷爷说着些什么，然后像即将变身的绿巨人那样，伸手挣开西装，准备打架的样子像个黑社会的金链男子，口中似有獠牙探出。

守护神爷爷也脱下西装，摆好架势要和老板大战一场。他如冬雪般的白发，让他的姿态优雅得胜过白鹤展翅，身后一股真气在缓缓凝聚。这时候我和大然大口呼吸的声音彼此都能听见。

二人越走越近，前面如果有遥控手柄的话，真会忍不住要来一个前飞腿，恨不得屏幕上能看到敌人的血槽咔咔下降。即便是站在屏幕之前，我也能感受到当时二人气场的风起云涌，霎时天旋地转，日夜颠倒，内力之斗，难分你我。就在争执不休的时候，屏幕上闪起了雪花，

最精彩的片段被略过去了。

我们失落地转脸看向加班守护神，他说："场面太激烈，被监视器自动切掉了。"

"老板也知道您的存在？"我问老爷爷。

"你们老板早就知道。"他又透过老花镜的上方斜看着我。

原来，我们的老板曾经也是个苦哈哈加班群众，年轻时被加班守护神拯救于过劳死的水火之中，后来一步步艰难创业，世事艰辛，如今的加班也非他所甘愿。去年，他的儿子生病，自己在外出差结果没时间照顾，老婆因此离了婚，现在只得用加班的晚上来打发孤独。

加班守护神继续补充说："别看他一脸凶悍相，过去呀，也是个柔情蜜意的美男子……"

大然问他："现在投资人撤资了，所以老板是打输了？"

守护神老爷爷说："咳，也没什么，我们后来啊就是叙了叙旧，聊聊他这些年的心路历程。你们知不知道，人们怎样结束一天，就会怎样结束一生。"

他给我们指了下主控板上写着的我们公司的数值，已经满到100。加班守护神说："你们老板自己也在门口放了怨气值收集器，而他向里面输送了最多的怨气。"

半年之后，我和大然已经一起去另外一家广告公司上班，早晨格子间里依旧是咖啡和茶叶蛋的混合味道。

从会议室出来的部门总监说："大家辛苦一下，今晚可能要通宵了。我中午请大家吃比萨好不好？"

我们把心底的弹幕打在没有领导在内的微信群，我吃了半口蛋黄差

点噎在嗓子里。

大然发了个微信消息跟我说："新买的晚上的电影票泡汤了。"

这时候，那个习惯穿阿迪的女老板从办公室匆匆忙忙地跑出来，头发变成了梅超风，衣服全部被熏黑，像是一场火灾中的幸存者。

她焦急地说："手机居然爆炸了，怎么办，我等一下还要去开会！"

等她从外面的理发店换了个新造型风姿绰约地回来，却挥挥她的蝴蝶袖说："你们啊今天全都准时下班，谁都不准多留一分钟。"

五点半我们已经蠢蠢欲动地凑在小走廊继续八卦，听到前台小姑娘说："哎呀，不知道怎么回事，前几天每天送来的快递都是'天堂小卖部'发来的小盒子，人手一个，搞团购也不叫上我。"

那天我和大然吃了晚饭看了电影，然后在微风徐徐的马路边游车河。

这样过一天或者这样过一生，都好。

住在茧居胶囊里的兄弟

青春那么漫长，如果有机会做自己青春时光的观光客，
把遗忘的欢笑，错过的约会，留下的拥抱都重现一遍，
如今的你我，会不会变得不一样？

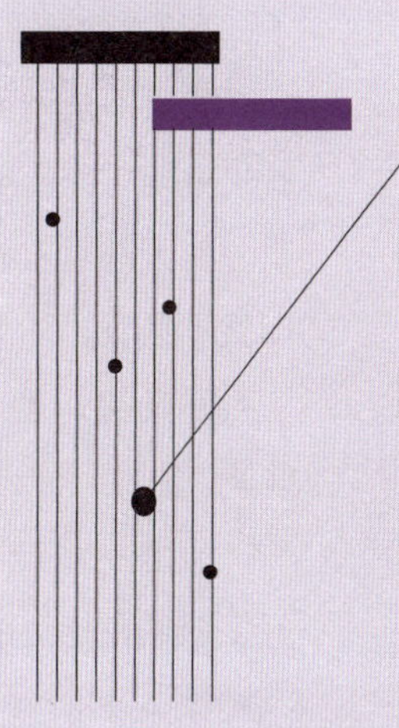

25岁的李晓光躺在一间六平方米的出租屋里，听了一整晚的蚊子唱歌。他看了看被自己挠得血淋淋的胳膊，更加坚定不移地相信自己如今的一切就是被马兰害的，那种怨恨在大学毕业后一年的时间里，由一个小小的影子，长成一面爬墙虎，好像把李晓光本应有光的窗户都遮住了，那片黯淡结结实实地缠绕在他的脑门上。

如果不是马兰不告而别，李晓光就不会因为莫名的失恋颓丧，毕业就失业闲了大半年，直到快要饿死的时候才不得不去做了一名假发推销员，每天都对着顾客假笑着说："您戴了我们的假发，上升的发际线立即就不见啦。"

好几次，他都听见发际线高于尔康的几个中年男子拳头攥得咔咔响。

又是一天工作日，上班路上，挤在公交车上打王者荣耀，到商场换好工服站在柜台前，李晓光身上的汗臭味都还没有散去，只好喷了几下六神掩盖一下。

一位身着超短裙的长发顾客走了过来，她的视线一直在几款假发中来回穿梭，李晓光堆起微笑，热情地向她介绍起来："这个戴上去又柔情又美好，特别适合像您这样的大美女的气质！"

哪知道那个涂了姨妈红的嘴唇一张开，却是低沉的雄浑的男人声音："你这损色怎么说话呢。"

吓得李晓光直到中午吃盒饭的时候都觉得胃有些翻涌。

"又柔情又美好"还是马兰教给他的词，当初她赶时髦去剪了短头发，回来跟李晓光说："以后遇到姑娘就这么夸，她一准地高兴。'洋气''漂亮'这些词，有人样的姑娘哪个不是听腻了的。"

也许女人都是爱骗人的吧。

下午经理来巡店的时候，问他："晓光，今天业绩怎么样？"

"还，还可以吧，有好几个购买意向客户。"

经理听完有些不耐烦了："别整这没用的，成交了几单？"

李晓光往后退了几步，避开一会儿经理要落下来拍他头的胳膊，小声说："马上就会有的，经理您放心！"

"今天下午再卖不出去你也别干了，刚毕业的大学生没准能力都比你强，薪水可比你便宜。"

也许世界上谁都可以随意取代，再独一无二的位置，总有更好的填充，尤其是职位和人心。

当李晓光约棒棒在他们从大学入学吃到毕业的烤串摊上见面的时候，失业的李晓光忽然理解了父亲当初下岗回家时那种垂头丧气和强颜欢笑的心情。

有些好朋友是不需要多交流的，很久不见面也不会觉得陌生，哪怕只是面对面一起玩手机也能通过眼神传递信息，对李晓光来说，棒棒就是这样一个朋友。

棒棒说："反正一辈子总要失败，来得早一点有什么不好，早恋和早败都会让你长大。"

李晓光不服气："早恋和早败，我都是里面的失败者。"

"要比失败啊，你可比不过我。"一个女人的声音从对面传了过来，那张美好成熟的脸让李晓光忽然组织不出语言，眉眼好像扎回心里的一枚图钉，让旧图案和新图案重叠在一起，那个女人是马兰。

她眨眨种过的长长的睫毛接着说："我炒股票把嫁妆都给赔了，难怪到现在还单身呢。"

李晓光嘀咕着："这可倒好，把我问候'最近还好吗'的台词都抢了。"

马兰从桌上拿起他的烟来抽，说："我们这么俗的人，就别说那么俗的对白了。要不要跟我一起喝杯加了柠檬片的百事醒醒酒？"

"加什么鬼的柠檬片。"李晓光没心思和前女友叙旧，又开一瓶燕京啤酒灌进肚子，然后说肚子疼打车回家了。

酒太苦，只是因为爱恨才苦。

过了这么多年，怎么能让你看见垂头丧气的我，或者是因为你才垂头丧气的我。

没有你就不会错。李晓光用在车上的时间总结出他们两个人往日关系的主题。

李晓光偷偷地给棒棒发微信说想聊自己的心事，棒棒却在消息里给他回复了"天堂小卖部"网络商城的链接，棒棒说："我们做兄弟这么

多年，知道你在想什么，这个要不要试试？很厉害哟！”

李晓光点开棒棒发来的链接，回复道：“你不是卖假牙的吗，给我推荐什么网购？”

棒棒说：“这个可是‘天堂小卖部’的新品——茧居胶囊，可以让想要避世的你，做回旧时光的观光客，专门用来解心病的。”

李晓光看了眼产品介绍，立即就下了单，这可算得上他这么多年来除了止泻药，最爽快的一次购物。

当李晓光收到快递之后，发现所谓的茧居胶囊看起来就像个大号的蚕茧，和枕头一样大小，外壳又柔软又顺滑，顶端有根管子拖出来，用来连接自己的身体。

说明书上说，在茧居胶囊之中，人生就变成了一场游戏，每个部分都是一个存档，灵魂可以重新读档到过去，但是历史无法重写，仅供体验学习。而且，使用者还会有副作用，就是在旧时光的旅行过程中，连接管通过人的身体消耗给茧居胶囊供应能源，所以在观光结束的时候，会有不同程度的失忆症状，出行需谨慎。

“反正我也没什么想要记住的人，有副作用又怎样。”这么一想，李晓光果断把连接管插到了肩膀上，眼前瞬间闪过一道白光，他就进入茧居胶囊了。

里面四壁都是白色的，有个21寸的小电脑屏幕，前面一个电子钟表，旁边的按钮提示输入旅行的旧日期，李晓光把日期调回到认识马兰的前一天。

那时的李晓光，还是个19岁的小少年，整天和室友们混在宿舍打麻将。作为学生会纪管部长的学姐马兰，每周固定时间会带着一群“手下”来检查卫生，像是黑社会女老大带着帮小弟巡岗。每次查到李晓光他们宿舍都是一副混战的场面，满地臭袜子和空酒瓶。好几次双方险些动起手来。

也因为这样，他们的状况让马兰的工作成果总是不能完美。直到有一次马兰主动找他们商量：“要不然这样，今天我跟你们打十圈，要是我赢了呢，以后宿舍的床铺和垃圾桶都要整理好，别让我在学生会总被老大骂好不好？”

李晓光就是自那之后和马兰拍拖的。当时的真实情况是，马兰光着脚和他们打了一圈又一圈，马上要把几个男生一学期的生活费赢光了，突然进来了突击检查的训导主任。马兰第二天就成了学校贴吧里的“网红”，大家议论的话题是——女纪管部长在男生宿舍聚众赌博，场面香艳。

李晓光和那时也一无是处的棒棒说：“咱们这样是不是害了一个良家学姐？请她吃饭赔个不是吧。”

结果男孩子们还没放下筷子，马兰就把账先结了，她说：“你们的钱都被我赢了，哪有输家请客的道理。”

一来二去，李晓光和她越走越近，一直走到了学校情侣们常去约会的小花园。

李晓光回到自己19岁的年轻身体，当真有些不习惯。口袋里的手机还没有安装微信，同学们无聊的时候去偷菜，居然不刷朋友圈，生活真是枯燥。看到身边走过的那些戴着厚重眼镜的学长，满脸都是对未来的迷茫，李晓光只想悄悄说：“还上什么班啊，砸锅卖铁去买房啊。”

但他转念一想，自己无力改变历史，又何必说什么能逆转未来的

话，否则自己现在就去拦下妈妈存给妹妹的学费，都拿去做首付。

如果不和马兰恋爱会怎么样？走进旧时光做观光客的李晓光还是会有这个念想，或者说，他根深蒂固地觉得当时就是错误的。

他照旧和同学们在宿舍里打麻将，穿着白T恤的马兰带着“小弟”来了，她如历史重现那样主动提出打麻将的要求时，李晓光果断地拒绝了。棒棒却还有些犹豫，问他：“你这个样子搞，很反常嘛。”

李晓光凶巴巴地把马兰赶走，把整个麻将桌收起，自己趴在地上一只袜子一个矿泉水瓶子地整理起来，棒棒问他：“怎么，心疼你学姐了？”

李晓光心烦意乱，没好气地说：“我们又不是动物，有自己保持卫生的能力，把你那个内裤快拿去洗了，在阳台上都晒成小木乃伊了。”

第二天早晨，李晓光赶在早餐收档之前最后一个买了豆腐脑，他一边喝一边琢磨，没打麻将就没机会认识，那么后面是不是就没故事了？但他一抬头，就看见一脸坏笑坐在他对面的马兰，她说：“为了感谢那天检查卫生的时候你帮的忙，我决定送你个好机会，怎样？”

李晓光问：“什么好机会？”

他心里觉得无论是什么机会也没意义了，心不在焉地把豆腐脑用勺子压得碎碎的，把心事也一起碾得碎碎的。

马兰故作无所谓地说：“我最近要出去实习了，学生会，需要安排一个副部长来接替我的工作，现在身边没有信得过的人，你愿意来吗？”

李晓光心里想，反正以后自己还要成为一个彻头彻尾的失败者，这一次马兰居然给自己一次当小领导狐假虎威的机会，不如试一试好了。

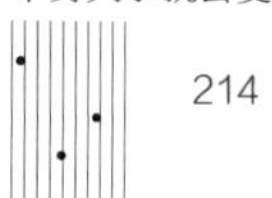

可是当李晓光就任之后，在学生会的办公室一直没见到马兰，这样也好吧，省得以后感情泛滥，自己还要垂头丧气地毕业。

可李晓光嘴上说着“也好也好”，身体的反应却很诚实，他已经因为这个岗位，和宿舍的兄弟们决裂了。后来每次到了检查宿舍卫生的时候，李晓光就出来说，快把臭袜子和可乐瓶都收好了，甚至恶狠狠地拔掉不理会他继续打游戏的人的电源。他觉得自己这么多年来，第一次有了支使别人做什么事的权力。

直到新的部长来就职，那个喜欢把中长发三七分的学长带着他去喝酒，李晓光才知道，马兰是因为学校的处分才丢了学生会的职务。而自己的这个岗位，是马兰给其他成员买了一个月的早餐才换来的。

李晓光主动联系过马兰，她都说在忙，一句话都不肯再多说。李晓光忽然觉得做个年轻人，生活里太多的无力，比如接受了别人如此的付出，只能用短信说一句谢谢你。

那天马兰在一个下雨的晚上跑来了男生宿舍。她当时像个落了水的瘦鸡一样在宿舍关门前躲过了看门大爷，径直走了进来。

她说她晚上不回去了，当时几个男生想，收留一个女生在屋子里，于情于理怎么也说不过去。当时四人的宿舍，刚好有个大哥回家了空了张床，可是马兰睡在这里，传出去是万万不行的。

他们问来问去，马兰怎么也不说自己出了什么事。于是棒棒提议说：“咱们就通宵打麻将吧？”

李晓光终于找不到拒绝的理由。

几个男生为了哄马兰高兴，轮番给她喂牌，一个个输得肉疼。棒棒好几次中途离开，说肚子疼进了厕所。当他们打到凌晨的时候，李晓光想着这一次打了麻将，大概要被老师抓包，跑到楼底下果然看到训导主

任来了，正在和看门大爷说话，怎么这个雨夜人家都不好好睡觉？

李晓光慌慌张张地回来，把马兰藏在自己的床上用被子蒙住头，老师来检查的时候就说棒棒病了，整个宿舍轮着照顾他。另外一个哥们到厕所去截住了棒棒。

训导主任差一点要掀开被子表示慰问关怀的时候，马兰在里面突然蜷缩成一个团，李晓光接话说："老师，我们还是让他好好休息吧。"训导主任说了些"不能乱吃东西"之类的谆谆教诲才离开。

第二天早晨，马兰请李晓光吃豆腐脑表达感谢，李晓光又问起了学生会的事："听学长说你是被处分了？把我安排进学生会的事……"

"别问了。"

李晓光一下子说漏了嘴："上次你来查卫生，我们明明没和你打麻将，怎么还有处分？"

"你说的'还有'是什么意思？你以为只有你们一个宿舍？我去了别的宿舍跟他们打了呗。在学校论坛里闹得沸沸扬扬你都看不到的吗？"

李晓光忽然想起什么，紧张兮兮地问："那你也谈恋爱了是吗？"

他问完看着马兰，她开始玩头发不肯说，他知道她紧张不知如何开口的时候总要把马尾辫子拿在手里玩。

马兰抬起头来说："那李晓光，我们现在恋爱吧？"

"不要，我才不要。"李晓光拒绝得一点没犹豫。他太了解马兰了，她是个什么事都埋在心里的人，什么都不说，到她毕业的时候还不是一走了之，连跟他的告别都没有。

哪怕是马兰在对面委屈得快要掉下眼泪，李晓光还是狠心地走了。

他忘不了马兰对他的狠心，是怎么让他快要掉下泪来。马兰比他大一级，在李晓光即将大四的暑假，马兰毕业了。大家都说什么毕业就分手之类的话，更有大胆的情侣分手之前在学校里拍婚纱照。可马兰没让李晓光等到夏天，她早早地就离开了学校，连解释道别都没有，从此杳无音信。李晓光后来追去她的宿舍找她，马兰的室友说她要出国读研，早就走了。

可这一切，李晓光此前一丁点都没有听她提起过。

当时李晓光的大四过得浑浑噩噩，学校安排的课很少，他把大把的时间和别人一样挥霍在喝酒吹牛打游戏上。毕业他和大家一起失业，然后胡乱找了份工作勉强糊口，大学的助学贷款每天从牙缝里挤出来，日子混到现在，没想到又被新一茬的大学生给代替了。

算是第二次经历19岁的李晓光，在和室友们的烤串盛宴上像个预言家一样，告诉每个好哥们未来的归宿，棒棒去做了假牙业务员，阿瓜考上了公务员，大云创业了，天天跟投资人喝美式，真不愧是学贸易的啊，一个个都有远大前程。

大家围着炭火炉子一口大腰子一口烤馒头片，棒棒笑起来门牙缝里还塞了个孜然粒，他问李晓光："那你知道你以后干什么？"

李晓光说："我和你是同行，我卖假发。"

老早就跟在他们后面的马兰又听见了，跟过来说："李晓光，你的未来理想可真特别。"

李晓光正用透明色一捏就软得像女人腰肢一样的塑料杯喝啤酒，听到马兰的声音一弯腰吐出来不少啤酒沫子。

棒棒说："那你说说，以后你跟马兰有没有什么结果？"

马兰看李晓光不说话，拿起桌子上他剩下的半个腰子，一口吃下去，亮晶晶的嘴巴在橙色的灯泡下透露着诱惑的暗示。马兰说：“以后你会记得我不吃小龙虾和土豆丝，爱好是玩麻将和买睡衣，最爱的饮料是加了柠檬片的百事可乐。”

李晓光回过身假装没听见，马兰扳着他的肩膀硬是转回来说：“我知道你想体验当领导高人一等的感觉，啤酒沫总是咽不下去，而且……还不喜欢看见我。”

“哪里有……”李晓光脱口而出。

“那就是想看见我。”马兰迅速接下话来。周围的几个男生起着哄喊“李嫂李嫂”。

李晓光终于明白，读档到过去之后，只有马兰这个NPC（非玩家控制角色）才会触发下一步的情节，绕不过去。哪怕她中途和别人谈了场无疾而终的恋爱，在雨夜里她看着男友狠心甩开她的手，开车带小学妹扬长而去，她的心、她的人下一步还是要走到他李晓光这里来。

尽管马兰离开了学生会，却成了学生会的家属，时不时这老面孔还会出现在李晓光参加的各种校园活动里。李晓光的脑子没那么活络，好几次别人设好了坑，他都差点带着助跑往里跳，马兰早早看穿陷阱，在一半就把李晓光拦下来。

他和棒棒在卧谈会的时候说起马兰，说她就像是一个窗帘一样的女孩，能遮光挡风，日夜不离，熟悉得像个家居摆件，习惯在周身，却很少拿起来把玩。

这一年寒假离校前，马兰和李晓光到学校门口新开的西餐厅吃牛排。选完了套餐到点饮料的时候，马兰说：“你来替我选。”

李晓光一手玩着手机，一手心不在焉地举着菜单，说：“那喝橙汁吧。”

饭间李晓光正在玩一个闯关的游戏，听马兰说话也只是“嗯嗯嗯”地敷衍着。马兰把叉子往盘里用力一扔，碰得叮当响，李晓光看到别人看过来的好奇眼光很不自在，说：“你这又闹什么小脾气？”

马兰生气地说：“你能好好跟我吃一次饭吗？从我们认识到现在，你就没在饭桌上正眼看过我，我喜欢柠檬加百事，说多少次了你都不记得。”

李晓光被这些小牢骚堵得莫名其妙，说：“那你不喝橙汁算了，喜欢喝什么你再点就是。”

“这不是点什么的问题，你了解过我吗，李晓光？”

李晓光没有理会，马兰继续说：“你知道我想和你一起去什么地方旅行，不吃什么东西，想换什么发型吗？”

李晓光已经不耐烦了：“我不知道，我们聊这些有意义吗？就不能安安静静吃饭？”

“无话可说了吧？”马兰抢着埋了单，一口饭没有吃就走了。

新学期开学，两个人又像没事一样，时不时一起出去逛街，在学校里泡图书馆，可是有些东西感觉不一样了。

和“第一次恋爱”一样，两个人还是变得远了，就像周末马兰再也没叫爱睡懒觉的李晓光起床陪她去吃豆腐脑那样，每次只往后退一小步。

无论一条路重复走多少遍，让两个人感情逐渐疏离的从不是命运里的大起大落，而是平凡岁月里的鸡毛蒜皮。马兰已经习惯了一个人吃

饭，她不再介意李晓光了解他的游戏人物胜过了解她，她原谅李晓光关心新款的高达胜过关心她的心情，不然，又能怎么样呢。

李晓光知道，马兰到了夏天就会不辞而别，既然总是要结束，现在就不要太投入，于是他把多余的喜欢分散在更新的海贼王和高达上，分散在宿舍的麻将牌和酒局上，看出端倪的室友们总是问他：“你和嫂子怎么回事？”

李晓光说：“一切走着瞧，答案都在以后。”

到了五月份，李晓光发现了马兰的反常。她每次约会都打扮成不一样的造型，一会儿是可爱的粉红裙子，一会儿是黑色的职业套裙，还有碎花的波西米亚风。她甚至还剪了短发，问李晓光：“我这样好看吗？”

李晓光想了想，犹豫了一下说：“很洋气，漂亮。”

马兰说：“哎呀，以后夸女生不要用这么俗的词，要说又柔情又美好，女生听了一准高兴。”

她现在一下子要把自己所有的样子展示给李晓光。李晓光直截了当地问她：“要走了吧，为什么不告诉我？”

马兰也没感到意外，说：“他们都告诉你了？这群不靠谱的家伙。”

李晓光瞪圆了眼睛，他们都知道？他心里想着，一群浑蛋，以前怎么从不和我说，就看着我在学校浪费大好时光？他说：“你为什么要这么做？”

马兰把眼睛注视的焦点放得远远的，说：“我不想跟你说再见，也不想有什么告别仪式，这样看起来像没结束的样子，说明只是按了暂停键。”

李晓光往后退了一步，脸上一层一层地堆起愤怒，说：“可是你知道我以后会怎么过下去吗？你知道我现在为什么会在这里吗？那么多年东躲西藏地消磨时间，居然还要回到过去，回到过去你明白吗？穿梭时光，跟漫画书里一样，又见你，又和你恋爱，又被莫名其妙地甩掉！”

马兰气得脸都憋红了，她说：“李晓光你活得太自私了，你把生活里出现的所有问题的责任都推在别人身上，责怪社会责怪命运，可你做过一丁点的努力吗？觉得专业没前途就不去上课，考试题目不会就作弊，明知没有未来的恋爱就停止付出，可你只要多往前走一步，也许一切都不一样了。”

“你如果是这么想，我也无话可说。”李晓光转身离开，只想着快些结束这次回到过往的观光，回到正常的生活里，继续丧失动力，变成一个失败的中年人。

李晓光觉得不甘心，这里面一定隐瞒了更多的东西。

接下来的几天，他每天都守在马兰的宿舍楼下，藏在一棵大树后边，想知道马兰是怎么做到心平气和不告而别的。看门的阿姨过来泼水，看见他好几次，说：“男同学别在这儿竖着了，你们这些人我见多了，今天对这个女生一片痴心，没过几天呢，人家哭着回来了，你啊，又该站在别人楼下表真心了。”

他果然发现了些不寻常的地方，比如有男人开着精致的轿车来接马兰，男人看上去年纪有些大，把马兰的行李放到后备厢，准备开车离开。马兰看着他一脸顺从。她上车前，有一丝不易察觉的左顾右盼，然后缓缓地把身子送进车里，再把头送进去。

李晓光无法解读那个左顾右盼，是心虚还是期盼，他冲出来站在车

前，大喊着：“马兰，你真的要这么走了吗？”

他发狠地看着那男人，好像这一切都是他造成的。随后觉得自己像个救美的英雄一样的李晓光听见马兰说：“爸爸，这是……我男朋友李晓光。”

后来，李晓光也上了车，马兰的爸爸带着他们在学校外面吃了一顿饭，是家还算高档的港式茶餐厅。李晓光就这么稀里糊涂的，穿着人字拖和大裤衩开启了自己第一次见女朋友家长的仪式。

马兰一路上跟她爸爸说：“李晓光把我照顾得可好了，在学校里总是请我吃我最爱吃的菜。”

可接下来马兰爸爸说出口的，并不是马兰出国读研的事宜，而是马兰要到国外手术。

在李晓光的认知里，其实不太明白尿毒症和肾移植的概念，那不都是虚构故事里才有的情节吗，难道自己真的活成了漫画男主角？他看着马兰，马兰把脸藏在利落的短发后面，看不到眼睛里写的是什么。

那天和马兰，还有她爸爸道别的时候，李晓光只说了句：“以后你的病会痊愈，还有，少喝可乐，放柠檬片也不行，别学抽烟，更别赶时髦玩什么股票吧。也请你，对以后的我，不要太失望。但我会好好走下去的，一定会。”

李晓光从茧居胶囊中重新出来，结束了漫长的旧时光的观光旅行，他觉得好累，整个人一直在出汗，好像是蜕了一层皮一样。那个茧居胶囊的外壳变得厚了一些，他一边摸着它一边想，要是我多待一阵子，真的会像蝴蝶一样破茧而出吗？

棒棒又去约他吃饭，李晓光跟棒棒说：“茧居胶囊的说明书写得太唬人了，还说用什么记忆做能源，我以为我出来的时候连你也不认识了呢。”

李晓光看到棒棒远远地冲着一个女孩挥手，他不知道那是谁，却觉得曾经认识过。那女孩坐下，硬是要跟烤串店老板要柠檬片泡在可乐里喝。

李晓光开口说：“很高兴认识你。”

榴梿里有什么

你敢不敢做选择题？

选择向左走还是向右走，选择留下还是离开。选择固执还是妥协，选择自私还是牺牲。

无从选择是一回事，害怕选择又是另外一回事。

我们的一生，就在一次次的选择里，画出了独一无二的线路图。

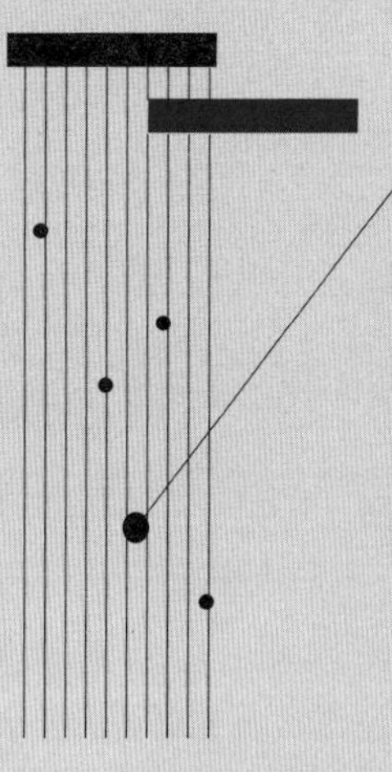

我正在赶着杂志社的稿子，石天文“啊啊啊啊啊”地在他的房间里鬼叫。

他最近的状态很不好，焦虑，失眠，磨牙，说梦话，有时还梦游。比如有一天我发现他抱着冰箱冷冻室的门睡着了，醒来后跟我说他在梦里新买了一个柔软的抱枕，抱着睡得特别香。

住在隔壁卧室的我，每天隔着两道门都能感受到他身上散发的浓重的负能量磁场。他的黑眼圈和陷下去的颧骨，会让不知情人士认为他一定是个纵欲过度的年轻人。

只有我知道，他并没有。

石天文沮丧地对我说：“我的人生可能要完了。”

“人生最无奈的地方，就是完和不完我们根本做不了主。”我幽幽地说道。

“一场战争，我需要使用武器，而对方，使用无形，那么我还要不要去战斗？”石天文继续迷茫地说。

“没有意义的事，干吗要去做？”我说。

“好吧。不用你告诉我。”

石天文从冰箱里拿出两块榴梿塞进了嘴里，一股幽怨的气味飘过，我躲回房间，赶下个星期的选题稿件。

除了吃榴梿，石天文平时还靠着数榴梿壳的刺来决定他的人生。他患有严重的选择困难症。比如出门选择穿黑袜子或是灰袜子，他都要随手捡起一块榴梿壳，上面的刺是单数就穿黑的，是双数就穿灰的。甚至有一次，我看到他用数榴梿壳的刺的方式决定晚上睡觉是穿四角内裤还是平角内裤。

都说谈恋爱要找个互补的，他的女朋友小卡，就是个目标明确的摩羯座姑娘，凡事都目标明确，从不拖泥带水。

一个被榴梿主宰命运的年轻人，只是偶尔感觉迷茫。第一次见面时石天文是这么向我介绍自己的。

我和石天文合租着一个小小的两居室，他经常自己躲在那个十平方米的次卧里不出来。其实他是个老板，用现在时髦点的话来说，是个创业者。比起我一个连固定办公桌都没有，去单位开完会就回家编稿子的杂志编辑，身份高端了太多。

石天文创业的营生，和他一样小众。他是一名选择咨询师，专门帮有选择困难症的人做一些比较大的决定，比如结婚前相好了俩人该怎么选，孩子高中文理分科，大学专业，整容的新造型，等等。

所谓办公室里的员工，也只是他和打杂大姐两个人而已。打杂大姐工作内容不多，接电话倒垃圾订外卖，闲着没事的时候就绣点十字绣，图案什么的都不会，绣的全都是书法作品，挂在办公室的墙上。各种书法风格和文风都有，我去看过一次，进门挂着“正大光明”，会议室（餐桌）旁挂着“粒粒皆辛苦”，石天文的办公室挂着“超级智多星”，洗手间却挂着“拾金不昧”。

我问大姐啥意思，大姐说：“就是你在洗手间里别动别人的东西。”

我觉得这话太深了，可能再问就要收费了，只能点点头假装明白了。

石天文为什么能帮别人做选择？

他告诉我他自己能知道最好的那个选项到底是什么。

我问他：“那如果明年我要跳槽，应该去哪家公司？”

他淡淡地说：“以你的水平，还没到研究去哪里工作的水平，你得先想想，除了现在这家，还有哪儿愿意收了你。”

虽然我心中的愤怒很想把他的头像榴梿壳一样敲开，但他手里真的抱了一个榴梿壳的时候，我被那气味顶得乖乖回房间去了。

起初能成为他的室友，我觉得也是挺不可思议的一件事。记得初次见面是在我找了一圈房子后，发现这个房子这个地段这个价位，绝对没有第二个。但根据我多年找房的经验，感觉看上去很便宜的好房子，一定有问题，或者是邻居吵闹，或者是屋子格局诡异，再或者是曾经有人在屋内自杀，阴气过重。

于是我开门见山地问石天文，他这个房子算哪一种。

结果他说：“我不知道，你自己猜。”

我在屋里转了俩小时也没发现什么端倪，最后他给我指了指对开门的银色大冰箱说：“那个冰箱100%使用权归我，你不可以动它，这是唯一的要求。剩下的，你租下的主卧，主卧里的阳台，整个大客厅，都是

你的。咱们唯一需要分享的，就是卫生间。”

对着这个壮汉，听到“分享卫生间”这句话的时候，我顿觉身后一紧。

但他淡定地说：“哥们别紧张，你用的时候我保证不打扰你。”

入住后，我才知道，那冰箱的冷藏柜冷冻柜，塞满了榴梿的果肉，离十米远就能闻到新鲜的榴梿气味。以至于我宁愿顿顿吃外卖快餐，也不肯接近厨房一步。

有句老话说得好，我之砒霜，彼之榴梿。

比如那一冰箱榴梿，就是石天文的命根子。

石天文曾经在某个夜里，约我一起喝酒，那天他和女朋友小卡吵架。他喝得迷迷糊糊的，就跟我分享了自己的秘密，关于他和榴梿的千丝万缕的联系。

他说：“我上高三那一年，简直痛苦得要死掉了，物理要么考满分，要么考十分，不存在中间的数值，可这两个分数能考上的学校就千差万别了。那时候刚开始流行网络购物，我上了一个叫‘天堂小卖部’的网络商城，榴梿这东西稀罕呀，可不跟现在超市到处都有卖。我就想，万一高考失败想不开活不下去了，还没吃过这么新鲜的东西得多遗憾，于是就订购了一个，还是偷偷用了爸爸的信用卡。高考那两天，每天早饭都吃上一块。你知道怎么着？吃完的榴梿核上，就写着当天的考试答案。”

“后来呢？”我催促他快点继续说。

“从那以后，只要我吃了榴梿，无论是在哪儿买的，核上都能看到问题的答案。所以呀，现在别人有选择困难来问我，我吃了榴梿就可以

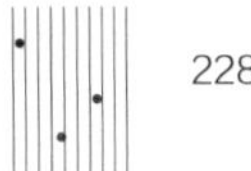

告诉他。”

“别吹牛，你自己还有选择困难症，内裤穿什么颜色都不知道。”我想起他之前数榴梿壳的刺，用单双数来做决定。

“我自己选有困难，帮别人选可……可不困难。”

也就是在那一天，我终于理解了石天文。

石天文觉得自己的人生要完了的原因，一方面是他一直以为独一无二的咨询服务，出现了一个强有力的竞争者；另一方面，就是他和小卡的未来。

他和小卡，在临近30岁的高龄还保持着纯洁的精神恋爱，最大的出格也不过是相拥而眠。石天文跟我说过，为了保持从榴梿核获取选择答案的能力，他从不碰女色。这些年，碰到地铁里乞讨的，路边要饭钱的，甚至微博微信里的转发锦鲤，他一个都不会落下。

他说：“上天赏了我吃饭的能力，我要感恩这个世界。”

他和小卡是在某个社交网站上的榴梿同好组中认识的。小卡知道自己喜欢榴梿，也知道自己喜欢在25岁的时候找一个创业男青年来恋爱，知道自己要26岁结婚，知道28岁要生孩子，知道恋爱的第一步是去看电影，然后再牵手。

石天文觉得知道自己要走什么样的路的女人真的太迷人了。她们从不浪费时间在犹豫上，好像出了门，就直接走到了人生目标一样。每次石天文和她约会吃饭，他瞪着菜单左右摇摆的时候，小卡总能点出几道两人都喜欢吃的菜，并跟服务员说，我们不忌口，忌慢。

石天文有时候会和小卡吵架。因为小卡的目标明确和超强的行动力，推着石天文像个木偶一样往前，来不及思索自己的意愿。小卡说她

到了要结婚的年纪，如果他不娶她，就嫁给别人。如果石天文要娶她，就给一百万的彩礼。没的商量。可石天文的所有资金，都在错误的股票选择上套得死死的。

石天文那个胜过他于“无形”的对手，是在和他抢夺一笔大生意之前出现的。有个投资人让石天文帮忙选投资项目，一家是软件公司，一家是餐饮公司，详细的资料见面会提供。如果选择的项目最终成功运营下来，可以获得一百万的酬劳。

石天文听到这个消息的时候，想开口让大姐订一箱酒来准备庆祝。可那投资人又说，这一次，还有另外一个选择咨询师和石天文一起来竞争解答，两个人到时候要现场给出答案。

石天文第一次知道他这个对手的时候，撬着榴梿壳子的手差一点被割伤。他看到电脑屏幕上写的对方的介绍——脑电波选择帮助咨询室。老板杜十八，通过和咨询者的脑电波连接起来，就能迅速给出答案。这比起石天文要吃一块榴梿再从核上找答案，足足提升了一倍的工作效率，每天的接单量更是他的三倍。

在和投资人见面之前，石天文每天焦虑，失眠，磨牙，说梦话。他说：“我在担心的不仅是这一单生意，更是以后自己在行业中的立足和存亡。”

连续几天浑浑噩噩，石天文的咨询评价上又多了几个差评。

有个咨询出国学校的女大学生投诉说，石老师咨询的时候眼神游离，神态猥琐。而且办公室脏乱差，一直有股臭味。虽然帮我做出了最好的选择，但是咨询体验真的是太差了。

为了控制情绪，石天文让我陪着去工作室一起上班，不然心慌慌的，看见大姐绣十字绣心更慌，觉得这几天所有的时间一秒一秒地都变成了针扎在他的胸口上。

于是我就带着笔记本，坐在他办公室门口一直空出来的前台座位上。大姐时不时地来给我续杯茶水。她最近手里在绣的十字绣文字是“少女心”，要送给自己准备结婚的女儿。

这一天有个刚工作的小护士来找石天文咨询，说有两个她给扎过针的病人，都说爱上她了，想和她谈恋爱，要选哪个好？

“你说说具体是怎么回事。”

“第一个男的很有钱，好像家里有亲戚是山西炒房团的，家产几个亿，就是有个缺点……”

“什么缺点？”

“他说话结巴，喊我名字跟喊俄罗斯名字似的。”

“那第二个呢？”

“第二个也是个男的，没啥钱，可能一个月工资还没我拿得多，可是有个优点……”

“什么优点？”

“他唱歌特别好听，就是说的比唱的好听的那种好听。”

石天文示意我去冰箱给他拿一块榴梿过来，他吃下去，看了眼榴梿核，对小护士说：“你去和第二个谈恋爱吧。”

结果过了一个星期，小护士又来了，她生气地对石天文说：“退钱退钱，你这怎么咨询的，根本就不对。”

原来她和第二个男人恋爱之后，那男人嫌弃她花钱大手大脚，喜欢吃法餐还爱买奢侈品，最不能忍受的是，他居然还有很多爱听他唱歌的女粉丝，整天缠着他一起拍照片，或者约会喝酒，一点不把小护士这个

正牌女友放在眼里。

她对石天文说：“和第一个人在一起才幸福，你帮我选择得不对。”

石天文只好说：“那你就按这个做，下周再过来吧。”

小护士下周又来的时候，给石天文带了一大箱口罩，他问：“这干什么？”

小护士说：“哎呀石大哥，这是我们医院特制的防霾口罩，做答谢的礼物给你，上次啊真是错怪你了。和那个穷小子分手之后吧，就和土大款在一起了，他因为说话结巴，平时我俩约会他基本上不说话，反正我想买东西，他都是点头，想买啥都点头，也没人烦我，日子过得太舒心了。”

送走了小护士，我问石天文：“榴梿核上的答案到底是哪个男人？”

“第一个。”

“那你干吗跟她说第二个？”

“选对象这事，你就得让她自己把一条路给走死了，她才肯往另一边走，要不然啊到老死都不甘心。就好像，你要想觉得草莓甜，吃之前就得来一口酸柠檬。”

我不禁对石天文跷起了大拇指。

石天文最近的咨询量确实少了很多，其实和那些差评没有什么关系。大姐跟在脑电波公司的大姐交流了一下，听说他们的咨询费很便宜，咨询时间又短，大家就慢慢转到那边去了，石天文仅靠着几个忠实的老客户勉强糊口。

他焦虑地问我该怎么办。

我回答他：“我咋知道，问榴梿呢？”

“现在是我自己的问题，问榴梿没用。”他举着一个刚吃完的榴梿核给我看，上面什么都没写。

“上次那个一百万的项目呢？”

“投资人说最近没空，太忙了，天天都在咖啡店听创业者演讲，一天要听20个，喝20杯美式咖啡，晚上high得想出去跳舞。”

石天文焦虑的时候，就把自己关在屋子里。小卡好几次来办公室找他，石天文连顿饭都没和她出去吃过。她有时候带点小礼物，比如榴梿蛋糕啊，榴梿饼之类的，放在前台桌上说让我拿给石天文当下午茶吃。不过大部分时候，那点心都让我和大姐给瓜分了。

可我真真切切地看见，每次小卡走的时候，眼里都挂着泪。他们吵架的时间越来越长，直到她没了力气，失落地走了。

接连几周总是下暴雨，比往年这时候下得都大，外面不少交通要道都给水淹了，超市里很多东西供货出了问题。冰箱里的榴梿快要吃完了，却一直买不到新的。

石天文惶惶不安，整天对着冰箱发呆。

我们杂志社每周的选题会改成了微信群里的会议，看着总编一句一句发着超长时间的语音，我一边喝着茶一边听。我知道，此时其他的人，有的蹲在马桶上，有的躺在被窝里，也有的人，在小资的咖啡店里喝着焦糖玛奇朵逛着时尚网站，心不在焉地听着这些话。

这一天晚上我和石天文从办公室回了家，小卡站在屋子外面等我们，她的头和手里的雨伞都湿漉漉的。

小卡对石天文说：“你有没有想过换个工作？靠着这些榴梿为生，

能做一辈子吗？”

“可我不知道我的一辈子是什么样的。”

“我就知道我的一辈子要变成什么样，我的一辈子在我的手里，不在榴梿里。我也不想你的一辈子都在榴梿里。我爱的是你，我们的未来要在一起，和别的什么都没关系。我想牵着你的手，分享彼此一生的重要决定。可你呢，为什么要质疑？我等你的回答可是你为什么总是躲起来？”

石天文在暗处动动嘴唇，只轻轻地说了句：“对不起。”

小卡转身跑出去了，长头发甩了我俩一脸雨水。

她刚才站的地方，摆了一箱榴梿。我和石天文两个人合力才把它搬进了屋子里，不知道小卡自己是怎么把这箱子弄上没电梯的五楼的。

石天文把榴梿塞进冰箱，我看到他有滴眼泪掉下来，从榴梿壳子的刺上滑下去。

石天文和投资人见面的那一天，大雨初晴，整个地面像个蒸笼，肆意地蒸发着水汽。他用餐盒带了几块榴梿，是小卡送来的那批。临出发前，他过来拥抱了我。

我说：“兄弟珍重。”

他说：“吾不负汝。”

这一天，我在改一篇领导让我改了一百遍的选题稿子，怎么写都不如意，让我想起小学时第一次写作文，来回修改一篇，把整个本子写完了老师都不满意。可现在，我居然选择了靠文字谋生的行当，人生真是看不透。所谓身不由己，不外乎兜兜转转的圈子，无论左右绕了多少弯路，还是要回来。

这一天石天文一直没消息，天黑了之后，我接到他的电话，那一头他虚弱地跟我说，快来医院。

原来石天文突发肠炎，在医院里挂水，脸色蜡黄得和榴梿核一样。他在选择开始前吃的榴梿变质了，吃下去之后一直往厕所跑，头晕眼花得什么思考的力气都没有。但是他又必须给投资人一个答案，于是他在洗手间里用数榴梿壳的刺的单双数的方式，做出了一个选择，是餐饮公司。

杜十八的脑电波给的答案是软件公司。

回家之后，石天文躺在床上，两眼无神地看着天花板，绝望地说：“我的人生真的要完了。我肚子很饿，居然连想吃什么都不知道，想吃一碗面觉得填不饱，想吃一盘肉肚子吃不消，想吃榴……哦不，一点都不想吃。”

石天文告诉我，他给投资人答案之后，两只眼睛所见的一切都闪着白光，然后就到医院了。不知道投资人最后的决定是怎样的。

他这次肠炎持续了一个星期才痊愈，可大病一场之后他再也不吃榴梿了，那两个字提也不能提，一想起就恶心。

接下来的日子，石天文无法继续工作了，他就每天上网胡说八道地回答问题，很快就在知名问答网站上成了网红。女网友们纷纷主动咨询他各种困扰：前男友求复合应该原谅吗，老公出轨怎么办，粉底液和粉底霜该用哪一个，甚至还有咨询“大姨妈”不来是因为内分泌紊乱还是怀孕的。

他凭借以往的做选择的经验，居然也回答得头头是道，一小时就能收获成千上万个赞。

过了几个月，投资人才有回信。他告诉石天文，两家公司最后都没

做成，在经济低潮中，全黄了。

石天文跟我说，他听到这个回答的时候还挺高兴的，毕竟杜十八那家伙也没猜对。

他的工作室还开着，只是没再做帮助咨询，大姐主动扩展业务，热火朝天地办起了家庭妇女手工艺培训班，每天都有不同的阿姨来学习十字绣、烘焙糕点、编织等技能，石天文也常常能收到学员们带来的礼物，比如自己家包的大包子，新鲜烘烤的饼干，老家带来的羊肉，家里老头泡的梅子酒……

我俩晚上的伙食变得丰盛起来，用来加热的微波炉都用坏了两个。石天文这天一手举着酱肉馅的大包子，一手举着生蒜跟我说，这才是生活，厨房的温柔，妈妈的味道，家乡的甜美，比起这些来，臭烘烘的榴梿什么都算不上。

不，还有比这好的。他说，一提到好吃的我就想小卡了。他把包子和生蒜扔回盘子里，小卡以前给我送吃的，还总跟她生气，现在想吃都没了。

石天文接下来的几天除了解答女网友的疑难，就是拜托所有网友帮他找工作。要知道，现在找工作的困难不在于工作机会少，而是工作机会多……石天文看着大家铺天盖地发来的职位介绍，一把合上了笔记本："怎么这么多，我哪里会选，给我一个就好了嘛！"

办公室的大姐把培训班做得多姿多彩，还招聘了几个优秀学员来，同期有不同的技能学习课程。她跟石天文说，老板啊，要不你还来做培训班的老板吧，我不想管了，我就想坐在一边安安静静地绣我的十字绣。

从此石天文办公室的牌子就更新了，挂了由大姐绣的四个大字：

“妇女之友。”

石天文对外发出通知，说他要结束选择咨询的服务工作。

但他万万没想到，选择咨询服务的最后一个客户，是小卡。

他对小卡说：“我现在不能吃榴……嗯……那个……帮不上你了。”

“你太自私了。你不愿意就不做了吗，怎么坚持你的职业素养？我都给你带来了，这个选择我自己做不了，还得请你出面。”

“什么选择？”

“我是回来找你，还是彻底忘了你。你说我该怎么选？”

石天文抓起一颗榴梿狠狠地塞进嘴巴里，完全没有以往的享受，两只眼睛瞪得十分狰狞。他看了看榴梿核，对小卡说：“没有答案。上天收回了我的能力，大概就和霹雳贝贝一样，我的这种特异功能，被‘天堂小卖部’收走了。什么东西，我们都没有办法永远拥有，看似抓在手里的，不知不觉间就消失不见。”

那天，小卡还是自己走了。

石天文在办公室里狠狠地拍着桌子，自言自语地说：“你这个窝囊废！”

投资人又回来找石天文。

“反正之前要投的钱预算已经预留出来，你跟我说说这钱应该怎么花？”

“你去找杜十八吧，他知道。”

“我刚才去了，他让我来找你。”

石天文想，这小子搞什么呢？

“那这样吧，您这个投资，也希望好好大赚一笔，不如叫上杜十八一起来，咱们三个好好研究研究。”

后来三个人的讨论会议开了三天三夜都没什么结果。最后杜十八偷着跟石天文透了底，说其实他没什么脑电波特异功能，人们来咨询的时候，其实自己想要什么答案心里都清楚，他要做的只是察言观色，哪里需要参透什么天机。

“我在榴梿里看到过的答案是真的，可是现在什么都看不到了。”

“你有没有试过这样想：可能你现在能自己做选择了，所以不需要榴梿了。”

“天底下是不是没有你不知道的事情？”

“我什么都不知道，只是循着规律往前走。谁说我们一生的脉络，不是早就注定好的。”

“那你想不想赚大钱？”

“想！”

“那这投资咱们要不要？”

“要！”

石天文一拍桌子说：“好了，你的答案有了。咱们收下他这钱，一起创业吧。”

从此他们开起了线上的咨询服务，杜十八靠着他的聪明头脑，石天文有他的清醒自知。凭借他之前积累的女粉丝们的生意，每天也是客户满仓。

石天文在这个公司有个很显赫的头衔，是CAO，Chief Answer Officer，通俗点说，是首席解答官。

在小卡26岁生日的那一天，我去参加了他们的婚礼。外面摆着公司大姐绣的“百年好合”的长匾。

交换订婚戒指的环节，石天文拿出一颗榴梿核，说：“小卡，这是你上次拿来让我帮你做选择的那一颗，你问我，要留下来还是离开。这个送给你，作为你终于做了正确选择的纪念。”

你，是我这一生里做得最正确的一个选择。

昨日遗忘药丸

婚姻到最后，真的像当初撒下种子时期待的，长成了我们理想中的样子吗？

那播种的土壤随着时间的推移，不断渗透着愤怒、谎言、默然、忘却。

当年少的冲动逐渐退去，剩下的，便是自己未曾发觉的无可奈何。

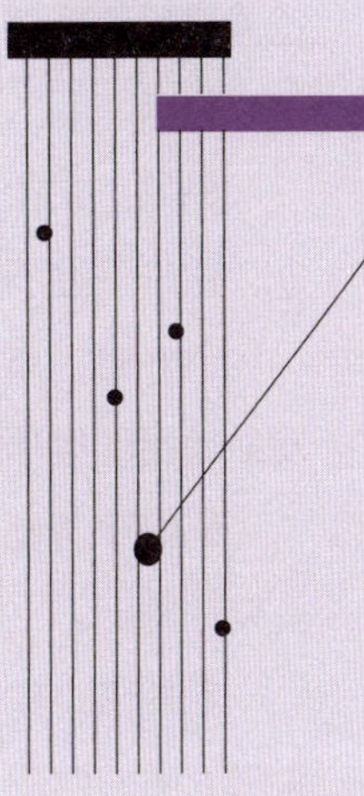

妈妈可能觉得那婚姻乏味得和旧拖把一样无力回天了。

差一点我的家就要没了。

我一进家门，就看到满地的狼藉，像是被落魄的盗贼洗劫了一番。爸爸妈妈的卧室里所有的抽屉都打开着，各种各样的杂物丢在地毯上，一片狼藉。

妈妈正在往红色的行李箱里塞着什么，边塞边生气地说着：“我要走，这日子过不了！我要离婚！”

“好啊，离就离！我看你老婆子能走哪里去。”爸爸站在阳台边，发狠地捉着他那个养了好几年还没学会说话的八哥出气。

妈妈穿着她那双印着“幸福”两个字的棉拖鞋，拉着崭新的行李箱就要往外走。

我赶紧拉住她的行李箱，讨好地问她：“妈妈，这是怎么了？你要去哪儿啊？”

妈妈看着我，深深地叹了口气说：“世界那么大，我想去看看，总比待在这儿强。”

妈妈的话刚说完，爸爸就嘴欠地说：“去看去看，让你随便看。”

我默默地转身瞪了爸爸一眼，继续讨好地说：“妈妈，你鞋子还没换呢。你别着急嘛，你先喝口水缓一缓，然后换了鞋再走也不迟。”说着我就赶紧递了杯水给她。

妈妈显然不吃我这一套，她果断地脱下自己的鞋子，换上平时跳广场舞时穿的那双玫红色运动鞋，就要继续往大门走。

我赶紧又把爸爸平时喝的茶拿过去硬塞给妈妈，边强迫她喝下去边继续讨好地说：“先喝一口嘛，别上火了。你看茶都凉了，这茶多贵啊，你不喝我爸肯定转身就给倒掉了，多浪费啊。”

妈妈无奈地看了我一眼，仰头一口气把茶喝了，之后转身就走了，拉都拉不住。我只好把爸爸也推出了门去，希望他能去找妈妈。

过了没几分钟，爸爸和妈妈就一起开门回来了，妈妈看到我一直站在门口，又环顾了一下家里，满脸疑问地问我：“欸，你干吗站在门口啊？天啊，这家里是进贼了吗？”

爸爸在妈妈的身后进了门，他也环顾了一下家里，着急地说：“这是怎么了，咱们家里进了贼吗？我这就去报警。”

爸爸说着就拿出了电话准备打110，我赶紧抽掉他的手机，把他和妈妈推进家里，一边推一边说：“不用报警，家里什么都没丢，我待会儿再跟你们解释啊，咱先把屋子收拾好了！”

其实我一直知道爸爸妈妈吵架的事，但我知道这个家一定不能散，所以我找尽各种办法去阻止他们的争吵。一天我在网上搜索阻止爸妈吵架的方法时，跳出了一个叫作“天堂小卖部”的网络商城，我点进去搜索，还真让我找到了一种叫作“遗忘昨日”的药丸。这个药丸的功能非常奇特，吃了它能消除最近一天的记忆，只是，每个人只能吃一粒，再多吃就无效。

我果断订购了两颗，刚好就在妈妈吵着要离婚离家出走的这一天送到。但没想到就在我出门取快递的一小会儿，家里的矛盾居然升级到妈妈要离家出走的地步。刻不容缓，我果断地悄悄把药丸放到了他俩喝水的杯子里，劝他俩把水给喝了。

这人间许多事情，只要多一次的挽回就足够。也许那些今后分道扬镳、流离失所的处境，全都不会再出现。

遗忘昨日药丸生效了，爸爸妈妈的记忆，被自动清除了过去24个小时的内容。

妈妈又换回了那双印着“幸福”两个字的棉拖鞋，她拉着我坐到了沙发上，好奇地问我：“我是和你爸吵架了？为什么吵架呀？我咋全忘了呢？哎呀，我是不是得了老年痴呆症了？”说着她又把头转向坐在厨房椅子上喝茶的我爸说：“老头子，你记得咱俩为什么吵架来着？”

爸爸也一头雾水，摇了摇头说：“我也不知道啊，好像喂完鸟，转个身家里就乱套了。”

见我也闭嘴不回答，妈妈只好作罢，把注意力转回被翻得乱七八糟的家里。她叹了口气，嘴里一边嘟囔着谁这么缺德把家里弄得这么乱，一边起身收拾了起来。

再次整理杂物，妈妈发现了很多被遗忘在角落里的东西。她从箱子里拿出一个小盒子摆回梳妆台，一边抚摸着盒子一边把我叫到她身边说：“闺女你知道吗，你爸也不知道是不是真的对我好，你看看我这个

首饰盒里，就一个红宝石戒指，还是谈恋爱的时候他送我的，最后就戴着结婚了。当时你爸送给我，还特不好意思，说这是个假的，你先戴着玩。我怎么那么傻，就戴着玩了快三十年。”

说着妈妈就把戒指重新戴在了手上，一边欣赏一边满意地说：“还挺好看的，我得戴几天。电视剧里那些皇后什么的，手上不都珠光宝气的，我的可不比她们的差。”

爸爸瞥了一眼正扬扬得意的妈妈，凉凉地说：“还皇后呢，那我就是皇帝佬？皇帝佬还有伺候后宫佳丽吃午饭的？怎么冰箱里的排骨没了？老婆子，哪儿去了？”

爸爸翻了半天冰箱，在旁边的垃圾桶里看见一盘红烧排骨丢在里面。他指着垃圾桶生气地问道：“老婆子是不是你干的，怎么一盘排骨没吃就都给扔了？”

妈妈也一头雾水，说道：“我不知道啊。你昨天不是说今天要炖排骨吗，怎么提前做了？”

爸爸没好气地说：“你知道什么啊，结婚这么多年了，顿顿都是我给你做饭。伺候完你，还要伺候我的鸟。一辈子都没有当领导的命。”

爸爸那天中午做了萝卜牛丸汤，一边吃饭他一边说：“你们知道什么样的牛肉丸最好吃吗？就是要纯牛肉做的，一点一点把肉泥搅起来，要上劲，把水都给打进去，胳膊没劲可真做不了这个，每一口全都是功力。中间的地方，咬一口还能出来汤的那种，简直好吃得不行啦……”

妈妈接着说：“我看你啊，这辈子就是做厨子的命。当领导，又不是没机会。当时你外派到南京，加班加得胃都出血了，要不是我特意坐着绿皮火车去找你过年，你都不肯告诉我。不过啊那是我的错，要不是我带着孩子还挺着大肚子去找你，你这个副职可能早就转正了。”

关于那件事，我的记忆有些模糊。1990年，我才三岁。

爸爸被外派到南京出长差，好长时间都不能回来。眼看着就要过年了，邻居家都热热闹闹地赶集买年货，白胖的大馒头一锅接一锅地蒸，妈妈却什么都没准备。

到了除夕那天，外面的人都在放鞭炮，震得耳朵发蒙。妈妈给我换上一身新的红棉袄，下定决心拉着我的手说："走，咱们去找你爸爸过年去。"

妈妈拿自己的一个毛线围巾把我的头和脖子包起来，抱着我去了火车站。那是我第一次坐火车，只记得黑压压的都是人，车里什么奇怪的味道都有，什么奇怪的人都有。

终于到了爸爸的单位，没先见到爸爸，却见他的同事跑出来对妈妈说："嫂子，大哥的事你知道了？他说不让告诉你。"

"你哥怎么了？"妈妈焦急地问道。

之后妈妈就抱着我跑去了医院，原来爸爸胃出血正在医院抢救呢。

记忆里医院的走廊亮着暗黄的灯，有点阴森也有点恐怖。我本能地想往妈妈怀里靠，但妈妈却突然昏倒了。

我和妈妈在那里待了半个多月才回家，其实那时候我并不太明白后来发生了什么，只听说低血糖晕倒的妈妈硬是给拉去打了引产针。爸爸的单位因为他在计划生育上犯的错误，取消了他的升职申请。

从回忆里回过神来就听到爸爸对妈妈说："没转正……退休了回家也当不了什么领导，管不住你了。刚才在门口看见这个宣传单，你是不是又打了什么小算盘？"他嚼着半个牛丸，把一张广告页拿起来。是一

张欧洲跟团游的广告。

“没打什么算盘。我还能去哪儿？我自从跟你结了婚，连班都没上过一天，去过最远的地方就是那时候去南京找你了。出那么大的事，再也不敢出远门了。”

“没见你不敢出远门，不然屋里那行李箱是干什么用的？总不能是我拿回来的。”

“我想不起来了，不知道那箱子干什么用的。”

妈妈走回房间，打开行李箱，里面一大半的空间，塞的都是泛了黄的信，信封都是认认真真裁开的口，一点歪斜的毛边都没有。

那是爸爸外派南京三年间给妈妈写的信。每周两封，从来没有间断过。那阵子妈妈一个人在家里带着我生活很辛苦，但她每天等着爸爸热情洋溢的信件，心里却觉得很欣慰，也就不觉得岁月艰难。

直到后来妈妈才告诉我说爸爸不仅做饭好吃，写的情诗也那么动人。一封信看一百遍都看不够。

不过这都是后话了。

爸爸盘腿坐在地上，饶有趣味地看着那些信。然后他从床底下拖出一个灰尘满满的旧盒子，打开是妈妈写的回信。

他感慨地说：“那时候真能写啊，怎么就那么多话说。现在闲在家里，没事就知道吵架。好几年都不写字，偶尔去银行签签自己的名字。”

爸爸翻看着自己过去写的信，突然发现妈妈收藏的一封信的字迹不是自己的。是署名“方骏”的人写给妈妈的信。里面热情洋溢地表达着思念，如今爸爸读起来，都觉得热辣辣的。

“方骏是谁啊？”爸爸站起来逗八哥，假装不经意地问。

“不记得了。”

“怎么可能，人家给你的情书还都留着。当年我不在家的时候，是不是犯错误了？”

“犯什么错误？还能犯什么错误？”

“那人家给你写情书，收在柜子里这么些年，能说不记得？”

爸爸的声音把八哥吓得跳到了笼子的另一头。

“随手放进去了，忘了还不行。”

“怎么那么‘随手’？总惦记着往外跑，是不是老相好回来了？”

“你好好喂鸟，别胡说八道。”

“那你俩什么关系，说给我听听。”

“以前班里一同学，他不知道我后来跟你结婚了，写了个信给我。”

“然后呢？”

“我告诉他嫁人了，死心了呗。还不是那时候傻，觉得你做饭好吃，一辈子不受苦。”

“又开始说好听的，我不吃这套。”

“那你想怎么样，离婚啊？”

“你看看，早晨起来家里翻得乱七八糟，是不是就惦记着离婚？可算是开口了。”

妈妈把那些信从箱子里倒出来，里面还夹着一张沾满糨糊的招聘启事，是楼下便利店招理货员的通知，用粉红色的简陋纸张印刷着，妈妈给压得平平整整的。

“离婚就离婚，我自己出门找工作去。我觉得我要是去当个理货

员，自己赚钱养活自己还挺好的。”

“得了吧。你都没上过班，这个年纪了还出去工作，人家那些老油条不欺负你吗？还理货呢，你在家酱油和醋都分不清楚，能做什么？”

“我做了三十多年家庭主妇，一个家都能整理好，还收拾不了一个小超市？”她从行李箱里拿出一个玻璃罐头瓶，摆回书架上。

“这什么老古董啊，你都往箱子里面装？要离婚了就拿点……拿点有纪念意义的。”

“那罐头瓶挺有纪念意义的，你是不是都忘了，还是你送我的。”

“我送你的？萤火虫啊？”

“是啊。我这不好使的记性，从什么地方找出来的就不知道了。咱俩刚认识时约会，也不跟现在年轻人似的吃饭看电影，你就带我到湖边抓萤火虫，全给装黄桃罐头的瓶子里送给我，一路上没有路灯都不怕黑了。就是盖子拧得太紧了，第二天早晨那些萤火虫都给憋死了……”

“哎哟，这还怀旧起来了，看来是真打算离婚了。你看看你，包里还装了个口红，是要跟谁约会去？”

“你管那么多？我凭什么都要听你的。”

爸爸重新泡了壶茶，继续说：“就不该让你跟那些乱七八糟的老太太在一块跳什么广场舞，都不学好，打扮得花枝招展不知道要干什么。”

“你以为就你好？你以为我天天在家待着就觉得你好了？外面的世界才好着呢。”

说完妈妈就又摔门走了。

妈妈去楼下的便利店买了一袋面粉，结账时问收银员：“你们这儿还招理货员吗？”

收银员说：“噢，理货员啊，我们招到了。”

妈妈回头一看，有一个烫了小鬈发的中年女人踩着梯子正在把泡面补到货架顶端。她颤巍巍地站在梯子上，挺危险的样子。

妈妈一慌神，手里的几个硬币掉了下来。

妈妈一下午没了踪影，她傍晚回家的时候，看到爸爸坐在便利店门口，旁边摆着他的八哥笼子。

妈妈走过去坐到他旁边问他：“坐这儿干什么？”

爸爸说：“我心情好，出来坐坐。”

“得了吧，说真话。”

“哼，看看你是不是来当理货员了。”

“人家招到人了。我没那个命。”

“可不是，都养了你这么多年。外面的世界跟你没关系啊，老婆子。”

“你以为没了你我还活不了吗？回家给你做面条，让你知道没你做饭我也能过日子。”

妈妈进了家门穿上碎花围裙，拿出了面粉，倒水和面，用擀面杖擀出了一个大面饼，用菜刀一下一下切出了细细密密的面条，又用黄豆酱和茄子丁、冻豆腐、五花肉炒了一大盘酱。

当妈妈把炸酱面端上餐桌的时候，爸爸却不吃。

他说：“看着就不好吃。”说完就往下咽口水。

“还嘴硬，再不吃面就坨了。”

爸爸呼噜呼噜地就着炸酱吃了两碗面条。

他放下碗说："好吃什么啊，除了我就没人愿意吃你的面条了。"

"我自己能管饱自己就够了。"

"什么时候学会做饭的？咱们结婚那么多年，这可是你头一回给我做饭。哦，不对，上次你还给我吃过一个煎煳了的鸡蛋，还是我发烧的时候做的。幸亏我痊愈得快，不然这么吃下去可真好不了。"

"我下午跟老李媳妇学的啊。"

"你这也是天天跟着我学的吧，那么快就能学会了？"

"哎哟，我什么事都跟你学？不讲信用这事我可不敢学。"

这也是我后来才听说的故事。我外公最初不同意爸爸妈妈谈恋爱，他俩热血青年，不知道从哪儿听来的词，叫私奔。妈妈收拾了一个小包袱，准备偷着跟爸爸跑，结果到了约定好的那一天，爸爸却没有来。妈妈等到晚上，还悄悄跑到爸爸家门口，发现他们家的灯全都黑着，没了动静。

爸爸再一次站在文工团门口接妈妈下班，是三个月后的事了。那段失联的时间，在没有跟好闺密聊微信、酒吧畅饮买醉、心理咨询治疗、健身房疯狂出汗等时尚的抑郁心情排解方式的年代，妈妈可真的是度日如年。

爸爸云淡风轻地说："全家一起回老家了而已。"

尽管后来爸爸用自己的好厨艺打动了外公，保证让妈妈以后也能拥有无尽的关怀和照顾，但妈妈始终不肯原谅那段他爽了约，自己坚持的时间。

妈妈跟我说："你爸三年外派，我都能忍，起码有盼头。不知道终点在哪儿的等待，最让人心慌。”

爸爸说：“好好吃个饭，总是翻旧账多没意思。”

妈妈说：“你看人家电视剧里，俩人要散了，就得有个片段回顾。咱现在就是片段回顾，然后我自己好好过我的，你也好好过你的。”

妈妈抬头看了看表，第一次主动收拾了桌子。

爸爸说：“这些年不都是我洗碗吗，你瞎搞什么，一会儿碰碎了。”

妈妈说：“这不是道别仪式嘛。”

妈妈洗了碗，换好了衣服，真的就出门了。

爸爸忧心忡忡地对我说：“你妈今天状态不对。她肯定有什么事。”

我淡定地拍了拍爸爸的肩膀说：“吃了饭她不是都去跳舞吗？”

“以前跳舞很随意就走了，你看今天，还讲究起什么仪式感了，肯定有事。”

爸爸又逗了一会儿八哥，着急了，一边往门口走，一边说：“我得去看看你妈到底去干什么了。”

爸爸去了妈妈平时跳广场舞的公园，没有人，连往日跳广场舞的人都没了。他又在附近转遍了妈妈常去散步的地方都没有找到她，去了李阿姨家，老李说李阿姨早早吃了饭就出门了。

爸爸在小区里转了一圈又一圈，有个路灯坏了，在暗处他被砖头绊了一跤，拖鞋的底走断了，走路像瘸了腿，他才发现自己出门太着急连鞋子都忘了换。他时不时拿出手机来看，想着万一出了意外，妈妈至少应该打来电话。可他拨出妈妈的号码，都是已关机的提示。看着看着，

他的手机也电量不足关机了。

爸爸第一次觉得，这个老旧的小区，大得像一个地球，茫茫人海好像能够淹没一切。

世界原本可以小成一个家，也可以大到再也寻不见。

身边时不时有邻居打招呼，一张又一张笑脸过去。耳边一直能听见远处广场传来的单曲循环的音乐，断断续续的，有时快进，有时快退，和大家的回忆似的。

直到在市中心那个最大的广场，爸爸才从热热闹闹的人群中看到了穿了一身红色运动装的妈妈。

妈妈和李阿姨领舞，在一大群退休中老年妇女的面前，把胳膊和腰肢柔软地伸展开，协调地扭动着变肥的腰和屁股。

爸爸想起来当时在学校文艺演出时，第一次看见妈妈跳芭蕾舞的样子。自从结婚后，妈妈就做起了家庭主妇，为了家庭，什么爱好和追求，都留在了少女时期的幻想里。

爸爸站在旁边打太极拳的人群当中，偷偷看着那些广场舞阿姨的排练，神态像是读书时偷看女生跳舞的少年。

等到最后一支曲子结束，爸爸走过去帮妈妈拎起音箱，说："跳累了吧，回家。"

妈妈甩开爸爸的手，生气地说："回什么家？不和不守信用的人回家。"

爸爸笑了笑，说："你可别再说我什么不守信用了，那次咱俩私奔我没来，是出门的时候和那会儿也追你的那男的打架了，我打不过他，他拿了个钢管把我腿给打断了。没联系你的时间我在医院躺着呢。哎哟，太丢人了这事，真想瞒你一辈子。”

妈妈从口袋里拿出个单子来，是那个去欧洲十国旅游团的报名表。

她递给爸爸说：“我刚才去报名了。”

爸爸说：“今天你这么反常，就准备去干这个吧？外面的世界就那么好看？你没听人家说，外面的世界很精彩，可是外面的世界也很无奈啊。”

妈妈说：“是啊，是挺无奈的。我报完名了，人家说我昨天报过了。所以，多报了一个，你也一起来看看吧。当时私奔没走成，现在也有时间出去转转了，可不能乱跟人打架。”

出发前爸爸妈妈俩人在一起收拾出行的行李。妈妈把那红宝石戒指摘下来，说：“这个假戒指放家里好好留着吧。”

爸爸说：“戴着戴着。”

妈妈说：“怎么啊，我不戴戒指出门还有人以为我单身跟我求婚？当我二十岁少女吗？”

爸爸说：“那戒指不是假的。我那会儿啊为了存钱给你买这个戒指，偷偷给报社写稿子，用另一个笔名存了半年的稿费。那时候不好意思告诉你，才跟你说是假的。”

妈妈把戒指重新戴回去说：“我说呢，怎么假戒指那么好看。”

爸爸的八哥终于学会说话了，它开口说的第一句话是，老婆子，我爱你。

味道解码师

年轻啊，就是我们疯狂地向远处不停地奔跑，

然后见过人间那些凶猛的利刃，岁月里奸诈的创伤，无助时的捉襟见肘，才懂得挚爱，始终都站在出发的地方，从未远离。

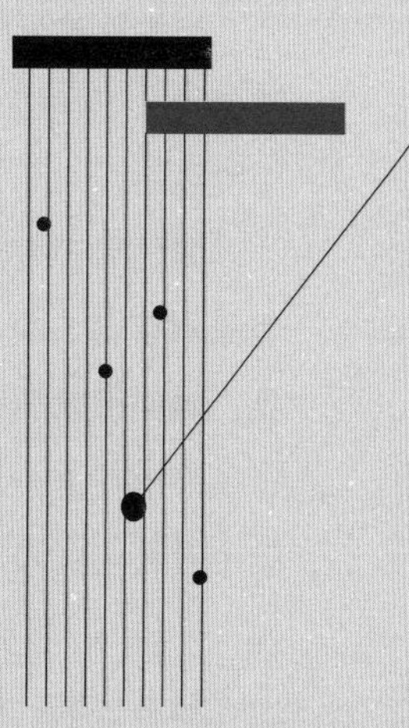

小荷并不知道，在这家日本拉面馆，她将完成作为味道解码师的最后一个任务。

三年前的小荷，以为自己丢失了爱情，也丢失了家庭。万念俱灰的她躺在家里，发现又失去了味觉，一切的美食都让她索然无味。

当她从“天堂小卖部”网络商城买到味道解码师芯片的时候，客服告诉她，当她成功把芯片安装到自己的体内，她将获得读取食物背后故事的能力。

但她需要按照系统的设定，寻访世间美食，找到自己必须读取的三个故事任务，然后生活里那些让她不愿面对的痛苦，统统都会消失不见，她又可以品尝到生活的好滋味。

终于在这一天，她可以结束这段奇妙丰盛又孤独漂泊的职业生涯，做个寻常的女人，在一人身旁，看日落月升，品苦辣酸甜。

最后一次，她走进的是一家门脸不起眼的日式拉面馆，这家面馆在

本城的吃货圈里颇为有名，因为在料理台前站着的主厨兼老板，是个十分优雅的中年女人，尽管眼角有岁月留下的皱纹，可她的眼神里却透着股风雨后才有的淡然自若。

她在以男性为主导的日式拉面行当里非常引领风头。

小荷点了一碗豚骨拉面，吃细长劲道的拉面，喝熬得白白的猪骨汤底，还有一个口感醇香的温泉蛋，半透明的蛋黄在筷子中颤巍巍的。

从这碗拉面里，她吃到的故事是这样子的。

故事的主角出生在日本，她不知道她的父亲是谁，从有记忆时就是妈妈带着她四处颠簸。为了谋求生活，妈妈一直企图换更好的工作。但由于社会经济萧条，日子过得越来越艰难。

长大后她在便利店打工，认识了一起打工的中国留学生，两人顺理成章地恋爱了。因为贫穷，他们约会时一个可乐饼也要一人一半分着吃。后来留学生毕了业要回中国，她硬是跟着来了，她想反正生活也不会再糟糕了。

来到中国后，她想着自己有什么擅长做的事能够谋生，发现那就是她耳濡目染跟母亲学的做日本拉面。那时中国的日本餐馆还不是那么多，用心思和时间熬出的浓浓的豚骨汤底迅速吸引了大批的食客。

但当她在美食圈最风光的时候，留学生却变了心，娶了另外的人。

于是这家拉面店，成了她相依为命的亲人。她辛苦经营着，一下子就过去了二十年。她不断地改良面与汤的配方，一日日的心血成就了一切。又过了几年，母亲病故的消息才传到她的耳朵里，之后她再没有回到日本。

这一碗面，满满的都是乡愁。

直到有一天她认识了一个来这里吃面的男人，他懂她的酸甜苦辣，懂她的起起落落，一碗面，成了他们之间沉默不语的交流方式。

那个男人离婚了，还有一个女儿。她不接受自己的家庭里，即将走入这个新的人。

但这份感情，是她平淡生活里最亮的光，所以她很挣扎，也很痛苦。

小荷在寻找并完成任务的路途中，有时会把那些尝过的多余的故事记录下来，然后投稿给杂志社和各大网站赚取丰厚的报酬。

被咀嚼出来的故事，通常少了那些商业化的杜撰和包装，反而更加真实。用小荷自己的话说，是真实到有些残忍。

真相带来的感动，都那么直接。

比如街头做鸡蛋灌饼的夫妻日复一日地忍耐生活的挤压，为了给孩子赚私立学校的学费；法餐厅的主厨有了几个情妇，那几个情妇轮番去他家里闹得鸡飞狗跳，太太离家出走，他想着如何在下班后去祈求原谅；煮汤圆的白发叔叔整日思念自己出车祸去世的前妻，黑芝麻馅料里都带着凄苦……

当小荷完成味道解码师的最后一个任务，她左眼眼角膜的显示屏出现了“finish”的字样，然后她听到自己体内一阵嗡嗡电流流过的声音，随后一切回归平静。

她感觉到万物的色彩重新回到了她的身上，酸甜的番茄的味道，甜蜜的可乐的味道，苦涩甘香的咖啡的味道……它们排着队转着圈地，如同归巢的鸽子，重新钻进她的身体里。

小荷站在印着招财猫的布门帘之前，猫的嘴巴中间被风吹开了一个

小缝，清新的风吹过来，半长的刘海飘荡着。

这个世界上的一切都是可以原谅的。车子的划痕，衣服上的咖啡渍，手指的倒刺，面包上歪斜的葡萄干，走丢的爱人，困顿的灵魂，都可以原谅。

当小荷回到原点，原谅一切，世事皆可得到。

三年前，小荷告别了她上一个爱人。那个在肩胛骨文了一对翅膀、曾答应和她一起看遍人间风景的男人，无声无息地搬出了他租来的房子，回到了自己的家乡，一个西北的小城。

他几乎搬空的房子小荷去过一次，那里面留存的往事和记忆都能发出回声。她把墙上那张塑封的世界地图拿了下来，上面是他们用记号笔画的各种周游世界的线路计划，东亚线、北欧线、美西线、赤道线……一条一条跨越经纬度的彩色线条穿起的都是不真实的承诺。

她把世界地图折成了一个巨大的纸飞机，打开阳台的落地窗子扔了出去。它自然是不会按照身体上的线路来飞翔，从十九楼落到了一楼的花园里，打扰了许多梧桐树叶的安宁。

第二天想去找回来，却早就被环卫工清理干净。

小荷看到他们旧日的共同好友发来他近况的照片，他竟然过起了他曾嗤之以鼻的安逸日子。头发不再使用光亮的发泥，剪了普通的板寸，摘了白金的耳钉，身体塞进圆领的T恤，胡子也剃得干干净净，穿高仿的耐克鞋。

她追问着为什么要这样，他只说，原来年纪到了，就会想明白自己要的是什么。那些花花世界他不想要了，只想跳回井底，把过往人生当成一个梦，然后踩着泥土过日子。

同样令小荷费解的男人，是她的父亲。

小荷的母亲生下她后就和父亲离了婚，他一个人照顾小荷，小时候同学问小荷你的妈妈在哪里，她总是用爸爸教给她的回答：妈妈在外地很忙。

直到现在，小荷断断续续地谈起了恋爱，父亲在这一年春节的时候，带回家一个中年的日本女人。

他跟小荷说："爸爸想要和她一起生活。小荷你长大了，爸爸不能陪伴你一辈子的。"

小荷不同意。她想着，为什么说爱我的男人都要离开。

父亲跟小荷解释说："爸爸不是要离开你，只是想追求自己的幸福。"

但小荷不接受这个解释，她生气地说："我才不要听，家里多了一个人，就会来争夺原本属于我的感情。"

和爸爸大吵一架后，小荷躲在房间里不出门，浑浑噩噩地躺着，饿了就叫一份外卖，送来的餐闷在一次性的餐盒里，和她的日子一样没活力。

她一遍一遍地问天花板为什么，为什么有些人就是要放弃现在所拥有的，去追逐什么所谓的理想生活。

万念俱灰之时，小荷发现她的味觉不见了，她向"天堂小卖部"网络商城求助，购买了味道解码师芯片。

她想尽管尝不出食物的味道，能尝到它们背后的故事也是好的。

客服告诉她，当她找到任务中三个故事的解读，芯片的功能就结束了，她的生活和她的味觉，将回到正常。

小荷好奇地问："为什么是三个故事？"

客服说："这三个故事，和'中''发''白'三个字有关系，当你完成，你的芯片会给你提醒。大胆尝试吧姑娘。"

小荷继续问："为什么是'中''发''白'？"

客服说："因为技术同事们现在正在打麻将，于是就给你做了这个设定。祝你好运。"

在小荷成为味道解码师的那段时间，整整三年，她都没有再回家，去一个又一个城市，找一个又一个餐厅，品尝故事，记录故事，等待任务的完成。

小荷的护照盖满了五颜六色的章，世界各地的城市名称和时间挤挤挨挨地填在里面。写着不同目的地的机票留了厚厚的一沓，她买了收纳夹把它们存起来，那是她完成的当初和那爱人在地图上的线路。

原来想象中的路，最后还是要独自去走完，承诺只是路过的一枝野花，总会失散在道路之外。

过往，总没有零存整取这回事。

刚开始的前两年时间，小荷没有找到"中""发""白"当中的任何一个任务。她吃了许许多多的餐厅，咀嚼故事，然后坐在咖啡店里写稿。

她的读者越来越多，他们被一个又一个厨师的经历故事打动，甚至有狂热的粉丝追随着她故事的足迹前往旅行，给她看他们在店里用餐的照片。

很多时候她悄悄地观察着身边的食客，内心是羡慕不已的。纵使她知道，厨师是怎样心怀甜蜜地做出了眼前这一份舒芙蕾，却不知道那种轻盈如同云端的甜蜜在舌尖是何等的温柔。

她出门在外兜了一个很大很大的圈子，在飞机上飞行了无数冤枉路之后，才发现第一个任务，就在她家附近的一个小胡同里。

那天她原本想去吃一家重庆馆子的红油抄手，结果那家店店主临时有事，要歇业几天。于是她在那路上乱转，穿过狭窄得只能走过一辆自行车的小路，走进一个售卖日式咖喱饭的小饭馆，只能坐得下五个客人。餐桌被围成了一个圈，厨师在当中做咖喱饭，每一次打开电饭锅，他的脸就被蒸汽绕满，摆好配菜，从一个大的不锈钢锅里舀出深色的咖喱汁，摆到客人的面前。

在吃下第一口之后，无论是淑女还是硬汉，都以迅雷不及掩耳之势把整盘饭横扫干净。在意犹未尽中问老板可否再来点饭或者再来点咖喱汁的时候，老板就递过去几张餐巾纸给对方擦擦收拢不住的口水，说，留个念想，下次再来。

小荷也把那盘咖喱饭吃完了，热气在脸上蒙了一层水汽。那故事好长，她一口一口地吃下去，听故事听得尽兴。然后，她左眼视网膜上显示出一行小字，“发”任务完成。

“发”意为膨发，大米膨发出米饭，这里是你的任务故事。

故事里的男厨师叶军是重庆人。

他读书时一直是学校里的学霸，只要他想安静地背诵，那些知识就可以过目不忘。他考到成都的重点大学，屡次在酒后和同学打架，有一次用酒瓶打聋了当地某个二代的耳朵，被学校劝退。

离开学校的叶军一直做小生意混日子，和几个小学妹谈谈恋爱，后来和朋友合伙在学校门口开了家冷锅串串，生意火得不得了。旁边的几

个店铺几经易主，都被冷锅串串的火爆人气弄得做不长久。

除夕那天关店休息，回老家过年的叶军接到电话，得知店铺意外失火，烧得干干净净。后来趁着苹果手机卖得火热，他开了家小店倒卖了一阵，一天晚上有人撬开了门锁，把店里没收起来的手机全给偷光了。

叶军觉得大概南方的水土注定他没办法发达，于是来到北方的一家小餐厅打工做帮厨，别的厨子做菜他看一眼回家就学会了。过了不到两年，他大着胆子去好一点的饭店应聘厨师，做了一年，跟着另一个厨师一起到了五星级的酒店工作，存了些钱，来到北京开了家咖喱饭馆，开始为了省钱租了胡同里的小屋子，后来大家传来传去，也成了店铺的特色，每天从开门到打烊，食客络绎不绝。

他每天开店前准备咖喱汁的时候心如止水，于是一切的作料都带着自己本真的滋味，土豆、洋葱、胡萝卜、牛肉丁、梨子、椰浆不受丝毫人为情绪的影响，在锅里欢快地冒着泡泡互相聊着天，就等着客人排队来享用了。

叶军坚信，厨师的内心只要无比安宁，咖喱的味道就会足够撩人。

咖喱多么好，一切的食物和它做了伴都会成为天堂级的美味。

经过这些年的历练，叶军最擅长的事，就是从食客的用餐表情来看透他们的心声。

快乐的，不快乐的，烦恼的，或者是兴奋的。

小荷吃完咖喱饭准备离开的时候，叶军突然问她："咖喱饭好吃吗？"

小荷点点头说："好吃啊。"

叶军嘴角一撇，冷笑了一声，说："骗人，明明就没有尝出咖喱的味道。"

小荷不知道怎么再接那个话题，索性什么都没说就出了门，到旁边的咖啡店写稿。她点了份下午茶套餐，有水果沙拉和咖啡。没过多久，她就上吐下泻，来来回回往洗手间跑。她还没走回自己的座位，一屁股坐在红色地毯上，两眼发黑，额头冒着冷汗。忽然被一种无力感所包围，她一点力气都用不上。等到醒过来的时候，她已经在医院急诊室的病床上输液了。

等了一会儿，小荷见叶军走了过来。

"醒了？食物中毒了你知道吗？"

"你送我来的医院？你的咖喱出问题了吗？"

"是你吃的水果坏掉啦。我正好从那家咖啡店路过，往回搬一袋大米，结果就看见你跟个断了线的人偶似的，软塌塌地躺在地上，赶快送你过来查清楚，万一出去说是吃我的咖喱吃坏了，还要不要做生意了。"

"真是谢谢你了。"小荷说着就想坐起来。

叶军赶紧把她按回去，说："别动别动，休息好了你再起来。"

小荷输完液，被护士叫醒。天已经有些黑了，她走到医院外面，旁边有对男女纠缠在一起。男人的轮廓像是叶军。

女人哭着说："还不是因为你我才这个样子。"

"我把你怎么样了？"

"浑蛋，你知道手术有多疼吗！都怪你！"

"那你好好休息。"

"浑蛋！"

“好吧，我是浑蛋，我离你远远的，可以吗？”

女人呜呜哭着，自己走了。叶军早就发现了站在一边的小荷，见女人走远了他才对小荷说：“好像有秘密被你发现了。你没事了？带你去吃夜宵吧，不然肚里空空的，长夜难熬啊。”

叶军带小荷回自己的店里，给她煮了碗小米粥。吃完他又问小荷：“好喝吗？”

“好喝。”

“什么味？”

“小米的味啊，很香。”

“你又没说真话。”叶军把眼睛快贴到小荷的鼻子上了，“你看起来吃得很认真，可似乎……少了些什么。我说得对不对？不说真话，不肯拿我当朋友？”

小荷迷茫地说：“朋友？”

叶军出去抽了支烟，回来对小荷说：“要不要我们互相交换一下故事，成为好朋友？就是，我们把那些不愿意对其他人说的事，告诉对方，反正，咱们的生活，除了我的小店，也没什么交集。”

小荷顿了顿说：“你，叶军，谈过20个女朋友，动过心的有5个，平均一周打一次飞机，吃西瓜的时候不吐子，抽烟必须抽到烟屁股才肯停，刚才找你的女人是上个月刚分手的一个女朋友，你发现她居然有老公……我知道你不愿意对其他人说的事。”

叶军急忙打断了她的话：“停下，你怎么会知道这些？你到底是干什么的？”

小荷上了旁边刚下客的空出租车，对着叶军说：“今天谢谢你，再见。我们已经是朋友了。”

小荷忽然觉得她的任务有了头绪，如果那一个任务是日式咖喱饭的话，那下一次，去日本会不会有什么进展？这些年来，她去过欧洲、美洲、澳大利亚，却从没想着要去日本。

她还特意问了“天堂小卖部”网络商城的客服，与日本是不是有关系。

客服的回答是：是的，亲，有关系。

于是这次出差的目的地是东京。

因为航班晚点，抵达时已经过了午饭时间，有不少餐厅挂出了休息的牌子，小荷在酒店附近找了家尚有零星客人就餐的餐厅进去，菜单上是各色的咖喱饭，炸鸡咖喱、牛肉咖喱、可乐饼咖喱、鱿鱼圈咖喱等，这几个选择已经让她对接下来的用餐有更多的期待。

老板是日本男人，瘦瘦小小的，戴着圆形的黑框眼镜，在吧台当中，旁边是一个印度厨师，原来是一家结合印度咖喱和日式料理的店。

她自己倒了杯冰水咕咚咕咚地喝下去。刚才飞机上吃的航班餐没有任何情感，佐料却添了不少，吃了之后频频口干。

咖喱饭里的故事其实没有太多亮点。厨师在印度贫民窟长大，从小饿着肚子，励志要做出好吃的东西来。他在餐厅里打工，被一名到印度寻访厨师的日本人赏识，推荐到东京来工作。

小荷的任务提醒，也并没有什么动静。

这时她听到不远处一个也在吃咖喱饭的男人接了个电话，说的是中文，不单单是同来用餐的游客，那个人是叶军。

“嘿，地球真是太小了，转一圈都能遇到。”叶军意外看到小荷非常惊喜。

“嘿。”小荷有点尴尬。

“你来这儿旅游吗？”叶军兴奋地问道。

“怎么说呢，也算是工作吧。你呢？”

“也来工作。这家的印度大厨咖喱煮得很好，快尝尝。”

叶军告诉小荷，有时候自己就到世界各地，比如日本、印度这些地方向不同厨师学习做咖喱料理，然后对比一下国内的口味进行改良，这样来店里吃的人才能尝到最美味的咖喱，要不然，怎么会去了他店里的所有人都能吃下一大盘米饭。

小荷称赞叶军做饭很用心。

小荷知道叶军现在虽然是小店的老板，但在餐饮界的地位让人嫉妒。他在做事的时候，心里永远风平浪静，好像那些俗世烦恼都走不进似的。

叶军开玩笑的时候总爱说，自己到最后还是一事无成。他没有那种中国男人惯有的过于伪装的自怨自艾。

小荷忽然觉得，原来他到底是个与众不同的人。

晚上回酒店的时候时间还早，小荷到临街的麦当劳坐一会儿。全世界24小时营业的麦当劳都一样，坐着无家可归和不想回家的人。

这时她看到在角落座位趴着的叶军，小荷上前拍了拍他的肩膀问道：“怎么不回酒店，在这里当流浪汉？”

“最近手头紧，酒店太贵，我又一个人，在这儿凑合下呗。”

“那哪里来的钱买机票？”

“半年多前买的特价机票咯，那时候也不知道自己现在这么穷。”

“你到底怎么了，好像破产了似的？”

“还记得上次你见的那个女人吗？就医院门口跟我吵架那个。死了，家里人来闹得厉害，说都是我的错，我也懒得说，要多少赔多少咯，要我的命我也给不了。”

“死了？!”

“嗯，手术后大出血，没抢救过来。”

“孩子是你的？”

“什么孩子？”

“不是流产手术？”

“什么流产啊，你把我当什么人了，她做的是痔疮手术。”

“那为什么是你的责任？没理由啊。”

“她父母说她是因为跟我分手伤心才患了痔疮，对这个理由我没话可说。”

“所以你的全部家当都给她父母了？”

“是呀。不把我搞得一穷二白，他们怎么会罢休。反正没了就不要了，钱总会赚回来的。毕竟是女儿没了，我那点钱如果让他们俩心情好，也算是积了福报。”

听了叶军的话，小荷唏嘘不已，又有点怅然。她陪着叶军又聊了会儿天，说要回去休息。但她离开后不久又不忍心地回到了麦当劳，叶军坐在那儿看着远方的姿势好像一直都没变。身边行色匆匆的当地人早就换了好几拨，他一个人置身事外，如他平日在店里的样子一样，食客流水而来，唯有他一个人沉默，安静如昨。

小荷把房卡递给叶军说：“这张房卡给你，算是上次你送我到医

院，还你的人情。”

“我不要，你这什么意思，施舍我？”叶军看都没看小荷递过去的酒店名片。

小荷把房卡和酒店的名片放在桌子上就走了。她最后说的话是：“好好休息才能有力气品尝更多好吃的，这不是施舍，是帮助。”

叶军哼了一声说：“喂！我才不要一个女人来可怜我呢！”

再次走在回酒店的路上，小荷想，若是在国内，她定不会这样好心。可她这些年在外面，给美国的流浪汉买过热汉堡，给越南的乞丐买过咖啡，给非洲的小孩子买过铅笔，心早就变得柔软，看不了可怜的人和物。

原来远行的意义，就是我们在不同的地方，做了平日里不会做的事，成了我们心里真正想做的那个人。在没人认识我们的地方，才能活成自己最坦荡的模样。

给叶军的房间就在小荷的楼下，第二天清早她过去敲门。

当当当，没人应。

当当当，还是没人应。

难道他真的没有来？

小荷转身往电梯走，门打开了，叶军骂骂咧咧的声音传过来：这服务员大清早的敲了门就走了，真是的。

小荷止住脚步，笑呵呵地问叶军：“叶军，你今天什么安排？”

“随便转转吧。”叶军看是小荷，瞬间就变得乖顺了。

小荷继续问：“我出发去箱根的一家店吃饭，你有兴趣来一起学习下吗？那个店是做咖喱乌冬的，我请客。”

箱根居民区里的一家食堂，晚饭时间来这里的都是独自生活的街坊爷爷奶奶，有的人在看报纸，有的人坐在一起聊天，是些听不懂的话。吧台里面的厨房时不时传来各式菜肴的香气，随着一道又一道餐点端出，人们笼罩在白色的雾气里。墙壁和地上都很旧了，可依旧打扫得一尘不染。墙壁上贴了浮世绘的壁画，还有朝日海报，好像穿过一条陈旧的路。

简单的一碗乌冬面，咖喱汁浓淡得宜。老板是个白发老爷爷，用白毛巾包着头，来来回回忙碌着，满脸的汗。

小荷从面里吃到了老板的一生往事。那乌冬面是他年轻时追到妻子的利器，后来妻子得了乳腺癌，离世时想要再吃一次，却因为他想要汤汁煮得再完美一些，送去医院时人已经走了。从此以后，那汤汁属于所有来这里的客人，可最该吃的那个人，却再也不见了。

叶军看到小荷的表情越吃越凝重，点了份梅子酒拉着小荷一起喝。

叶军感慨地说："这样的咖喱汤汁，我得用一辈子的时间来追赶了。"

"能吃到最用心的食物，也不算白来世上走一遭。"

"你每次吃完东西，看起来尝到的和我们都不一样。"

"我是味道解码师，我吃到的，是食物里的故事。"

"怎么样，我的故事和别人比起来，酷不酷？"

小荷没有回答，她左眼的视网膜又出现了任务完成的提示。"白"任务完成。

"白"意为白色，乌冬面属白色，这里是你的任务故事。

小荷找到关于这个任务的灵感，是在房间里看到一本餐厅宣传手册，上面有关于这家餐厅的故事。那个乌冬面老爷爷的经历，老早就被

当地的报刊争相报道，大家纷纷去品尝那种缅怀挚爱的味道。

食物的顶级味道又能到哪里呢？人们愿意追寻的，不外乎那些永远都没有上限的情感。食物一旦和感情沾了边，它就不再是单纯用来果腹，而是一种可以分享的情绪，让品尝它的人，用舌尖去聆听旋律，走入一种无法炮制的情境之中。

小荷抬头看看窗外的夕阳，远眺到顶一坨白色的富士山。

她幽幽地说："爱情里有那么多没来得及实现的心愿，会不会遗憾？"

小荷吃到叶军的咖喱饭的时候就知道，那些他真正爱过的女人，都没有吃过他做的饭。叶军一直觉得，只有给爱人做一顿好吃的，才能永远占据着她的记忆。比如他永远都记得，那个给他做青椒炒肉丝炒煳了的旧情人。

叶军说："我做过那么多咖喱饭，见过那么多人满足的欢乐。你没有那么满足的表情，但是，又好像全都明白。"

小荷好奇地问："你会原谅过去的自己吗？那个没来得及珍惜眼前人的自己。"

叶军说："有什么不可原谅的，日子还是一样过，一日三餐还是要吃。人和人的关系很是奇怪，有时候我们伤害起来视死如归，有时候我们错过之后又情深义重，到最后还不是选择了放过别人，也放过自己。生下来是身不由己的，活着已经很难了，何必跟自己的心过不去？"

小荷明白叶军做的菜里那种平静安宁的韵味。

他们走出餐厅不久，云朵渐渐沉下来，一会儿就下起了雨。叶军走着走着，不知道从哪里扯了块破了几个洞的塑料布，上面印着个世界地图，两个人顶在头上。

小荷想起自己那个被环卫工人收走的巨型纸飞机，现在头顶的世界地图上，是不是也是什么人放飞的过去和遗憾。

叶军改签了回程的机票，他落地首都机场后，才给站在酒店门口等他一起吃天妇罗的小荷发消息，自己有急事赶了回来。

小荷回来的晚间航班因为台风延误了整整十个小时。落地从机场出来的时候，远远就看见叶军举了一个纸板写着她的名字，和其他酒店的接待员站在一起。

他脸上焦急的表情，让她觉得航班的延迟是自己的错。

叶军用保温饭盒给她带了碗皮蛋粥，对小荷说："你在机场吃了几顿盒饭，肚子不舒服吧。"

小荷笑着说："自己先溜回来，放了天妇罗的鸽子，现在又拿吃的收买我，才不和不守信用的人交朋友。"

她话刚说完，便从粥里品尝出了他的理由。

咖喱店的房东涉嫌民间私募诈骗，房产被查封了。这下叶军没有周转资金，又没了谋生的小店，一小碗热热的粥，浓浓的都是克制的思索。

小荷问叶军："准备怎么办？"

叶军一副无所谓的样子，说："果然厉害呀，什么都知道。又不是第一次了，我这样的人，可能命中注定，干什么都是做一半就黄了。"

小荷细细看着他的眼睛，企图找出这句话里的丝毫惋惜，可真的一点都没有。这男人不只是克制，更多的是坦然的接受，从不责备造化弄人。

叶军从她手里拿过不锈钢碗，塞回保温饭盒里，说："反正你也不会说我的粥是咸是淡，就不问你了。你现在吃了我的粥，可就是我的人了。”

小荷害羞地说：“说什么呢？”

叶军骄傲地说：“嘿嘿，你不知道吧，有多少单身女青年没事就来吃饭，最后用口红在餐巾纸上留电话。如果我都留起来的话，整条街估计都给填满啦。我煮的粥，可比咖喱饭还要花时间，一碗足够勾魂摄魄了。”

尽管是句玩笑话，但小荷忽然想知道，这碗粥，在舌尖的味道组合到底是什么样子的。

小荷的童年也充满了父亲做的皮蛋粥的味道。他经常要在外面忙工作，早晨煮好一锅，小荷上学吃一碗，放学回家来自己加热剩下的粥做晚饭。

如今跑遍了大半个地球，吃过无数菜品的小荷想，如果时间退回十几年前，应该是尝得出爸爸当初用沉默掩盖的孤单和心酸。

离家三年的小荷又从钥匙包里找到自己家大门的钥匙。沿着熟悉的路走回去。她拧开大门，门口的鞋架上还有她以前在家里穿的那双粉色塑料拖鞋，上面的白色兔子图案磨得斑驳。并没有多一个女人在这里生活的痕迹。

父亲一个人在客厅，电视播着保健品的广告，他在沙发上睡着了。白发多了不少。

小荷打开原先自己卧室的房门，保持着她离家时的原样。没有丝毫的灰尘，应该是频繁打扫的。

厨房电饭锅里还有粥，小时候爸爸说，煮粥最方便了，又营养又省

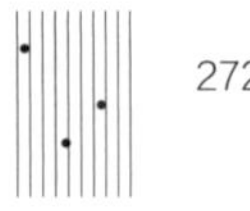

时间。

小荷热了一小碗，用手捧着喝，喝得泪流满面。

过了几个月，叶军开了家新的餐厅，打电话来请小荷去吃饭。

小荷说："叶老板，最近运势不错啊。"

"哎呀，算不了什么，之前经常来吃饭的铁杆粉丝们众筹了启动资金，我以后要好好赚钱回报股东们。你晚上没事的话一起来吃饭吧。"

小荷犹豫着说："我……以后再去吧。"

"你怎么了？好像有什么事似的。"

小荷吞吐地说："最近比较忙，等我写完几篇稿子就来吃。"

其实小荷这一天晚上的计划，是去她从来不肯走进的那家日式拉面馆。那是爸爸想要带回家的那个日本女人开的。

历经了几十年孤独动荡的日本女人，站在吧台的后面，用心制作着每一碗面，迎来送往那么多客人。唯一不变的是店里的摆设和她自己，随着时间流逝逐渐老去。青春不再，她还跃跃欲试地等着迟早要来的爱情。

那一碗面是有力量的，是关于生活和陪伴的期待。

一个人的成熟，需要走过很长的路，淋过许多的雨，见过最狠毒的笑和最善良的狠才能得到。

小荷读出了她的故事，她早就应该知道，她的任务一定与这个地方，这个故事有关系。她兜兜转转，犹犹豫豫，一拖再拖，始终想要绕开的地方。

这家日式拉面馆的名字是：中津拉面。

“中”的任务完成。

中津，是这女老板在日本的家乡的地名。家乡是她带着怨恨、遗憾，再也回不去的地方。从未开口原谅，也从未开口道别。

这大概就是故乡的意义，故乡是你含着怨恨想要逃离，却始终把你紧紧捆绑的地方；是青春期叛逆时饿着肚子惩罚过的自己，是长大后再也没抱在怀里的一个布娃娃，是记不清最后一次跟父母任性的撒娇。

它们融化在一碗汤里，在漫长岁月里煲得香浓。

小荷知道自己可以原谅了，原谅爱情中离她而去的承诺消亡，找寻人生意义里流逝的时光，还有父亲含辛茹苦的期望。

她左眼眼角膜的显示屏出现了“finish”的字样，然后听到自己体内一阵嗡嗡电流流过的声音，随后一切回归平静。

她做回一个普通人，可以留在什么人的身旁，聊些怎样的家常。

小荷去叶军新开的餐厅，那比以前的面积大了一倍。她吃到了那盘咖喱饭真正的味道，香的、辣的、甜的。

叶军问她：“好吃吗？”

她说：“好吃。”

梦想代购师

其实梦想的深处空旷寂寥，而它给我们的意义在于，在某个内心荒凉的时刻，让你愿意相信，终其一生，历经春夏秋冬的变迁，尝遍喜怒哀乐的曲折，终能抵达。

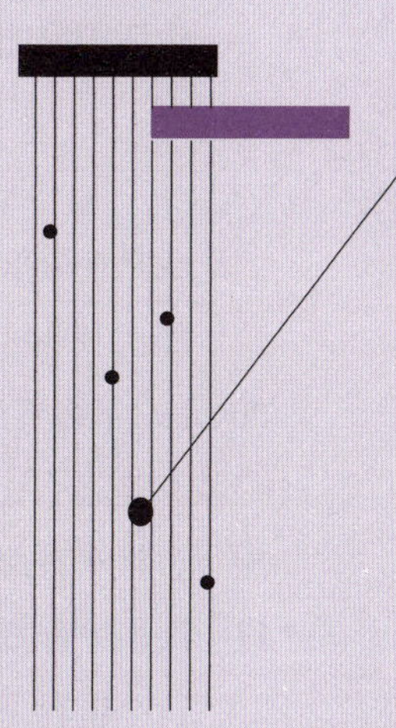

如果能回到过去，遇见那个18岁的自己，你会不会试着改变当初的选择，让现在的你，变得不一样。

成长的旅途从来是没什么计划可言的。5岁梦想做画家、10岁梦想考上清华、15岁梦想嫁给金城武的我，在25岁的时候成了一名梦想推销员。

生活因窘迫而让幻想显得粗糙，一切的变化都显现出异于往常的希望之光。

我是在最落魄的时候，找到了这一份工作。

那次我年少轻狂地裸辞，丢下了工牌清空了电脑，带着薄信封里200元的年终奖潇潇洒洒地离开了办公室。很难讲银行卡里仅存的500元存款，是怎么让我的腰板挺得那么直的。朋友圈里的朋友领了奖金出国旅行，换车升级，买驴牌的新款包包。然而我，都不曾去过坐三个小时以上飞机才能抵达的地方。

这个世界上不会有人比我更废柴了。

我却还觉得这份骄傲很完整，不曾被什么现实损毁。我不愿意面对的是，人家现实根本不屑于来损毁我这微不足道的骄傲。

我用不起400块一支的斩男色口红出去约会，出门不舍得打车只能在拥挤的公交车里被人踩来踩去，穿网上买来的廉价裙子，早晨出门前再熨走皱皱巴巴的痕迹。我的无助来源于无知，因为哪怕出了门，也根本不知道自己接下来的路该是怎样。

庞大的闲适从天而降，我像一个突然退休的没有养老金的老太太一样无所适从。

疯狂投了好几圈简历，恨不得在全市的HR眼前混个脸熟。穿着压箱底的职业装面试了几家公司，那些看起来很厉害的老板开场都会问我一个问题：告诉我，你的梦想是什么？

我说，我没有梦想。

然后他们都会用非常一致的口吻说，那回去等通知吧。

同样的问题重复到第七遍的时候，我失魂落魄地走出那个初春的暖风吹得像盛夏一样的写字楼，踩了几滴大理石地面的水渍，高跟鞋底一滑，整个人像个拖把一样趴在地面上，滑行了好几米。包里的简历散落出来，和我摔碎的生活一样，七零八落地呈现在别人的光鲜之下，没有去处，被压抑的气氛肆意地踩踏。

我趴在那里哭了，我觉得我的人生就要这么一蹶不振了，什么所谓的希望都抵不过别人嘴边的玩笑。

我没有梦想就走不进这个空话家们精心构筑的世界，是不是一定要和歌手选秀那样，对着镜头泪眼婆娑地讲完梦想才有资格晋级？

身边那些人，脖子上挂着门禁卡，手里举着星巴克，耳朵里塞着蓝牙耳机，好像时时刻刻要去冲锋陷阵。我羡慕地看着，他们一定都是有梦想的人，所以活得这么骄傲潇洒，紧张得浑身插不进一根刺，满脸都写着老娘忙得要死。

这时有个叔叔把我扶起来了。他穿了身白色的唐装，带着仙气的那种麻布料，还留着一嘴络腮大胡子。我看着他，想象着他要是再加上一把红缨刀那就是武林中人了，行走江湖的侠义壮士，差一点我就跪下说“师父请受徒儿一拜”。

他看看我洒了一地的简历问：“找工作？”

我点点头。

他继续问：“收录取通知了吗？”

我摇摇头。

他又问：“那有兴趣来聊聊吗？”

我整了整皱巴巴的衬衫，把自己散了一地的魂魄像拼图似的重新拼整到身上，跟着他走上了电梯。我趁他不注意拉了拉内衣肩带，今天还特意穿了24岁本命年买的那件大红色款，这存了一年的好运气，不知道还在不在保质期。

大胡子叔叔的公司外面没有logo，玻璃门进去就是一个简单的办公桌，墙上还奇奇怪怪地贴了个大红的福字，带着萧瑟又傻气的热闹。除了他也没有看到其他的员工。

他往桌子后面的老板椅上一坐，示意我坐在对过。

“姑娘，我们公司是新成立的，业务很简单，你应该能干得很出色。”我看着他，等他接着说。刚刚磕疼的膝盖还没缓过来，我怀疑自己是不是摔到了脑袋出现了幻觉。

他问我：“告诉我，你的梦想是什么？”

我说："请少一点套路，多一点真诚——简历还给我吧，你不会雇用我的。"停顿了一会儿，我又说："为什么又要聊这个，现在不谈梦想就不能好好说话了吗？"

他好奇地问我："怎么了？"

我说："我没有梦想，我不知道那是什么东西。你们喜欢高谈着梦想和追求，找着所谓的同路人，那跟我没关系。可能我一辈子都活不明白，但是也稀里糊涂地活到现在，四肢健全地坐在你面前，表面有点骄傲，但内心卑微，等着你给我个能糊口的活计。"

他看了一眼因为激动而满脸通红的我，继续说："好吧，那你对待遇有什么要求？"

我当时想，这算什么意思，按之前的惯例来说，聊到这儿该赶人了啊。

他接着说："我现在这个岗位就需要没有梦想的人，你愿意加入我们吗？"

我问："做什么工作？"

"我们公司售卖梦想，需要一个推销员。"他捋了捋络腮胡子问我，"相关工作经验有吗？"

要说和推销有那么点关系的话，大学毕业后，我做过保险推销。那是在各种招聘会汗流浃背地递简历面试都无果后，穷得连馒头夹榨菜都吃不起的时候，被一个好心的学姐带去了保险公司面试。

经历了保险公司的朗读心灵鸡汤早课、爱心师兄的谆谆教导、上午下午各一次的广播体操，三个月后，我依旧没有卖出一单，考察期后被炒了鱿鱼。

要说和梦想有那么点关系的话，换了几个工作之后，做过新媒体运营。那时候我的处女座老大说，做互联网创业的人都是有梦想的人，有梦且敢想，所以他每天零点准时给我打电话，让我起床推送微信文章。我要牺牲自己的安宁，为公司的梦想燃尽最后一格生命值。

在那里工作的三个月，我的“大姨妈”停了，大概是被梦想吓走了。为了下一代考虑，我在春节领了200元的年终奖之后辞了职。

总监说来年就有人帮助我们实现梦想了，公司要上市了，我掐指一算，要是那时候还没来“大姨妈”，我可能会生出一个叫梦想的孩子来。

大胡子老板神神秘秘地从裤兜里掏出一对油光闪亮的文玩核桃。他递给我说：“这个核桃就是梦想推销员的上岗证。”

我问他：“那工作内容是什么呢？”

“找到和现在的你一样迷茫的人，把梦想卖给他们。要记住，你不能在当下的时间里卖，要回到过去一个合适的时间，把梦想卖给过去的人。这样到当下的时候，他们才能实现梦想。你在手里转核桃，时光就会回到过去。不过，梦想推销员是不能有梦想的，所以，你不能把梦想卖给过去的自己。”说到这里，他又强调了一下，“你不能卖给过去的自己。”

然后他接着说：“我要睡午觉了，你出去跑业务吧，我这儿上班不打卡，出业绩就行。”摆摆手就让我走了。

出门后我坐在写字楼一层大厅的椅子上，想着到底应该去哪里找和我一样的人。这种人其实人群中很难被发现，他们通常衣服都是暗淡的颜色，脸上也没有太多明显的表情，永远都是茫茫人海中扮演背景的灰黑色，没有台词，没有身份，没有光环。

对面洗手间有个男孩子在洗脸，拽了一大截卫生纸擦干净脸之后又开始用水抹头发，企图抹出个大背头来，结果每次都有几根不听话地散下来。

他等了电梯上楼去，十分钟后他又出来了。大背头彻底塌了，他的背也驼了，气场瘪得像个漏了气的氢气球，想飞也飞不起来。

我向他走过去说：“不好意思，想不想改变你的现状，做个厉害的人？”

他看了看我沮丧地说：“我永远也不会做个厉害的人，还要去赶面试，先走了。”说着他看了看我手里拿着的宣传单。

“如果刚才你是因为没有梦想而面试失败了，那么我这里就有你最想要的东西，我可以把梦想卖给你。”我拦住他的脚步，继续说道。

在人群中，同类之间很容易互相发现，我知道我们是一类人，梦想空空如也，不知道路有多远，更不知道一切的找寻都是枉然。

我太多次和他一样灰头土脸地出门，知道他此刻正陷入深深的自我质疑当中，原来自己长到这么大，会因为没有梦想，被别人一再地拒之门外。可想当年读书的时候，背诵马丁·路德·金的《我有一个梦想》，还能默写出来全文内容。

我转动手里的文玩核桃，他看着我，大背头的碎发震惊得都要竖起来。接着我们就穿过了一段白得耀眼的时光走廊，我沿着脚下的箭头重新走出来的时候，时间回到他在洗手间洗脸的那刻。我在门口还能看见那时正在发呆的自己。

我从兜里掏出一块奶糖，银光闪闪的塑料包装纸上写着“梦想”两个字，递给他说：“这是你的梦想，成为一流的技术工程师，吃下它吧。”

他嚼了几下就把糖给吞下去了，又用手捧了些自来水来漱口。

接下来的这一场面试，我等了他足足半个小时。他昂头挺胸地下来，带着和这个楼里其他人一模一样的气质。

他过来紧紧地握着我的手，说，谢谢你。

用自来水捏出的背头闪着光走远了。

我第一次在工作中体验到了成就感，就是看到实现梦想的人身上散发出光芒。如果能早一点知道我们未来要面对的世界就是如此，可能对于过去经历的苦难会少些怨恨和责怪。

梦想可以让我们甘愿忍耐俗世洪流，向前迈出的每一步都呼啸生风。

成为梦想推销员之后，我过年回家时不敢和七大姑八大姨介绍自己的工作，只能支支吾吾地说是个销售。不然他们一定义正词严地指责我说，为什么不去考公务员，为什么不去做律师，为什么不去做老师，听起来这么没前途的工作以后怎么找对象。

我们都知道，其实在只有过年才会见面的亲戚们眼中，一个女孩子，是从大学毕业那一天开始变老的。如果还是单身，会瞬间成为让人眉头紧皱的剩女，化身他们走街串巷的话题里的打折处理品。

无论你的事业是多么的风生水起，背着他们也许一年收入都买不起的昂贵皮包，他们衡量你是否成功的标准，依旧是——有没有男朋友。

失败者是没有机会还口的，这个理论在家庭和职场一样适用。

这世上永远没有绝对快乐的工作，比如老板对我的业绩要求随着工作时间的加长不断地在翻番，从一天2个订单变成了一天20个，直到现在要成交50个。

遇到一个个新的客户，我转动着手里的核桃，来来回回地穿梭在现实和过去当中。原来别人上班通勤靠的是地铁，我依靠的就是那条空荡

荡只有一个人的时光走廊。

大概，那走廊就是梦想推销员空白的灵魂。别人的世界都被各种欲望梦想填充得拥挤杂乱，可我们的世界干净且通透。

和你们的共同点，大概就是都在为了未来拼命地迈着急促的脚步。

职场新人和老油条的差距，在于对待所谓业绩的态度上。后来的我，使用一些简单的技巧就能轻松完成业绩指标。我惊喜地看到，自己已经不再是那个完成不了任务被灰溜溜地开除的小姑娘了。

成长不一定代表改变，也可以意味着拥有。拥有面对低谷的勇气，拥有承受失去的底气，拥有在落雨的心情里为自己的不安撑一把伞的力气。

我知道在日落之后成交率最高，大部分人在一天结束后，会感觉这一天无所事事，未来没有什么梦想和目标，都很愿意从我这里买一个。

有时候我跑到选秀歌手的选拔赛场外面，和卖矿泉水的人站在一起叫卖，他们也都需要回答关于梦想的问题，无疑可以从我这里买一个绝妙的答案。

大学毕业季，我在那些穿着学士服拍完毕业照的学生周围，永远是不愁销路的。甚至我剥奶糖的速度已经比不上销售的速度了，于是架了个大红色的易拉宝在大学门口，上面用黄灿灿的大字写着：你的梦想是什么？在我这里随便选。

那时甚至有很会做生意的学长学姐，买了一大堆的梦想转售给自己的学弟学妹，主动申请成为我的代理。当然，在这之前他们已经从我这里给自己挑选过梦想，就是成为有钱人。

成为有钱人，成为美丽的人，成为成功的人，这一类主流的梦想销路最好，但是梦想都是限购的，某个品类卖光了就没有了。

其实也有小众一些的，比如有男孩想买让自己可以在床上很厉害的梦想，有作家买灵感不会枯竭，有玩家买自己拥有无数满级账号，有司机买永远不会遇到车祸。

时光走廊里，是我疾速来回奔跑的身影。

当我越来越频繁地返回当下时间时，觉得身边的氛围都不一样了，大家都拥有了属于自己的梦想，或者满身鸡血地走在实现梦想的路上。

每一片身边的风景，都包裹了与我无关的精致锦缎，我始终置身事外。

那些踩着高跟鞋、头发卷得一丝不苟的姑娘妆容更精致了，每个转身的角度你都找不到一粒头皮屑的破绽。

买了业绩第一梦想的服装导购，满脸喜悦地站在店铺门口拉着路过的客人。买了成为餐饮业巨头梦想的外卖小哥，成立了专业送餐的软件公司，管理着上万的外卖小哥，为半个中国的人送着外卖。

路过街头的一面玻璃墙的时候，有个买了头发永不分叉梦想的女孩对着玻璃整理满头秀发。我跟在她的后面，看了看站在里面的我，穿着条灰色的牛仔裤和白色T恤，踩着适合整日在时光走廊奔跑的运动鞋，还是和以前一样，只需要三秒就从你的眼里变成擦肩而过的路人，不会吸引任何人的注意。

我想起有些人在买梦想的时候犯了选择困难症，他们都会问我，你自己的梦想是什么？

我的回答永远是，我没有梦想。

所有人都因为有了梦想而身后闪着光，可我还是什么都没有，只不过是个永远暗淡的梦想推销员。

想起我妈妈在和亲戚聊起我的时候说，哎呀，我家的女儿啊，一大

把年纪了还不谈朋友，人生真是一丁点追求都没有。

现在觉得这种形容，真的一点都不错。

李光明是我梦想推销员生涯的最后一个客户，噢不，确切地说，是最后一个“陌生的”客户。

遇到他的那一天，他自己在一个日本居酒屋里点了芥末章鱼，喝了两壶梅子酒，从肥肥的脖子红到脑门。墙上的小电视机在播着日本的原声动画片，他慢慢地咬着一条章鱼腿，对着电视机哈哈大笑，嘴唇上的两撇小胡子随着笑容像是一扇打开的门。坐在一边的我刚刚完成了当天要求的第100单，累得连点餐都没有力气，直接用手指菜单给服务员看。

听到他爽朗的笑声，我真的是挺羡慕的，好像最近十几年都没有发出过这种没心没肺的声音了。我从18岁要高考的时候，因为没有梦想，生活就不再快乐了。

文理分科我不知道何去何从。大学志愿不知道应该选哪一个。临近毕业时学校安排的校招会不知道到底该参加哪一场。

所有的青春都变成了长明的烛台，撑开未知人生的黑暗，我四面碰壁，无从找寻一个出口。

我凑到李光明身边，拉着他闲聊。

“你有梦想吗？”

“梦想是什么，好吃吗？”

“买一个吗？我是梦想推销员。”

“不想要。天天都能有时间吃芥末章鱼，喝酒看电视，我觉得很幸福。”

“就这样？”

“还想怎样，大富大贵都是别人的，跌宕起伏都是英雄的，我不过是个茫茫人海的无名小卒，吃饱穿暖再无他求。”

说着他递了双筷子给我，示意我和他一起试试。

“可以卖一个华丽丽的梦想给你。”

“那么，都有什么？”

“比如有个美满的家，年收入达到几百万，或者和国民老公一样受姑娘们欢迎。你想要都可以卖给你。”

“算了，这些梦想那么花哨，我这个人很枯燥的，恐怕承受不起。”

第一次遭遇这样拒绝的我很是不甘心，转动文玩核桃，时间退回一年前，我想试试能不能把梦想卖给那时候的李光明。

那时的李光明家里有一个脸型细长得和茄子一样的老婆，就叫她茄子吧。她用一支筷子把烫得像干草的头发别在脑后，嘴唇噘得老高，跟他说：“你看看隔壁老王，有钱有事业，人家太太出门都有车送，白裙子和白鞋子永远那么干净。你看看我，每天只能穿帆布鞋去上班，因为要走长长的路，风吹日晒的年纪轻轻就成了黄脸婆。”

李光明像偏瘫病人一样躺在家里的二手沙发上，满不在乎地说：“所以你身材比王太太好呀，运动量比她大。”

她说：“你这人怎么这么没梦想啊，生活就没点追求吗？”随着声音有几个白眼丢过来。

“老王天天出门花天酒地，他太太自己在家里守着空房子唱歌，你喜欢那样的日子？” 李光明嫌弃地说。

“有意思！我就想过那样的日子。”

之后没几个月他们就离婚了。茄子离开了没有梦想的李光明，我看

着那时候哭丧着脸的她，卖给她一个嫁给有钱又有闲的男人的梦想。

我找到离了婚的李光明，此时的他不仅喜欢躺在自己家的沙发上，还喜欢躺在公园的长椅上，火车站的候车室，广场的空地上。我问他要不要买一个梦想，让日子有意思一点。

他对我说："我就想天天吃芥末章鱼，喝酒，看电视，有这样的梦想吗？"

我在背包里翻了翻，找到一个放了很久快要过保质期的奶糖给他。

我走回时光走廊，看到现在的李光明还是那个样子。

他咬着芥末章鱼，胡子抖动着。穿一件领子走了形的T恤衫，在居酒屋里度过一个又一个晚上。

我和他一起喝了几天酒，吃芥末章鱼，渐渐觉得原来那日子过得也不错。可我还是很好奇，为什么李光明就变成了这样的李光明，而不是和别人一样的李光明呢？

我用力转了转手里的文玩核桃，在时光走廊里走了长长的一段路。出来的时候，已退回了许多年，到了他读高中时的家。

他的家又大又宽敞，我从大门走到阳台都要中途停下喘气。可他自己住的房间很小很小，桌子上堆满了练习册和做完的没做完的考试卷子，单人床旁边的墙壁上贴着北京大学厦门大学南开大学的招生简章，上面还用铅笔写着加油奋斗之类的字。过道狭窄得一个刚刚长完个子的青春期男生在里面转圈屁股都会被卡住。

整个大屋子只有他自己。守着在这里长大的旧时光，幻想着未来不切实际的理想。他的父母都忙活着各自的事业，李光明从很小的时候就没有一家人吃晚餐的记忆，爸爸要应酬，妈妈要出差。他时而去外婆家，时而和保姆在一起。读高中之后，课程紧张，从学校下了晚自习就在楼下带一份盒饭回家吃。昏黄的灯光下，只有他一个人的影子投下来，好像四周的黑暗一口一口把他的生活给吞没了。

18岁的李光明，他的生活是试卷油墨味和隔夜发臭的盒饭味的。

我看着他的眼睛，此刻的他是有梦想的，背后有光。看得出他想要去很好的大学，毕业成就一番事业。深夜复习困倦到睁不开眼睛，李光明就用厨房里的咖啡机打一杯咖啡，喝完自言自语地说："加油！"

可他领到录取通知书的那一天，身边却找不到一个人与他分享这小小的成就，大大的感动。我站在他的高中学校门口，发现他居然是我隔壁班的同学，这么多年竟然从来对他都没有印象。

其实我读书时每天都低着头，熟识的同学又有几个？

李光明一路举着装了录取通知的EMS文件夹，从学校打了车回家，又因为堵车，干脆下来奔跑。盛夏的时节，他的头发和手里的录取通知书都给晒得滚烫。

他连同学朋友们发来的祝贺短信都没有理会。然而回到家里，气氛则冰冷得像个地窖。

爸爸对他说："需要钱随时联系我，大学很辛苦，别委屈自己。"

妈妈对他说："想吃什么好吃的随时和我说，我找保姆阿姨给你送去。"

18岁的李光明忽然觉得，他看上去应有尽有，其实一无所有，比如自己的爸爸妈妈。

你要知道，一个人18岁的想法，明明幼稚得一塌糊涂，却会根深蒂固地跟随一生。

我对18岁的李光明说："要买一个梦想吗？"

他问我："我的梦想是有个家，可以给我吗？"

我从包里找出一颗奶糖递给他。

从时光走廊回来，李光明还是那个样子。他告诉我，18岁的他想要个家，大学毕业就和茄子结了婚，是当时正时兴的裸婚，没跟父母要什么钱。

他皮笑肉不笑地哼哼一声说："家是有了，可天天回去听到的都是没完没了的抱怨。早知道当初买梦想的时候，要一个永不会抱怨的好媳妇了。不过，谢谢你给我的吃芥末章鱼喝酒看电视的梦想，太舒服了。"

李光明抹抹嘴，拿着手机给我看，是茄子给李光明发的自己和新丈夫的照片。茄子后来改嫁了，听说嫁得不错，有钱又好脾气，好像是个很著名的技术工程师，自己搞了个APP平台，上线没几个月就估值好几千万。

我看看照片，茄子的新一任老公，不就是我的第一单客户，那个大背头嘛。

我看着身边人梦想实现后的满足表情，高兴得有些恍惚。大概是酒的后劲上来了，我觉得有些飘飘然。去洗手间的时候，我看看镜子里的自己，也从脖子红到脑门了，只是后背仍然是暗淡的。

好时光那么短，活着就应该不负此生。

我重新坐回吧台，转动起手里的文玩核桃，又回到18岁的李光明领取录取通知书的学校。

我记得18岁的我，她就在那里。她暗淡得像一团阴郁的雾霾，做惯了所有人的背景。

"喂，你的可乐扔到我身上了！"我听到身后有个熟悉的声音说，那是我自己。

18岁的我坐在垃圾桶旁的椅子上，犹豫着要不要回家把录取通知书给父母。然而因为身上的光彩太过暗淡，在路人的眼里近乎透明，有人丢垃圾直接丢到了我身上。那时的我尚不知道，自己过往的那点荒凉，比起未来成人世界的游戏规则，是不足挂齿的。

一辈子不就是个小小的地图，我们从起点走到终点去。可是别人的地图上都有一个红点，他们哪怕走了远路，也依旧知道下一个红绿灯是该向左还是向右。可我的红点在哪里？

我的人生不曾有过梦想存在的痕迹。

那现在的我呢，有什么资格来这里，卖梦想给别人？

卖美丽的面膜代购皮肤嫩得能掐出水来，卖身材的健身教练有清晰的肌肉线条，那么我呢？

我没有过不知天高地厚的热血，更没有踌躇满志的冲动。

然后我坐到18岁的自己身旁，对她说："我是梦想推销员，要不要买一个梦想？从此以后你就拥有了快乐。"

彼时的我看着现在的我愣愣地想了很久，她接过奶糖，对我说："我想成为和你一样的人。"

吃了糖的她，哦不，是吃了糖的我，脸上的笑容那么甜美，我真想把那笑容永远地记住，能让我在之后的每一个失落不安的时候从记忆里拿出来看一看，那个有小梦想的自己，也这样笑得像朵绽放的花。

忽然我看到远处的地面出了裂缝，整个世界地动山摇地晃动着，连18岁的我的脸都像个瓷瓶子似的嘭地裂开。

这个世界塌了。

我又回到时光走廊里，身边一片惨白，没了来路，也没有归路。

我站在那里，东张西望了很久，什么都没有。我想起大胡子老板说的，梦想推销员不可以卖梦想给自己。

忽然感觉脚下的地面消失了，一直在下坠，下坠，掉在了大理石地板上，眼前散着一大堆的简历，膝盖摔得很疼，疼得让我觉得世界很真实。

还是那个初春的暖风吹得像盛夏一样的写字楼，我爬起来凭着记忆上电梯，找到大胡子老板的办公室。

他瞥了我一眼，问道：

“来应聘吗？”

“是。”

“告诉我，你的梦想是什么？”

“我的梦想是成为梦想推销员。”

“那你愿意来我们这里上班吗？”

“你们的梦想推销员不是不可以有梦想吗？”

“我没说让你做梦想推销员啊，你来做梦想打包员。”

“梦想打包员是做什么的？”

大胡子老板转动起背后奇怪的福字，狭小的房间角落，竟然还有另一扇办公室的门。我跟着他走进那个大门，里面是一个大得几乎看不到边的办公室，里面满满的办公桌都是人头。

没有人说话，大家都在沉默地动着手，低头干着活，像一个个活的机器人。

他告诉我：“梦想打包员做的就是包奶糖，把你的梦想包到里面，复制无数个。世界上的所有梦想，都是梦想打包员自己制作出来的，谁让他们有了梦想呢。”

“我不要做，这不是我的梦想，我的梦想是做梦想推销员。”我的全身心都在抗拒着。

他说：“我们这里现在不需要你这样的梦想推销员。”

我才不信。现在我是一个有梦想的人，我知道有了它，虽然可能是盲目的，可能是愚蠢的，但梦想最后会值得我回望往事，喜怒哀乐交织出一张网，捞起沉浸在年轻岁月里的繁华。

我走出写字楼，又在楼下碰到了那个大背头。他说他刚刚度了蜜月回来，要大干一番事业。

我问："有什么大计划？"

他说："要打造一个新的收购网站。我要做一个收购梦想的网站，大家可以把梦想从那里卖给我，然后我呢，再从那个大名鼎鼎的'天堂小卖部'网络商城卖出去，让人间充满梦想的光。"

大背头越说越激动，和他第一次面试成功那时候一样。

亲爱的，你需要什么样的梦想？

坐在电脑前的我，一天要把这句话重复无数次。是的，我加入了大背头的公司。每天也行色匆匆地走在写字楼的电梯间，手里有星巴克，耳朵戴着蓝牙耳机。

我成了梦想代购师，根据客户的不同需求，在我们的网站上从不同的人手里收购梦想，然后在"天堂小卖部"网络商城进行销售，每天能成交上千单。

前几天策划了一个促销活动，第二个梦想半价。我们的系统一夜之间火爆得差点崩溃了。

你问我现在快乐吗？

我不正在过着自己梦想中的生活嘛，我不是废柴，从来都不是。

如果我们一辈子，不过是演了一出叫梦想的戏，我也终于在此，演了把无须粉饰的主角。

复制美人

曾以为美是温热松饼最上层撒的甜蜜糖霜，能精心包裹住千疮百孔的心。

但慌乱中左抓一把右抓一把，才知道丢了人，失了意，慌了神，

没了什么，也不能没了自己。

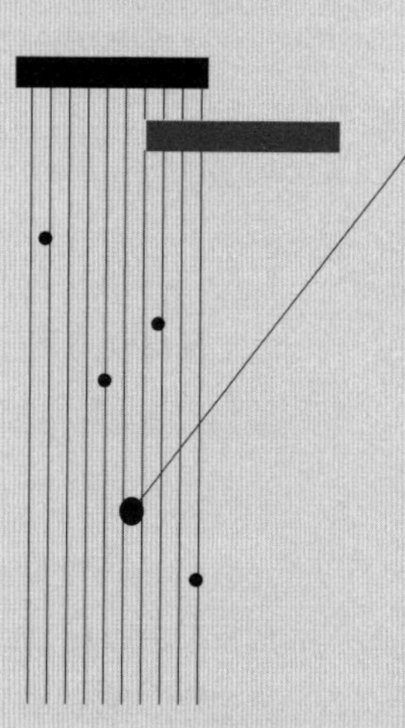

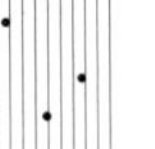

美丽宝宝APP 1.0

小西那些没人知道的陈旧秘密，终于也有被挖出来的那一天。

她在化妆室里做好了头发，等着进棚去给最新的粉底液拍面部广告。她身边的经纪人小赵手机的响声不断，小西听见他一直连连抱歉地说，小西的档期已经预约到一个月以后了。

作为当前最红的平面模特，小西的日子是马不停蹄的。一天喝下三四杯咖啡，转场四五个地方，去给不同的网站或者杂志拍广告照片，俨然已经成了模特公司的摇钱树。

不少人都说，小西是公司未来的老板娘，因为她正和董事长的儿子彼得谈恋爱。他们经常出双入对地出现在各种应酬场合，两只手牵得紧紧的。

这一天小西正在赶最后一个通告，彼得带了夜宵过来，分给还在忙碌的伙伴们。他递了一块榴梿酥给小西，小西接过来甜甜地说：“谢谢亲爱的，我最喜欢吃这个了。”

小赵站在一边，赶紧奉承地对彼得说：“还是彼得总关心小西，喜欢吃什么都记在心里，公司大少爷对别人可都没这么花过心思。”

趁着大家中途吃点心休息，小西把手里的榴梿酥丢在了门口的垃圾桶里。她想着，和彼得讲过多少次了自己不吃榴梿，他可从来都记不住。他微信里存着数千个女孩的名字，能认得她小西已经是给足了恩情。

第二天早晨小西正在喝牛奶，小赵给她来了电话。

小西接起来说：“我吃了饭马上就出发去现场，放心，不会迟到的……”

“等等，小西姐你不用来了。”小赵不客气地说，“现在网上不少关于你的信息，公司说，先暂停你的业务。”

挂了电话后，小西立刻打开电脑，在搜索引擎里输入她的名字，发现她过去的照片被传到了网上，新闻上都在说什么知名模特小西旧照爆出，丑女如今竟是公司台柱，等等。每刷新一次，都能看到小西过去丑陋的脸出现在屏幕上。

那是一张她想忘记却丢不掉的脸。宽下巴塌鼻子，眼睛一大一小，黑得泛黄的皮肤，还有光秃秃的眉毛。这张脸，曾陪着小西走过了26年的时光。

小西知道，能做出这种事的，一定是关欣，彼得的前女友，她的旧日好闺密。

小西和关欣过去是住在同一个宿舍的大学同学。要好的时候，她俩一日三餐自习上课形影不离。毕业之后，俩人在工作中都因为颜值太低而四处碰壁，直到有了美丽宝宝APP，俩人才成功去了模特公司一起出道。

很快，关欣就和老板公子彼得恋爱，成了所谓的未来老板娘。而当小西用美丽宝宝APP调整了美丽的容颜出现在彼得面前时，彼得迅速地爱上了小西并和关欣分了手。后来关欣和公司解了约，和小西的关系再也没能挽回。

小西从没和别人说起过的秘密就是，她从小到大都不算是个漂亮的姑娘，客观地说，还有点丑。

有些记忆她不愿回顾，好像一个永远愈合不了的小倒刺似的，碰上去就疼。

小西出生之后，她的爸爸妈妈曾经说过，她长得一点都不像他们。甚至她的爸爸还悄悄去做过亲子鉴定，拿着鉴定结果后才震惊地说："怎么可能，我的基因怎么会遗传出这个模样？"

小时候，小西的身边没几个朋友，因为大家都嘲笑她是丑八怪。青春期也从来不受男生的关注，更不会成为班级里收到情书的绯闻女主角。甚至连她的初夜，都是大学毕业的散伙饭上喝多了酒，莫名其妙地和一个男生去了附近的日租房，对方醒过来还说，千万不要告诉其他人。

她都习惯了。

长大后智能手机变得越来越流行，小西发现，美女们变得更美了。打开网络，全是清一水的锥子脸，皮肤好得像刚剥了壳的煮鸡蛋。

偶尔上班无聊看看老同学在社交媒体上发的照片，也都和过去有了天壤之别，变得美得不像话。她以为，所谓的女大十八变，就是这样吧。

直到有一天，她看到坐在她旁边的体重高达170斤的女胖子，用的

QQ头像居然是一张酷似林志玲的自拍照。那时候她才知道，原来大家都在使用一种修照片的手机软件，无论你原本长成什么样子，都可以把照片修得美美的再给别人看。

小西也曾练习过化妆，不是眼线晕染成熊猫，就是睫毛膏顺着汗水流下来，每次都被人悄悄地拍拍背，又指指附近的镜子。她甚至偷偷在网上查询过整容的事情，看到高昂的费用和未可知的后遗症，又觉得还是不要在脸上动刀子了。

可她多想过上一个正常女孩的日子啊。身上佩戴些只图开心不求实用的小饰品，早晨起床对着镜子给自己一个美美的笑容，和朋友互相交流哪款口红最吸引男神的眼球。

她毕业求职，不敢在简历上贴照片。后来找到一份在时尚杂志做编辑的工作，还是那天面试她的总编眼睛发炎没戴隐形眼镜，聊天当中认可她的专业和信心。

入职后总编意识到自己的错误已经来不及修改了，于是安排小西做一些零散的活，对外接触的事情一律不准她参与。那一年公司年会，公司集体去斯里兰卡旅行，总编居然对她说：“小西啊，年会那几天你就请病假不要来了，不然咱们部门怎么能得最佳节目的奖金？”

小西年会当天看着微博里同事们发出的沙滩上热闹的照片，觉得自己从来没有融入过任何一个群体，大概是因为自己太丑了吧。

太丑了，所有的光鲜美好都和你没关系。

太丑了，所有的聪明智慧别人都看不到。

太丑了，你不配拥有所有漂亮的好东西。

小西把自己闷在家里哭，突然看到电脑屏幕闪烁的广告图标，于是她鬼使神差地点开了一个叫“天堂小卖部”的网络商城的页面，页面上写着一句醒目的广告语：这里可以买到你想得到的任何东西。

小西在搜索框里搜索“美丽”，随后页面就出现了美丽宝宝APP的下载二维码。页面的介绍说，这是一款能在现实里实现美颜的APP，戳几下屏幕，就能得到你想要的美丽容貌，重新获得自信。容颜调整后，要保持手机的电量充足，否则关机后脸部容貌将被还原。

APP里有设计完成的滤镜，可以美白、瘦脸，自动化妆。她在屏幕上按了下美白，几个小星星从眼前闪过，她转脸看看镜子里的自己，原本泛着黑黄的脸，当真变得白了。她用力地摸一摸脸，那是真实的改变，连青春痘留下的印子也一并不见了。然后她又点了眼线、睫毛、口红，自己的脸上瞬时出现了完美的化妆效果。身体里，似乎也出现了一股子力量，让她勇敢去面对生活。

咚咚咚。

这是妈妈要进来之前的敲门声。

妈妈一边推开门一边说：“小西，来吃苹果……咦，你是……？”

小西发现妈妈居然没认出自己来。她捏着嗓子说：“阿姨，我是小西同事，刚过来找她取东西。”

“她人呢？”妈妈探头看了一眼房间里问道。

“在那边翻箱子呢。”小西指了指鼓起来的窗帘，后面是她塞住的布娃娃。

“哦，那忙完了你们一起过来吃东西吧。”妈妈不再多问，转身离开了小西的房间。

小西等妈妈走远了，举起手机随意给现在的自己拍了张照片。然后迅速按下了撤回键，脸上的美丽又重新清了零。

她开门出去的时候隐隐觉得，刚才那种说不清道不明的力量，忽然就不见了。

这一天上班前，小西用APP把自己的脸调整成自己没见过的美丽状态。

她走进办公室，从来不对她说话的创意部总监对她说：“小西，今天这么美啊。”

没有正眼看过她的公司副总对她说：“咱们公司还有这样的大美女？之前都不知道，真是光彩照人。”

这一天的部门会议上，总编把最重要的一个选题交给小西来筹备，周围的同事凉凉地说：“丑小鸭变成白天鹅，这就要上天了。”

中午吃饭回来，她去追电梯，里面的女同事冷冷地看着她，在她冲进来之前狠狠按着关门键。

她在洗手间听到水池边的女同事说：“小西不就是好看了点吗，凭什么把我们的机会都给占了，原来还不是在角落里打杂的？”

小西忽然发现自己在单位活得太难了。丑的时候无人关注，美的时候被人叫作花瓶，从来都没有得到过好脸色。难道真的和其他人一样，平庸地活着，才是最妥帖的活法？

她才不要。

以往和杂志社合作的摄影师介绍小西和关欣一起去模特公司拍平面广告，从此小西站在镜头前变得越来越自信。

她相信自己就是变成白天鹅的丑小鸭，她现在就是要插着美丽的翅膀，骄傲地飞在天上。

可是过去丑陋的照片被关欣从网络上扒出曝光，让小西拍广告的工作停滞了。她深知这个行业里的美女，一茬接一茬，比韭菜长得还快，那些鲜嫩的脸，怎么会不占据她空出来的位置。

小西把自己关在房间里，关掉了手机，脸上的美丽一点点褪去，现在她就是照片里被人们嘲笑的那副模样。她看看镜子，啪一声把镜子拍在桌子上。

任谁都有不敢回望的过去，恐惧让自己变得狰狞。

有人在按门铃，是彼得的声音，他喊着："朋友中午约了一起吃饭，小西快出来一起去。"

小西赌气地说："我以前那么丑，你还带我出去？"

彼得好笑地说："那些照片怎么可能是你的，人红是非多，关欣她是嫉妒你，现在这不是好好的。"

"不去不去，我不舒服。"小西直接拒绝地说。

彼得说："哪里那么多臭脾气，给你面子来接你，还没完没了了。"

说完彼得毫不犹豫地走了。

小西抬头看看桌子上摆的她和彼得的合影，他的手搭在自己肩膀上的那种亲昵，是她使用美丽宝宝APP之前从来没有体验过的。

小西重新打开手机，用美丽宝宝调整好自己的容貌。她想着，自从有了它，就拥有了美丽，几乎拥有了想要的一切，比如光彩、自信、关注和骄傲。

女人又何必要求那么多，有了"好看"这一张入场券，足够得到别人曾觊觎的优越。

她带着自己调整得精致的脸，打车赶去彼得的聚会地点。她当着他朋友的面，柔弱地撒着娇道歉，他们都说，小西这么懂事的姑娘，彼得

你可要好好珍惜。

可那些人，趁着彼得看不见的时候，还是在小西的屁股上狠狠捏一把。

小西太了解彼得了，若是这一天她不到场，被喊来的人，一定是关欣。每一次小西和彼得吵架，关欣这个像所有前女友一样可怕的噩梦总是缠绕在他们之间，和所有的情侣一样，是一点就着的敏感人物。

但小西发现出门太着急，手机很快就亮起了电量不足的提示。她避开人群，躲在角落里找插头给手机充电，彼得却把她拉回到人群中，不耐烦地说："你现在又没业务，着急充什么电，过来和大家伙聊聊天。"

小西紧张地看着手机电量从15%降到了10%，她撒娇地跟彼得说："彼得，我不太舒服，先回家了。"说完立刻跑了出去。

有一辆空出租车路过她，停到了前面一个也在打车的女孩身前。小西摸摸自己的鼻子，变得塌了，此刻的她原形毕露，还好及时逃开。

一天小赵给小西打电话，电话里说："小西姐，卡迪珠宝的广告模特选拔就要开始了，你最近因为旧照片的事公众形象有些损伤，要是能拿下这个一线品牌的代言，出通告的费用能翻好几倍。公司的意思，这可是你在这个圈子里的最后一次机会了，如果不好好争取被雪藏的话……"

"好了知道了，我会好好准备的。"小西想着，只要有美丽宝宝APP，这些比拼颜值的事情，她再也不会输，因为相貌丢失过的关注，以后都要加倍赢回来。

卡迪面试模特的这一天，一轮又一轮地打分评比。后台休息室里来自全国各地的美女恨不得用自己的下巴走路。

小西看到了一张脸，和自己长得那么像。

她盯着那个同样在盯着自己的人看着，那是……关欣。小西一眼就看出来，她们用的是同一款滤镜，所以容貌才会这么相似。

她主动走过来说："小西，多日不见，你更美了。"

小西没好气地说："托你的福。"

"哎呀，果然是傲气不减，长得漂亮就是底气足。手机的电充满了吗？可别让你的脸原形毕露。"关欣低下头来小声说，"咱们走着瞧。"

小西到外面的等候室里找彼得，看到他正眉开眼笑地和关欣聊着天，眼睛一下都不离开她。

那眼神，和他第一次看到自己一样。准确地说，彼得见到任何美女都会出现那样的眼神，写着倾慕、渴望和占有。

"彼得！"她喊着。

彼得的眼睛还是停在关欣的身上，他不耐烦地说："别吵我，没看正聊天呢，真没礼貌。"

小西站在一边，听到彼得对关欣说："这么久没见，现在还是这么美，抽时间咱们真应该叙叙旧。"关欣转脸得意地看了小西一眼。

那意思小西读得懂，关欣想说的是，那些建立在美丽基础上的瞩目，是跟着美丽飘荡的，谁都不能永久掌握。

小西进到更衣间，看到关欣的手机插在那儿充电。她正要按住关机键，彼得和关欣一起进来了，小西慌乱地摆好关欣的手机，尴尬地解释说："看到关欣姐姐手机要没电了，别耽误事情，帮你充好。"

关欣瞪了小西一眼，凉凉地说：“那真的谢谢你了。我想着包里还有些从澳门买回来的杏仁饼，要拿给你和彼得一起吃。都忙了一天，饿坏了。”

彼得打开一个杏仁饼，第一个递给了关欣。小西也把手里的点心包装打开，拿给关欣说：“你中午就没怎么吃东西，又说了那么多话，千万别饿着，不然我都替彼得心疼你。”

彼得的助理拉他出去谈事情，放满了衣服和背包的更衣间里只有关欣和小西两个人。

小西说：“怎么，不甘心了？”

关欣说：“谁给你的自信这么得意的。没有美丽宝宝你还赢得过我吗？”

小西说：“没了美丽宝宝，你也谁都赢不了。”

终于等到公布结果的时候了。

那些女孩克制着呼吸，整个房间里的气氛令人汗毛直竖。小西想，这一次要翻盘啊。如果从此雪藏，自己还有什么其他的圈子能混下去？如果输给了关欣，那么爱情是不是也要丢了？

选拔负责人上台，他说，最终确定的卡迪代言模特是，关欣女士。

小西狠狠拍了下大腿，坐在一边的彼得鼓着掌，抬起头来四处寻找关欣的影子，她迟迟没有在众人的期待中出现。

大家躁动着等待了几分钟，负责人又说，那好吧，既然关欣女士提前离场，默认弃权，由第二名替补，恭喜小西女士。

她骄傲地看了眼身边的彼得，起立走上台。小西要让他知道，她的美貌才是他的荣耀。小西走到人群的最前面，那条路她觉得那么长，好像走过了自己美丽的一生，她此刻愿意相信，自己的一生都要是美的。

负责人伸出手来跟小西握手，但她忽然觉得体内那种自信、向上的动感正在变弱。小西猛地转脸推开人群跑到洗手间，把自己锁在小隔间。以往拥有的那股力量消失了。小西看看手机，明明还有足够的电量，怎么镜子里的自己，又变成了过去那个丑姑娘?

小西打开美丽宝宝APP，看到上面的文字提醒：美丽宝宝APP免费试用已到期。敬请等待更新版本上线。

小西听到旁边的隔间里有人“啊”地叫了一声。是关欣的声音。

美丽宝宝APP 2.0

他们看见的是美丽的轮廓和五官，看不见的是心里的伤疤和自卑。如果人这一生和手机系统一样，可以卸载重装，好像新的那样，该有多好。

无法使用美丽宝宝APP的小西接连几天都躲在家里不出门。

家里来了客人。小西妈妈的朋友来了，她隔着门听到外面的对话。

“你女儿呢，最近怎么样？”

“她啊，好像是辞了职，一直不出来见人。”

“怎么回事啊？听你说在单位工作还蛮努力的，是不是现在社会竞争太激烈？”

小西想着，那时默默无闻的自己，真的努力到别人能记住她吗，难道不是永远被pass的那个？她看看自己房间的书架上，还摆着几本自己刚开始工作时的棕色的皮面笔记本，里面有不少专业知识的整理，用红色和黑色的笔迹做了标注。

小西打开房门，她突然想出去走走，就用大帽子和太阳眼镜把自己

给遮了起来。小西走在街上看到周围的姑娘，居然都变成了极为雷同的几个样子。原来美丽宝宝APP早已风靡，女孩的样貌不外乎几款滤镜的重复，职场赢家、甜心美女、青春初恋、魅力御姐。真是应了那句话，日光之下，再无新事。这里可以说，日光之下，再无新颜。

手机有提示铃响，她用涂了红指甲的手指划过屏幕，看到美丽宝宝APP又来了新的推送。文字提示：2.0升级版已就位，只需要2000元开通，即可打造360度全方位超高颜值美女。这一个版本，不仅仅可以调整脸部，连身材都可以改变，丰胸细腰提臀长腿，想要的都可以给你。

小西毫不犹豫地点了“购买”键。

有了付费版的美丽宝宝APP，小西立刻把新增加的几个面部特效用在了自己的脸上，和满大街的白嫩锥子脸有了不同，五官的轮廓可以根据需求个性化设定，连发型的更换也随心所欲。她把自己原本平平的A罩杯，改成了C罩杯，腰围又调细了十厘米，大腿拉长十厘米。

现在的小西是个100分的美女，连去楼下扔垃圾，邻居都会问，你穿的拖鞋真漂亮，在哪里买的?

她几乎走上了全新的人生轨道，一步一步地圈出属于小西美女的世界。如今，许多大牌都主动送给她各类新品，拜托她在自己的社交媒体里发照片做推荐，甚至在做网络直播的时候让产品在镜头里亮相。

经纪人小赵给她打电话的时候央求她说：“小西姐，公司需要你，现在做红人，谁会介意什么黑历史？”

公司艺人开见面会的时候，小西才知道，现在关欣又重新签回了公司，也在小赵的负责艺人之列。

小赵尴尬地站在一边说：“二位德艺双馨，咱们公司在市场上的名

声，可都是靠着两位大美女。”

然后他把小西拉到一边悄悄地说：“小西姐您才是公司未来的老板娘，毕竟彼得的人还是你的呀。”

小西听了这话不知道是喜是悲，原来自己行走江湖，一手靠的是美丽宝宝，一手靠的是脆弱缥缈的感情。站在高处得到的光辉，到底有什么意思？

作为当下最热门的美女红人，小西和关欣受邀参加网络真人秀综艺节目。这节目的收视率全网最高，通常在节目里最后获得冠军的嘉宾，有的出演大牌导演的电影，有的从此做了国际艺人，最差的，也因为坐拥数百万粉丝开起了工作室。

因为节目的直播关注度极高，录制现场不能有一丁点差错。开播前他们彩排了足足有五六次，困了就趴在桌子上休息一下，到了饭点就统一发放盒饭，为了服装效果怕肚子鼓起来，小西每次都只敢吃一小口。

美女又怎样，好看的脸颊和胸脯还不是给别人看的。自己无人问津的寂寞，高跟鞋踩出的带回响的艰难，都要一层层地被盖在底下，与磨出的水泡和哭肿的眼睛一起，不能见光。

后台化妆室里来来回回的许多人，关欣也在休息，小西看到她四处在找电源插口去给手机充电。她问关欣：“没电了？”

关欣捂着自己的脸绝望地说：“这下你满意了？总算把我给赢了。”

小西意识到她心头划过的不是幸灾乐祸，而是一种带着微微心酸的同情。关欣此刻的不堪，自己难道没经历过吗，把曾经花了无数力气隐藏的难看暴露在众人之前，摧毁这个用美丽做根基搭建的梦。

不要。

她从包里拿出充电宝递给关欣，说："给你，咱们公平竞争。"

小赵拿了两瓶矿泉水过来递给她们，着急地说："马上要开始了，化妆师快给美女姐姐们补好妆。"

上半场是快问快答的环节，关欣的分数一直在小西之上。小西在慌张之中，抢到答题的机会，却一下子想不起正确的答案。

在线的网友们一直说，小西这个花瓶，除了好看什么都不知道，于是把之前曝光丑照的事又提了出来。

中间插播广告的时间，她们回来补妆。关欣带着领先者的得意，说："小西，你会不会后悔帮了我？"

小西说："我有时候会后悔认识你。咱们当初为什么要做朋友，为什么好到轮换着穿同一件睡衣，互相梳马尾辫子，然后都遇到彼得？那时不认识，现在也不会到这种局面。"

关欣不自在地说："说那些干什么，今天我们千万别浪费了美丽宝宝给的这身好皮囊。"

关欣喝完水，把矿泉水故意洒在桌子上，水流进旁边小西的手机里。小西拿起湿淋淋的手机，发现已经无法开机了。

"完了吧，全都完了吧。"小西瘫坐在椅子上，这个要从梦里醒来的人是自己了。

关欣幸灾乐祸地说："真是对不起啊，我怕输。"

可小西始终没觉得自己的脸有变化，虽然手机关闭了。难道现在时间会有延迟了吗？

小赵匆忙进来化妆间，对小西说："小西姐，刚才我进来的时候拿错你的手机了，正要有急事打电话……"

下半场的比赛环节，是由嘉宾从各种过时款衣服当中搭配出一套最具个性并有时尚元素的造型，然后网友们进行远程的投票来选出冠军。

那一堆旧款衣服让嘉宾们犯了难，平日里的模特造型都由服装师来提供，自己只需要掌握好身体的姿势就可以。

小西过去做时尚杂志的编辑时，记得自己曾经负责过类似的板块内容，当时同事们还嘲笑她说，穿了一身过时衣服的小西真应该好好学学。她在规定的时间内，很快选出了合适的搭配。大家对她赞赏有加，评论留言里说，小西一定为了形象的改变，也努力学习过拼搏过，能得到今天这样的万众瞩目，值得我们每一个丑女孩学习。

体会了太多形式的不完美，对于美好的东西就越不敢奢求。可那些命中注定的荣耀，会以它独特的方式回到身边来。

最后的比分显而易见，小西排在第一位。

她在获奖感言中说："谢谢你们支持没那么优秀的我，没那么真诚的我，也没那么美丽的我。如果命运没有给你最好的，那么请好好对自己，对得起所有的付出和努力，对得起你放弃过和摧毁过的全部。如果一定要选一个冠军，就选择关欣吧。"

关欣问小西："为什么？"

小西说："你不是怕输吗，而我，可能从未赢过。"

活动结束后彼得提议带着大家一起去泡温泉放松一下，顺便庆祝公司的女模特获得了全国网友的认可。

小西见到了关欣的新男友，是公司的股东之一，他们一起去会所里开欢庆派对。

在温泉会所女更衣室里的几分钟，大概是小西这一生感觉最漫长的几分钟了。她打了照面的几个美女，都是升级版美丽宝宝APP里的模

板，修改过容貌和身材。从她们的对话里得知，她们都是陪同暧昧对象、男朋友或者情人来到这里。

派对刚开场，忽然全都黑了下去，整个温泉会所陷入了一片死寂，没有任何灯光的郊外，月色飘下来成了厚厚的银纱。起初的新鲜和浪漫，让这里的每个人都很兴奋，服务员过来道歉说电闸坏了，正在加紧维修。

只是这兴奋劲，比封闭房间的氧气消耗得还要快。

陆陆续续有女孩借口离场，好像她们都有自己的事情要忙，在城市郊外一个没有电的夜晚。

小西回房间找自己的充电宝，因为之前借给关欣用过，马上也没有电了。她看着电量不足的红色闪烁，抱着手机往温泉会所最黑暗的地方走去。

会所里的姑娘们，这会儿全都裹着浴袍躲在最隐蔽的桑拿房，还从里面把门插上，安静得吓人。

几个人拿着手电勉强照着光亮。

陆陆续续地，美好的身材有的变胖了，有的下垂了，有的罩杯变小了，容貌也都变回了普通人，塌鼻子或者单眼皮。

大家都不说话了，看着手机的电陆续地消耗光，猜测着自己也许就是下一个。这里没有谁嘲笑谁，好像在医院的候诊室里等候的病患，谁都比谁好不到哪里去。有的人开始哭了，她说自己和未婚夫来这里玩，万一被他发现了，自己或许要被甩掉了。

小西往后挪动着，忽然，她的手摸到一块斜着搭在地上的砖头。她扒开那砖头，竟然有一个应急插座在那里。女孩们排着队，一人几分钟地轮着给手机充电，打开美丽宝宝重新调整脸和身材。那样子，真像是养老院的人排队吸氧的场景。

只不过，她们先要喂饱的，是自己的手机。

原来这个世界，手机竟成了人类的神。

晚上小西躺在彼得身边。她抱他抱得那么紧。

彼得好笑地搂着小西说：“怎么了，忽然这么爱我似的。”

小西忧伤地说：“怕一切都是假的，怕你走了，怕这拥抱再也得不到了。”

彼得柔声地问道：“是啊，有一天我会没了，会老，会发福。你还喜欢我吗？”

小西也试探着问：“我也会老，会丑，会没有胸，你呢？”

“当然。”彼得回答得毫不犹豫。

小西想试试，心里老早就知道的真理到底是不是真的。她跑去洗手间，在美丽宝宝里点了美颜撤销，那个真正的小西出现在镜子里。

她出来的时候，彼得满脸的鄙夷，不耐烦地问：“你是谁，你快出去！”

小西被赶出门，坐在走廊里，隔壁的房间同样传来一阵争吵，关欣气得浑身颤抖着开门出来。

关欣的脸上，也不见了美丽宝宝修饰的痕迹，而是一张单眼皮小眼睛的组合。

她们俩面对面坐着，关欣说：“习惯了就好了，男人就是这个样子啊。今天是我把电源总闸给关掉了，瞧瞧那些姑娘落荒而逃的狼狈，真实的那一面，为什么大家都没勇气去面对？”

“是你关掉的电源？”小西惊讶地问道。

关欣说："我也一样，从小就被人说是丑八怪，父母离了婚，爸爸又娶了后妈，带了一个美貌的姐姐来，连爸爸都宠爱姐姐多过我。他说我这么丑，哪里像是亲生女儿。咱们一起大学毕业，我找不到工作，去面试人家都让我走。后来我就学编程，研发了美丽宝宝APP放在'天堂小卖部'的网站上售卖，女人对于美丽都是贪婪的，那才是我们行走在这个世界上的货币，比金钱都重要得多。让她们都试试拥有过再失去的滋味吧。大家爱的，还不是这一张好看的脸。彼得也不是真心喜欢你，你也早就知道的。"

小西忧伤地说："我知道，所以觉得不快乐，拿美丽换来的东西，都不会长久。"

关欣自责地说："对不起，小西，今天我那么做，好像忽然失控了一样。"

小西拉过她的手拍了拍，说："瞧我们现在这样子，像不像还在学校宿舍的时候，穿着睡衣说悄悄话。"

夜深了，小西调整好自己原先的容貌和身材，失落地回房。

彼得拉着她的手，焦急地问她："你去哪里了？我好担心你。刚才有个姑娘走错门进来，和你的样子差远了，差一点吓死我，真不敢想她身边的男人怎么忍得下。"

没过几天，小西和彼得分了手，在网上公布说自己要淡出娱乐圈，不再做模特拍广告，重新到杂志社找了份记者的工作。

这下子，最当红的女模非关欣莫属了。

依靠美丽宝宝带来的颜值过活，她不知如何支撑自己接下来漫长的余生。感冒可以吃药，失恋可以悲伤，可不完美的遗憾，要做的，只能是坦然接受。

在杂志社小西过得还不错，关欣每个月的独家采访和写真都只通过小西的渠道来进行。所以她在单位立足的筹码，不是美好的脸，而是一手资源。

小西同部门里有个工作只有三个月的实习生，从来不用APP打扮自己，鼻子扁扁的，下巴宽得厉害，嘴唇厚得像是香肠，胳膊胖得像两截法棍面包，可她不在乎，还是活得乐呵呵的。

小西发现那实习生从不焦虑，手机没电了就放在那里，还无所谓地说：“我又不是美女，谁会有急事找我呢。”

实习生在一个月之后辞职了。小西听说，她跳槽去做翻译了，从大学起到现在，那实习生自学了英语、西班牙语和日语，最近嫁了一个意大利的富商。

同事阴阳怪气地对小西说，那意大利人说，这实习生有东方女性的美，长得和别人不一样。现在的中国姑娘都要搞成一样的才觉得美。

小西这一天愣愣地坐在位子上，一遍又一遍地照镜子。

是啊，用过美丽宝宝的她是完美的，可这世界上同时存在着许多个完美得和她一样的姑娘，好像是流水线上生产出的快餐产品，永远不会被珍惜。

她颤抖着手，犹豫着，最后咬紧牙关按下了她都觉得陌生的“撤销”。她的屁股变得平了，胸口也塌了下来，眼睛又变回了小小的。

她有些惊恐地看着镜子里的“陌生人”，一遍一遍地对自己说：“小西，有什么可怕的，这不是世界上独一无二的你吗？”

虽然鼻子塌塌的，可这是世界上唯一的鼻子。

虽然皮肤黑黑的，可这是世界上唯一的颜色。

那嘴唇又薄又扁，可涂了玫瑰色的口红也显得很有气质，不是吗？

下班后，小西一个人走在深夜安静的城市里。

她在做模特的那段时间，再也没有看过这么安静的夜。过去一个人咬牙加班的她，下了班喜欢去杂志社后面的一个花园里散心。听那里昆虫的叫声，觉得自己不再孤单。

这一天，她遇到了同样坐在花园里的关欣。她也褪去了所有的美貌，暗淡无光地坐在那里，像个坠落的陨石在空中闪尽了一生的锋芒。

“关欣大美女，今天的手机是没电了吗？”小西率先开口问道。

关欣看了一眼小西的样子，笑着说：“从此以后不是美女了。现在大家都在用美丽宝宝APP，街上的所有人都是超模身材女神的容貌，我算什么，公司不需要我了，哪里也不需要我了。反正我这个丑样子，自己也看了二十多年，至少没有人和我一模一样。”

就在这一晚，越来越多返回真实样貌的女孩，聚到了这里。有的人坐下，有的人站着。

沉默中，大家都在收获着这黑暗给予的安全保护。

第二天天一亮，有人就看见一支长长的游行队伍。那是一群姿色平平的女孩，像是一串没有打磨过的珠串从一个街道移动到另一个街道。

那一天，看到她们的女孩纷纷撤销美丽宝宝修饰的美貌，加入那支队伍，像贪吃蛇游戏那样，队伍越来越长，连早高峰的车辆都无法行驶。

一个女人，没了情，没了钱，没什么不可以。不能丢的，正是一个灵魂的天下无双。

新闻快播：

昨日被社会学家定义为“真实女性日”，全国超过80%的女性都不再使用美丽宝宝APP进行面貌及身材的修饰，用自己最真实的形象开展了一场声势浩大的游行。这一场面被诸多市民抢先围观。记者了解到，发起这次游行的，是小西及关欣女士，通过对她们的采访得知，这两位女士是最先使用美丽宝宝APP的用户。而关欣女士，正是这款APP的创始人。而从昨日开始，她们号召所有智能手机用户对该产品进行卸载。通过有关部门的数据采集，目前该APP的装机量已降至个位数。

世界上的最后一个胖子

一个人总要独自承受些别人无法理解的苦难，

在突如其来的变故里修整自己，

最后长成一个独一无二的你，带着独一无二的灵魂。

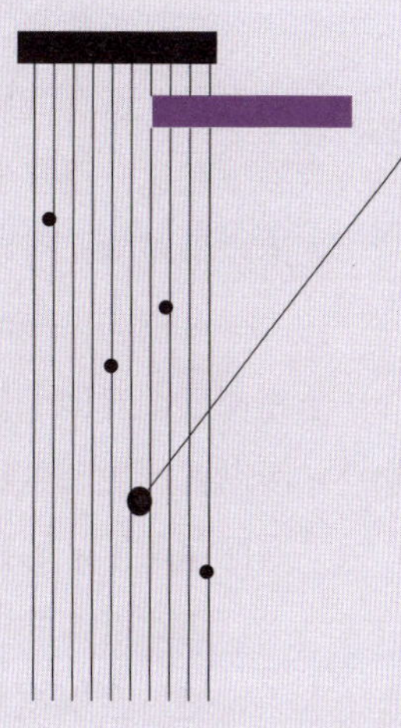

其实你很难猜到，一百年后，这个世界到底是什么样子。

这些年大家互相攀比着人鱼线和马甲线，吃饭的时候看谁吃得少，买衣服要挤进最小号，在一大波减肥的热潮下，地球终于爆发了瘦身革命。

这一场革命，使地球上的人口少了四分之一，那些胖子都从世界上消失了。所有能导致肥胖的东西也要从地球上彻底灭绝。

在这一百年当中，人们一代一代进化得越来越瘦，而食物的花样在逐步地减少，最后只吃能维持生命的简单饮食。

火锅店、烧烤店、甜品店都成了学生们历史课本里的旧照片，老师在课堂上对他们说，旧时候的人们喜欢吃这些又油腻又不健康的东西，所以在历史和生物进化的潮流当中被淘汰了，我们瘦子才是真正顺应发展而保留下来的物种。

街边所谓的快餐店，售卖的只有蔬菜沙拉和鲜榨果汁。人们在外出采购时，会根据自己一天的卡路里限额来选择。如果吃得超过了限额将

被罚款，而偷偷吃蛋糕饼干这类高热量食品，则是违法的事。有一些人因为偷偷吃了薯条，患上了薯条上瘾症，被强制瘦身队的警察抓走，关在小黑屋里强制禁食，直到饿得吃草都津津有味时才给放出来。

说到当下做什么最赚钱，那就是开减肥会所，随随便便一家小减肥会所，都要提前一个月预约才能勉强获得一次按摩减肥的机会。人们拼命工作赚钱，然后把大把大把的钞票送到减肥会所来维持标准的身材。因为在体重上涨之后，所面临的是失业失恋失婚等危机。

我们故事的女主角圆圆，有一个从小一起长大的好朋友，就因为无法戒除薯条，在强制禁食后回家被家人所唾弃，后来精神崩溃在外流浪，再也没了音讯。

圆圆有个很相爱的男朋友叫砖头，他们俩每天早晨一起出去跑步，回家一起分着吃一盘生菜作为早餐的营养补充。逢年过节鼓起勇气炖一锅牛腩，吃完后就去疯狂地游泳，生怕身材变胖。

圆圆其实是很喜欢吃东西的，还特别喜欢吃芝士蛋糕，在如今这个社会里，芝士蛋糕可是违禁物品，她每次吃下一小口的甜蜜，就惴惴不安地担心着自己是不是要变圆了，然后被强制瘦身队的人抓走。

“圆圆，快起来跑步了，强制瘦身队来啦！”砖头每个天不亮的早晨，就喊圆圆起床运动。他哪里舍得她被抓走。

圆圆时常也会因此觉得委屈，为什么这个世界要对胖子赶尽杀绝？

砖头尽管担心，但也会心软，看着圆圆对芝士蛋糕的渴望眼神，也不再多说，只是自己拼命工作赚钱，从“天堂小卖部”网络商城买最热销的瘦身饭团，让她把偷偷长上去的肉减下来。

圆圆接过砖头递过来的芝士蛋糕说：“我不敢吃了，胖了又要花你的钱去减肥，瘦身饭团太贵了。”可双手控制不住地把一大块芝士蛋糕塞进嘴巴里。

“好好吃啊！”吃完她含混地说，眼睛眯成两条弧线。

“你喜欢就好啦，看到你开心，那些未来等我去吃的苦，也就无所谓。”砖头强忍着自己的疲惫，给圆圆一个笑容。大概让另外一个人感觉快乐，身后的疾风骤雨也都能变得温柔。

“我变成胖子了，强制瘦身队来抓我怎么办？那你要怎么办？”圆圆担忧地问砖头。

砖头拍了拍胸脯说：“怕什么，那时候我就啥都不说，扔一把蛋糕过去，把他们都打傻。”

他们也不是不知道，这里每天有许多人因为长期节食得了厌食症，排着队去医院领维生素和葡萄糖去保持体力。也有大量的胖子不断被抓走强制禁食，在小黑屋里活得生不如死。

打开电脑，社交媒体上都是宣传怎么吃才能保持最佳身材的广告，所有的照片都是瘦得皮包骨头的模特，尖尖的下巴和轮廓突出的锁骨。选美比赛的骨感女人们像是一个个行走的标语，告诉大家，只有和我一样瘦下去才能变成人生赢家。哪怕是在公司里，升职晋级都不是根据工作能力，而是根据谁的体重最低。

女孩们不再喜欢高富帅，而是喜欢纤瘦窄。

砖头给圆圆维持身材快要花光他的积蓄了。他一直期待着在公司里能有所提拔，这样才能结婚好好过日子。

圆圆是个幼儿园老师，她单纯得和雪山顶的云一样。她似乎从来都不知道生活艰难，每天的烦恼就是哪个小朋友尿了裤子，谁和谁又打架

了。对她而言最难的事，就是在吃饭的时候把生菜萝卜等食物描述得十分美味，哄着孩子们吃下去。她边讲，边想着芝士蛋糕，自己都快要流出口水了，小朋友们以为是生菜的滋味那么诱人，争先恐后地吃起来。

砖头最近一直在等的晋升机会又没了。他为了这个销售部门老大的位子苦苦熬了三年，而在原来的部门老大终于升职空出了位置之后，老板横空出来一个失而复得的私生子，为了补偿他，就安插在砖头的上面做起了销售总监。

回家的路上，砖头一个深呼吸接着一个深呼吸，把衬衫的扣子都快要撑开了，可心情还是那么糟，没有一丝丝的好转。他从路边的玻璃门里看看自己，满身的乌云笼罩，凹陷的脸颊好像人生一样塌陷。

他几次回头看过去，低头看看手里拎的袋子，那是托朋友给圆圆买的芝士蛋糕，脑海里浮现出圆圆吃芝士蛋糕的幸福模样。

他拿起一块，不管不顾地坐在路边大嚼起来。

那天晚上，圆圆画了一幅彩色铅笔画，那是给幼儿园的孩子上美术课用的。和孩子们一样的简单线条和丰富颜色，是一张快乐得和圣诞老人一样的砖头的脸。

可她看着自己满意的作品，一直到躺在床上昏昏睡去，都没有等到砖头回家。

第二天，她接到脂肪稽查队的人给她的电话：“你是砖头的家属吗？他当街吃违禁高脂肪食物被抓，通知你一下。”

圆圆着急地问：“他现在怎么样？”

“没怎么样。”电话里的声音异常地冰冷。

“那他什么时候能回来？”圆圆继续问道。

“等通知吧。”说完，对方就毫不犹豫地挂断了电话。

圆圆此刻其实并不知道，砖头这次的离开，要那么久。她等来又等去，觉得自己变成了天上的一颗孤独的星星，怎么也盼不到月圆那天。

后来她才知道砖头被脂肪稽查队的人判了半年的监禁，从此在拘留所里每天只能吃一盘小白菜。他从拘留所出来的那一天，觉得世界都是浅绿色的。他脑袋里嗡嗡响着，只有一个声音对他说，快去吃芝士蛋糕吧。

他被拘留的时候，慢慢患上了芝士上瘾症，头脑每天被芝士蛋糕霸占着。出来之后，看到千疮百孔的自己，鼓不起一点勇气去见圆圆。

这时候芝士蛋糕的管理更为严格，连地下黑市的违禁品商店都不太好买，仅有的一些价格也水涨船高。“天堂小卖部”网络商城里的瘦身饭团也常常缺货，人类活得越发艰难了。

砖头变成了一个赌徒，他四处乞讨和打零工，忍受着饥与渴，有多少钱都拿去买芝士蛋糕。甚至有一次从地下黑市买了假货，吃了之后一直拉肚子，又不敢去看医生，险些死在了桥洞底下。

不知是什么原因，砖头一直在变胖。他换了脏兮兮的大袍子，和那些被遗弃的肥胖流浪汉没有什么两样，整日晃荡在街头，看到强制瘦身队的人就张皇地躲起来。有些流浪汉为了争抢地盘而打他，也有流浪汉看到他要把他送去脂肪稽查队换取赏金。

一天他在路上看到一个女孩和圆圆长得那么像，远远地跟过去，一条街又一条街，好像跟下去能填补起之前错过她的那些时间似的。

他怕见她，可那思念和犹豫像是个鱼钩，拉着他往前多走一步，再走一步。可她的脸还是因为远而看不真切，砖头觉得再往前十米就能看清楚了。

这时一双手抓住了砖头的胳膊，随后他就感觉到手腕给上了冰凉的

锈子。那是隐藏在人群中的便衣，他们把砖头关进了小黑屋。瘦身队的人用探测器发现砖头患上了芝士蛋糕上瘾症，又送他去医院的病房里，让医生给他戒除芝士瘾。

医院戒除进食上瘾的方法很直接，醒来就给他们吃药打针，然后他们又昏昏睡去。直到最后上瘾症病人分不清是现实还是梦境，只知道呆呆地躺在床上，麻木度过余生。

这些事情，还是后来圆圆悲痛欲绝地在马路上晨跑，认识的张凌告诉她的。那是在砖头从她的世界里杳无音信两年之后。

而张凌，就是当年占了砖头销售总监位子的那个老板的私生子。

张凌跟圆圆说："我有什么办法，从小时候就和妈妈一起辛苦生活，好不容易找到亲生父亲了，他还给了我一个好机会，怎么能不要？我可是被身边的人看轻了快三十年啊！"

"可是你知道吗，砖头的未来都被你毁掉了，他是那么好的人。"

"谁活在这个世界上不是个悲剧，一辈子带着负担和欲望。我们只有努力变瘦，继续好好活下去。"

这是又过了一年，圆圆和张凌恋爱之后他说的话。

起初圆圆对张凌是极排斥的，改变在于那天在幼儿园的园长办公室，圆圆见到了张凌。他满脸都是汗，身边站着一个四五岁的小姑娘，哭个不停。他对圆圆说："这孩子差点在路上被车撞到，也没有父母在身边，她自己说是这个太阳花幼儿园的，我就给送来了。"

张凌的裤子上全是泥巴，前一夜下过雨，大概是马路的泥水里抱出了孩子。他弯下腰，温柔地对哭泣的小姑娘说："小公主不哭了，骄傲的公主是从来不掉眼泪的。”

那女孩真的就停下来了，她睁着大眼睛对张凌说：“叔叔，我真的是公主吗？”

张凌温柔地说：“是啊，你是我心中的小公主。”他一边说着，一边看着圆圆。

每个女孩都是另一个人心中的小公主，一颦一笑牵动着远处的心。

张凌走出幼儿园大门的时候，圆圆发现他满头都是冷汗。在她坚持追问下，才知道张凌是冒着生命危险把女孩从卡车下拖出来的。他自己跑得着急，撞伤了膝盖，拉开裤子一看，膝盖变成青紫色的，肿得像个馒头。

圆圆像问小朋友那样问他疼不疼，又带他去了医院，拍完片子检查完已经到了晚上。她搀着他一瘸一拐地走出医院，圆圆忽然说：“砖头失踪了这么久，不知道远处的他还好不好？”

“还不错吧。”张凌回答道。

“为什么这么说？”圆圆接着问。

“你这么喜欢他，真让人羡慕。”顿了顿，张凌接着说，“从小到大，除了我妈妈，几乎没有人对我怀有善意。”他脸色暗淡得和地上冷冷的月光一样。

“圆圆，和你在一起觉得很温暖。”

其实圆圆始终没有舍弃对芝士蛋糕的迷恋。

起初砖头失踪的日子，没有人逼她运动了，她在焦虑和悲伤里继续从黑市购买违禁的甜品，慢慢地胖到衣服穿不下，在快要超过标准身材被抓取强制瘦身的时候，强逼自己重新去跑步。

第一次遇到张凌那天，她又是一边跑步一边哭，张凌问她怎么了，她说："我好想吃芝士蛋糕啊，可是吃了又会胖，我已经跑不动了，我觉得生活太残酷了。"

再后来，圆圆做了他的女朋友，他就把圆圆藏在家里，告诉她说："你不用出门了，在家里做我的小公主吧。"

于是圆圆辞了职，在家里画画和看动画片，日子过得真的像个无忧无虑的公主。那时候张凌的工作做得有声有色，收入颇丰，而且靠着父亲的人脉，可以买到花样丰富的高热量零食，比如爆米花和薯片，他都买来给圆圆吃。圆圆对它们的瘾越来越严重，甚至到了睡前不吃一些就会失眠焦虑的程度。嘴巴里没有甜甜的味道，连睡觉的时候都会被噩梦环绕。

她感觉自己已经彻底离不开他了。如果没有张凌，自己是绝不会有这样的机会吃到这些在市面上禁止售卖的东西的。

爱情和依赖，在圆圆的世界里已经变得模糊不清。

一日又一日，圆圆躺在床上真的变成了一个幸福的胖子，市面上买不到可以穿的衣服，她就用床单自己改成肥大的衬衫。手边永远都有好吃的点心，对于寻常吃的瘦身餐她已经彻底丧失了兴趣。

张凌看着圆圆这个样子，一脸欣慰地说："圆圆你这样子好美，我真的喜欢看上去这样可爱的你。"

但公主不会一辈子都住在梦幻的玻璃球里，更何况是在一个易碎的幻境里面。

圆圆的公主梦境，是被她自己打碎的。

那天她睡了午觉醒过来，忽然想把刚才遇到外星人的梦境画下来，放在抽屉里的用来画星星特效的银色笔却找不见了。

不知道哪里来的奇怪力量，圆圆没来由地想要为了那支笔把家里的抽屉统统翻个遍。她怕那星空和许多美梦一样从脑海中转瞬即逝。

在电视柜子底下有个抽屉，她印象中从来不曾打开过，不记得那里面到底放了些什么。用力拉了一下，似乎是被锁住了。她用遥控器盒里的一把钥匙来试试，顺利地打开。里面是一个装文件的蓝色塑料盒子。里面有许多姑娘的照片，而且是肥胖姑娘和张凌的合影，动作都很亲昵，背面还写着每个人的名字。

这是什么东西？旧爱回忆录吗？张凌的口味，还真的是和其他男人不一样。圆圆这么想着。

那天晚上张凌回来，圆圆问他：“你以前的女朋友呢，她们都是什么样子的？”

“是我过去喜欢的样子啊，只是没有缘分，现在都不在了。”

“不在了，去哪儿了？”圆圆继续追问着。

“她们啊，去了该去的地方。”

“和你分开了吗？”

“对。”

“她们和你分开的理由是什么？”圆圆对此事的好奇坚持不懈。

“你今天怎么了？给你买了热热的爆米花，等下看电影吧。”张凌不想聊那些姑娘了，他捏捏圆圆胖出来的圆嘟嘟的脸。

张凌的工作也有自己的烦恼。公司主要销售医疗器械类产品，业绩压力一年大过一年。下属们陆续辞职，新组建的团队各自为政，几乎不听他的意思。同事们都说，什么私生子啊，简直就是乱来。

每天的小烦恼像水滴一样，慢慢磨穿了张凌的所有坚持，他也开始寻找一种让自己感觉快乐的减压方式。

他没有吃过芝士蛋糕，只是记得圆圆每天吃的时候都好快乐。她的手也胖胖的，指头和手背的交界处胖出五个小窝来，她剥开芝士蛋糕包装纸的时候，开心得像是第一次看见彩虹的婴儿。

张凌听人说，芝士蛋糕是个好东西，吃了它什么烦恼都烟消云散了。他知道许多人因为患了对甜点的上瘾症最后家破人亡，所以过去极力克制着自己。

这一周的例会上，市场部门又来投诉他。这是他这个月接到的第28次投诉。从办公室出来的时候，他觉得自己头顶的乌云比冬天的雾霾还要深厚。他收到一个包裹，是买给圆圆的芝士蛋糕。他鬼使神差地打开箱子，自己品尝了一条，那丝丝滑滑的乳白芝士在舌尖融化，好像是一幅甜蜜的丝绸划过灵魂，把忧愁烦恼都给带走了，只剩下精神上的欢快和愉悦，这快乐简直比接吻更让人难忘。他很快吃光了半块，然后刚刚被蒙蔽的理智又回来了，让他停下抓起另外一半的手。

圆圆在家里画完了画，拿起张凌的iPad来看动画片，忽然收到新邮件的提醒，那程序他忘记了退出，邮件也同步到其他设备来了。

他收到一份来自肥胖研究中心的文件，里面是他和中心所签署的合同模板，是张凌承诺自己定期为他们提供肥胖女性以供科学研究使用。

圆圆搜索了一下肥胖研究中心的消息，目瞪口呆的她忘了咀嚼嘴巴里金黄的杏仁饼干。

肥胖研究中心收集世界上遗留的胖子用以科学研究，探索人类的肥胖基因，研发预防肥胖的疫苗，让人类永生永世保持完美的身材，不再被脂肪所困扰。

文件附录里列了张凌之前给他们的胖子名单，刚好就是抽屉里那些前女友的名字。这些人上面有统一的名字标签——肥胖人类活体标本。而圆圆的名字，排在了合同名单的最后一个。

圆圆差一点被杏仁饼给噎死，她冲进洗手间把刚吃下去的东西一股脑地吐了出来。她觉得自己的嗓子里有声尖叫像是挣扎的小猫一样拼命地往外钻，却被嗓子紧紧地箍住，用爪子把身体内部抓得血肉模糊，抓烂她吃的巧克力，抓烂她吃的杏仁饼。

她趴在洗手池前面，看镜子里的自己，脑海里浮现出的，全是刚才看到的肥胖研究中心触目惊心的照片。她脑海中想象起自己被捆绑在手术台上做实验的样子，那些科学家盯着一丝不挂的她，研究她腰上凸出的一圈肥肉，观察她大腿上因为肥胖生出的纹路，用X光拍摄她的身体，测量她皮下脂肪的厚度。那情景像她以前在生物课上见到的小白鼠一样。

“不行，我不能继续胖下去让张凌把我给送走，不能踩进这个大阴谋里面去。”圆圆下定决心要和高热量的零食道别，不能因为那些短暂的快乐让自己的未来陷入阴暗。

圆圆趁着张凌外出上班，把他给她的零食偷偷扔出去；她在家里悄悄地做运动，做俯卧撑的时候，她的胳膊根本撑不住这个沉重的身体，两三下就重重地摔在地上。她气喘吁吁地趴在地上想，一定要坚持下去，不然就要和那些人一样变成活体标本，成为肥胖人类的代表。

可她身上的那些脂肪顽固得和所有的烦恼一样，难以摆脱，她断食几天又会反弹，哪怕只吃蔬菜沙拉都能感觉到稍微瘦下去的一部分又迅速丰盈起来。

而张凌，现在每天下班都要吃一块芝士蛋糕，一天的糟糕心情才会烟消云散。慢慢地，一块已经不能带来足够的快乐，于是增加到两块。

圆圆发现他的下巴变厚了，脸也圆润了些，她问他："你怎么了？"

圆圆伸手擦了擦他衣领上的蛋糕碎屑，盯着手指仔细地看："难道你也吃芝士蛋糕了？"

张凌点点头。

"吃了快乐吗？会上瘾的，会和我一样，一天不吃就难受得要死掉。"圆圆说。

"好像已经上瘾了。"

"戒了吧。"

"这么快乐为什么要戒掉，我们一起痛快吃好了，反正我们有办法买到。"

"你会变成和我一样胖的，那样你怎么出门去呢，变胖了出去是要被抓去强制瘦身的。"

当张凌发现自己以前的衬衫都穿不上的时候，瘦身饭团早就断了供货，于是他去药店买来减肥药。药的副作用极大，他经常半夜起床去呕吐，浑浑噩噩的，身体也迅速地消瘦下去。

可是他吃芝士蛋糕的数量也在变多，已经陷入吃大量芝士蛋糕，又吃大量减肥药的恶性循环当中。

一天张凌拿出一张报纸，兴奋地指着上面的头版新闻给圆圆看，标题是《胖子在世界已绝种，瘦身革命达到历史性胜利》。里面说，肥胖这种现象在世界上消失了，社会各机构对此的治理非常到位，目前接受强制瘦身的胖子均已恢复正常身材，回到社会开始新的生活。

他满眼放光地看着圆圆说：“你知道吗，很可能，你就是世界上的最后一个胖子。”

“啊？最后一个胖子？”圆圆听上去觉得自己已经变成了独自存在于世间的一个怪物。

“你看，现在世界上可能没有胖子了呢。”张凌忽然兴奋地说。

圆圆知道自己最后还是没有成功瘦下来，尽管她忍受了那么多的饥饿和疲惫，却没能躲过去。终于有一天，张凌亲手把她送上了肥胖研究中心的车子。她连挣扎都没有，心灰意冷地觉得自己的世界注定灰蒙蒙的一片。

这也很好，她自始至终都没有成为和别人一样的人，用漫长的成长，最后活成了独一无二的自己。

肥胖研究中心的工作人员穿着白大褂，五六个精瘦的大汉把圆圆的身体关节给控制住，把她关在车子后面。他们对张凌说“谢谢”。

圆圆回头看他，张凌浮肿的脸有一半笑，也有一半不安。或许，她早就离他很远了，圆圆知道自己从来没有了解过他，她只是食物的奴隶而已。他站在楼下的路口对着车子在挥手，过去他无数次走过那个路口，拎着一个黑色的大塑料袋，里面有让人觉得快乐的甜蜜零食，有让圆圆胖下去的罪恶。

圆圆坐在车子里，身体给绑得牢牢的，甚至想驼背都弯不下来。她觉得自己的人生大概就此结束了，要变成一个活体标本，作为世界上最后一个胖子去帮助揭开人类肥胖的秘密。她忽然哈哈笑了，自己的照片会不会出现在历史书上，成为老师上课的一个素材，成为世界上胖子绝

种前被保护的最后一个？

到了肥胖研究中心，和电脑里搜到的一样，这里一切都是纯白色的，人们的表情也是白色的，和电影里冷酷的研究所如出一辙。他们把她锁在一个舒服的房间里，房间里有大柜子，塞满甜点食物和饮料，一个脸细得快要变成长笛的护士说，里面的零食请随意享用。一会儿过来几个人，用各种仪器测量她的体重和身体的围度，然后在她的胳膊上绑了个手环，写着“肥胖活体标本第697号”。

有个小护士好奇地戳了戳她圆滚滚的胳膊，像是在摸一个柔软的布娃娃。

圆圆听到他们说：“等她再胖一些的时候，给她做吸脂，用她身上的脂肪做研究。”

圆圆问：“吸脂打麻药吗？会疼吗？”

那些人像没听到一样继续对话，没有理会她的意思。

后来只剩她和那个瘦护士在一起，她又悄悄问：“吸脂打麻药吗？”

“标本还需要打麻药？”小护士不耐烦地说。

圆圆想自己在这里大概已经变成了一个物件，用于科学研究的一具肥胖肉体。她摸着自己冰凉的胳膊，也许就要在这里继续冰凉下去。

她忍受着饥饿，倔强地不去碰那些零食。可每天都有一个穿着防护服、戴着大口罩的男人，往她的嘴巴里塞米饭。她不吃，狠狠咬他的手。

可男人每天都来，一再往她嘴里塞。她流着眼泪，硬生生地吞咽下去，那味道真熟悉。

一天醒来，圆圆趴在铁门的小窗上，看到张凌在和一个护士说话，他又胖了，腮上的肥肉已经快要藏不住。他从护士的手里接过一沓钞票。她知道，那是他售卖圆圆的报酬。张凌从来就是个为了生活不择手段的人呀。

圆圆想，等自己再吃得胖一点，那个没有麻药的吸脂手术就要来了吧，她的号叫和挣扎都要没意义了。她站在门前，一股更浓重的凉意从脚底传上来，像是从脚心生出了一支细长的冰柱，自下而上刺穿她的身体，刺穿她的肚子，刺到她的脖子，穿过她的大脑，让她呆立在那里，在恐慌里快要失去意识。

那男人又带着米饭来了，她终于鼓起勇气，狠狠地把他推倒，她这才看到从他手中滚落的，是天堂小卖部的瘦身饭团。她一把抓开他的口罩，那是砖头。

他带她逃跑的那一天，是其他医生说正常的食物无法让圆圆增胖，要给她注射液体脂肪来做研究的那天。

砖头对圆圆说："一会儿我过来把你推出去，等我推到门口打开门禁，咱们就逃跑。"

她等他来的那几分钟那么漫长，圆圆想象着这些年没有她的时光，他怎么一步一步走到这里来。

砖头轻轻开门，推起她的带轮子的病床。她紧张地屏住了呼吸，手在束缚带里紧紧握着拳头。

她听到了张凌的声音，他怎么来了？

张凌问："你要带圆圆去哪儿？"

砖头的脸包在防护服的面罩里，他低下头说："一会儿注射脂肪，现在去消毒。"

"我带她去，你回去吧，正好聊聊天。"

"不可以。"砖头说。

张凌发现了什么似的，扯开砖头的面罩惊讶地说："你怎么来了？保安，快来抓偷标本的贼。"

砖头迅速解开圆圆的束缚带，两个人一起跑向研究中心大门，张凌紧紧跟了上来。

他大声地喊着："放下圆圆，她是地球上最后一个胖子，有了她，就能破解肥胖的秘密，而你也能得到足够的报酬，后半生可以吃无尽的芝士蛋糕。"

砖头揪着张凌的肩把他甩到一边，张凌因为吃减肥药的原因，丝毫没有反抗的力气，身体软塌塌的，和秋天的叶子一样。

在封闭的不锈钢大门死死关严的最后一刻，砖头拉着圆圆逃了出去。

他们刚跑过一个转角，路上就走来了强制瘦身队的人。他们暗色的制服，在人群中总能让人不寒而栗。

砖头把圆圆藏在垃圾桶的后面，等着瘦身队的警察们走远一些，这时躲在后面的圆圆发出几声尖叫。

砖头回头看到追出来的张凌，又企图把圆圆捉走。

"快抓那个男胖子！"砖头指着张凌大喊。

强制瘦身队的那些人过来围住了张凌，无暇顾及躲起来的圆圆，她趁着混乱溜开了。

圆圆想，我才不是最后一个胖子，张凌也是胖子啊。

砖头牵着她的手向远处奔跑，圆圆第一次知道原来自由就在奔跑中获得，它距离自己这么近。

他们躲进了郊区的一个废弃的旧房子里。圆圆气喘吁吁，但她仍着急地问："砖头，这些年你去哪儿了？我以为再也见不到你了。那时候你被抓去拘留，是真的吃了芝士蛋糕吗？"

砖头跟圆圆解释说："那几天我回家路上，发现脂肪稽查队的人监视我们房子好久了，想要来家里抓你。我来不及回去通知你，只能在路上吃蛋糕让他们抓走交差，哪知道，吃了就患了上瘾症。出来后不敢见你，得了肥胖症总是变胖，又被抓走了。再后来，我在外面逃了很久，以为那些脂肪稽查队的人把我忘了，想要回家的路上，却被张凌抓起来关进肥胖研究中心。住了没几天，我的肥胖症好了，又不停地消瘦，最后脂肪没了，做不成研究了，他们就让我在这里工作。你来之前，我听说人类已经打败了肥胖，也抓到了最后一个叫圆圆的胖子来做实验，就知道是你被抓起来了。"

砖头说完，一把扯断了圆圆手腕上绑着的标签。

"张凌才不是什么老板的私生子。"砖头告诉圆圆。

"那他是什么人？"圆圆好奇地问。

"他之前和我们老板的亲子鉴定是假的。他只是要在我们公司迅速找到倚靠，于是查到了老板旧日的一个小情人的故事，编造出来这个身份，老板真正的私生子18岁那年因为肥胖给关了终身监禁。

"公司的销售渠道都是医院里的人，他为的是自己偷偷运输胖子活体标本方便。那些用来做研究的女孩，都是他给喂胖的，有的人还给吃了致胖激素。如果他的标本能帮助肥胖研究中心发明出肥胖疫苗，那他可就发了大财了。现在全球有不少人和他一样做着这样的工作，民间把他们叫作'胖子买手'。基本上遇到的胖子都给稽查队抓走了，于是自己去找活体标本进行喂养。"

圆圆害怕地把眼睛睁得大大的，她颤抖地说："我真是傻，被他当

成标本养了那么久。”

砖头恨恨地说：“他现在也得了芝士蛋糕上瘾症，把他自己变成胖子才好。坏事做多了，人也难自救。”

圆圆和砖头远离强制瘦身队和脂肪稽查队巡查的范围，在城市边缘租了个旧平房，甚至没有什么邻居。那个干瘦干瘦的房东老头说，以前住了个肥胖流浪汉，后来给抓走了，这房子就空下来了。

他怀疑地打量着圆圆，对圆圆说：“你……胖子不是已经没了吗？”

砖头连忙解释说：“她生病了水肿而已。”

老头又看了圆圆一眼，接着说：“也没什么，这里很少有别人过来。”

他们躲藏得很彻底，在门口的花园里自己种萝卜和生菜，有时候砖头出去买些瘦身的蔬果汁回来。他又和以前一样，每天带着圆圆一起运动，让身材不至于触犯国家法律。他说，圆圆，我们不能一辈子这样躲来躲去的，还要过正常的日子。

圆圆时不时还会想吃芝士蛋糕，这种欲望强烈的时候她会不受控制地流出口水来。她又难受又痛苦，抱着砖头一直哭，她说：“不要管我了，让我胖死吧。”

圆圆这样发疯几天之后，就会突然什么都吃不下，一盘蔬菜沙拉只吃几片生菜叶子就说饱了。不到三个月，她就瘦到了之前一半的体重。

砖头担忧地对圆圆说：“你这样厌食下去会饿死的。”

圆圆绝望地说：“大概是我老早把这一世要享用的甜都用光了吧。”

“不能总随随便便说结束，未来还有很多值得等待。我在外逃的那些年，想着有一天要像现在这样，跟你好好活着。”砖头握着圆圆的手鼓励着她。

圆圆哭着问砖头：“我有什么好？”

“可能是因为爱你的时候，我觉得自己愚蠢又聪明，胆怯又勇敢。”砖头这么解释道。

圆圆的身体一天天变得软塌塌的，像是一个在漏气的气球，柔弱干瘪。因为吃不下饭，最后连下床走路的力气都没有了。她已经很久没和砖头一起运动了，砖头一个人每天在小院子里锻炼，肩膀和胳膊的肌肉生长得非常好看，已经是个非常健美且有魅力的男人。

房东老头把圆圆和砖头从旧房子里赶了出去，他说：“房子要拆迁了，这下子可以领补偿金。”

砖头一手抱着圆圆，一手拎着一个小箱子，里面装着他们在这里生活过的细小痕迹。

砖头对圆圆说：“回家吧，我们的身材都这么好了，还怕被抓吗？”

圆圆虚弱地说：“不知道有没有力气走回去了，真是想不到，我也能瘦成这个样子。”

“吃芝士蛋糕就能胖起来，还能感觉快乐，你还喜欢吗？”砖头想了想问道。

“不吃了，再也不吃了。”圆圆坚决地摇了摇头。

他们又看到以前熟悉的街道和两旁的梧桐树，那些店铺招牌好像都在打着招呼。可这时的圆圆却产生了恍如隔世的感觉。

城市和我们自己都在一点点地改变着，可安静的时光却让人无法捕

捉那些细小的流逝。

在人行道前等红绿灯的片刻，圆圆看到马路对面广告牌子上的人好熟悉。

走近了才发现，那人竟然就是自己。那张照片，是砖头拉着她从肥胖研究中心逃脱时奔跑的瞬间，她满脸都释放着笑容。

而照片上搭配的文字是，世界上最后的美丽。

旁边路过的几个姑娘聊天说：“你看照片上的胖子多美啊，我们再多吃一点，也变得漂漂亮亮的。”

原来这个时候啊，肥胖的身材又成为世界上新一轮的潮流了。

图书在版编目（CIP）数据

单身久了就会变成狗 / 残小雪著 . —长沙：湖南文艺出版社，2017.10
ISBN 978-7-5404-7845-2

Ⅰ. ①单… Ⅱ. ①残… Ⅲ. ①故事—作品集—中国—当代 Ⅳ. ① I247.81

中国版本图书馆 CIP 数据核字（2017）第 208555 号

上架建议：小说 · 情感励志

DANSHEN JIULE JIU HUI BIANCHENG GOU
单身久了就会变成狗

作　　者：残小雪
出 版 人：曾赛丰
责任编辑：薛　健　刘诗哲
监　　制：于向勇　秦　青
策划编辑：徐　娅
营销编辑：刘晓晨　刘　迪　罗　昕
版式设计：潘雪琴
封面设计：VIOLET
出版发行：湖南文艺出版社
（长沙市雨花区东二环一段 508 号　邮编：410014）
网　　址：www.hnwy.net
印　　刷：北京天宇万达印刷有限公司
经　　销：新华书店
开　　本：880mm × 1270mm　1/32
字　　数：262 千字
印　　张：11
版　　次：2017 年 10 月第 1 版
印　　次：2017 年 10 月第 1 次印刷
书　　号：ISBN 978-7-5404-7845-2
定　　价：38.00 元

质量监督电话：010-59096394
团购电话：010-59320018